KB246255

눈물이 빗물처럼

涙如雨

涙如雨 눈물이 빗물처럼

초판 1쇄 인쇄 | 2009년 3월 18일
초판 1쇄 발행 | 2009년 3월 25일

글쓴이 | 이상국
펴낸이 | 장세우

편 집 | 황병욱
총 무 | 김인태, 정문철, 김영원
영 업 | 강승일

펴낸곳 | (주)대원사
주 소 | 140-901 서울시 용산구 후암동 358-17
전 화 | (02) 757-6717(대)
팩 스 | (02) 775-8043
등록번호 | 등록 제3-191호
홈페이지 | www.daewonsa.co.kr

Daewonsa Publishing Co., Ltd
Printed in Korea 2009

ISBN | 978-89-369-0797-6 03810

詩 속에 살아 있는 조선의 일곱 빛깔 옛 사랑

대원사

차 례

두려움 없는 사랑, 홍낭 · 7

– 살아 4천리 죽어 2천리를 뛰다

평생 기다린 사랑, 매창 · 27

– 허균과 저승 약혼한 거문고 여인

자존심 강한 사랑, 황진이 · 81

– 너무 아름다워서 고통 받은 그녀

맹렬 치맛바람 사랑, 김삼의당 · 128

– 남편 출세 위한 눈물 프로젝트

끝내 쟁취하는 사랑, 김부용 · 154

– 한강변 〈조선한시살롱〉 왕마담

죽음을 넘은 사랑, 이옥봉 · 211

– 귀신도 울린 조선의 여자 선비

사랑할수록 허한 사랑, 임제 · 264

– 칼의 노래, 통소의 노래, 조선 카사노바

〈저자 후기를 대신하여〉

2009 인사동에 일류 조선 기생들이 모이다 · 303

두려움 없는 사랑, 홍낭

– 살아 4천리 죽어 2천리를 뛰다

내가 두려운 것은 얼어 죽고,
자빠져죽고,
먹잇감이 되어 죽는 것이 아니라,
사랑할 수 있을 때 사랑하지 못하고
이대로 죽는 것이오

홍낭洪娘이 친필로 쓴 시조「묏버들 가려 꺾어」가 공개된 건 2000년이었다. 그때 나는 임진왜란 이전의 조선 여인이 또박또박 써내려간 글씨들을 보며 황홀한 기분을 느꼈다. 그날 잠깐 나를 스쳐 지나간 450년 전의 여인. 그리곤 잊어버렸다. 그런데 요즘 문득 내 책상 앞에 그녀가 다가와 맴노는 설 느낀다. 나는 중얼거린다. 홍낭, 홍낭. 그녀에 대해 생각하면 할수록 갈증 같은 것이 생겨난다. 그녀는 내게 무슨 말을 하고 싶은 것일까.

홍낭은 이름도 호도 없다. 조선 여자들이 이름을 깊이 감췄던 관행이야 접어둔다 해도 기생인 그녀를 부를 마땅한 호도 없는 건 얄궂다. 황진이나 매창, 송이나 계월, 죽향과 옥봉도 호명할 무엇이 있었는데 홍낭은 그저 홍씨 성을 가진 계집이라는 기표뿐이다. 요즘으로 치면 '미스 홍' 일 뿐이다. 시조를 쓰고 난 다음에 쓴 음전한 서명이 '홍낭' 인 것을 보면 스스로도 이 호칭을 마음의 명찰로 삼았던 듯하다. 이름도 붙여주기 아까운 보잘것없는 계집이라는 사회적인 함의가 느껴지는 호칭인 홍낭은, 그러나 그녀의 삶을 통해 보여준 절절한 심기들 때문에 그녀만의 고유 호칭이 된다. 그녀의 애인 최경창(1539~1583)은 어찌하여 홍낭에게 멋진 호 하나도 붙여주지 않았던가. 그런 걸 붙일 마음의 여유가 없었기 때문이었을까. 그들의 사랑이 몹시도 숨 가쁘게 돌아가긴 했다. 한편 최경창의 후손들은 홍낭에게 '애절愛節'이라는 닉네임이 있었다고 전한다. 하지만 이 이름은 그 집안에서 기생의 '사랑과 정절'을 기려서 지어준 것이 아닌가 싶다.

홍낭이 남긴 글은 「묏버들 가려 꺾어」로 시작하는 시조 한 수뿐이다. 어릴 적 잠깐 공부를 하였다고 하고, 또 당대의 스타 시인 최경창의 한시를 줄줄 꿰고 있었으니 그 재능에 멋진 한시 몇 수는 지었을 법 한데 도무지 남아 있는 게 없다. 한시가 아니더라도 황진이처럼 맛깔스런 시조라도 여러 수 남겼음직한데 「묏버들 가려 꺾어」 외에는 보이지 않고, 다급하게 오갔을 편지 한 통도 남아 있지 않다. 그렇지만 홍낭은 요즘 세대에게는 최경창보다는 더 유명한 사람이 됐다. 그녀의 시조가 교과서에 등장해 그 담백하고 애절한 마음이 쉬운 한글의 리듬을 타고 사람들에게로 흘러들어갔기 때문이다. 최경창은 약간 억울해할지도 모르겠다. 선조 때 백광훈, 이달과 함께 당풍唐風의 시로 무료한 시단을 일신했던 대시인이었던 최경창이다. 이율곡이 그의 시를 가리켜 '청신준일淸新俊逸하다'고 칭찬을 아끼지 않을 정도였다. 글로 보면 홍낭은 말석에 앉은 그의 팬일 뿐인데, 그녀가 더 스타가 되었으니 사람 팔자는 오래 지켜봐야 할 일이다.

효녀, 80리 길을 뛰다

홍낭은 어떻게 생긴 사람이었을까. 세상을 떠들썩하게 한 기생에 관해 생각을 하다보면 늘 이런 실없는 상상에 이른다. 내가 책상 앞에 와 앉아 있는 걸 봤다고 했으니, 굳이 독자들의 상상을 도우라면, 요즘 가수 청안을 닮았다는 힌트를 주리라. 전체적으로 이지적인 이미지를 지니고 있으나 우수에 찬 눈을 가졌으며, 다문 입술엔 특유의 강단이 느껴지는 그런 여자 말이다. 그녀가 이런 표정을 갖게 된 데에는 어린 시절의 고난이 한몫 했을 법하다.

일찍 아버지를 여읜 뒤 홀어머니와 살던 홍낭은 소문난 효녀였다. 어느 날 어머니가 병으로 누웠을 때 열두 살이었던 그녀는 80리 길을 사흘간 밤낮 없이 걸어 의원을 모시러 갔다. 의원이 감복하여 나귀에 소녀를 태워 집으로 와보니 어머니는 이미 숨이 멈춰 있었다. 홍랑은 미친 듯 울부짖다가 실신하고 말았다. 의원은 소녀를 치료하고 그 어머니를 장사지내준다. 이후 홍낭은 석달간 무덤 곁에서 지내다가 최씨 성을 가진 그 의원의 집에 수양딸로 들어간다. 여기서 시문과 가법家法을 배운 그녀는 몇 년 뒤에 어떤 곡절인지 의원의 집을 떠나 관기官妓가 된다. 여기까지가 홍원부의 기생 홍낭의 소시적 이력履歷이다.

외로운 피리 최경창

최경창은 학문과 문장이 능해서 이율곡, 송익필과 함께 당대 8문장에 꼽혔던 유명 인사였다. 문인인 그는 무인 못지않게 활을 잘 쐈다. 군막에서 김우서 장군을 보좌하고 있을 때 장군이 활쏘기 게임을 제의했다. 다섯 시씩 10순을 쏘는 내기였는데 장군이 먼저 발시를 했다. 장군이 첫번째 시를 실패하자 최경창이 가만히 말했다. “이번에도 장군이 지셨습니다.” 그리고는 시위를 당겨 정확히 가운데 흑점을 맞췄다고 한다. 이 고사에서는 그의 자신감이 느껴지기도 하지만 어쩐지 처세에는 아슬아슬할 거 같은 불안감이 든다. 어쨌든 최경창의 무인적 기질은 함경도 경성에서 여진족을 정벌하는데 유감없이 발휘된다. 최경창의 호는 고죽孤竹이다. 그 호를 낳은 듯한 그의 시 한 편이 있다.

孤竹無枝葉 寄生海上山
고죽무지엽 기생해상산
年年霜雪埋 崖傾根未安
년년상설매 애경근미안
豈是材可用 所貴能傲寒
기시재가용 소귀능오한

외로운 대나무 가지와 잎도 없이, 바닷가 산에 붙어살고 있구나
해마다 서리와 눈에 묻히고, 벼랑에 기울어진 뿌리는 불안해라
어찌 이것을 재목으로 쓸 수 있을까, 추위에도 기품을 잃지 않을 수 있음을 귀하게 여길 뿐

그는 성품이 강직하고 바른 말을 참지 못해서 주위에 많은 적을 달고 살았다. 가지도 잎도 없는 고죽처럼 바닷가 벼랑에 겨우 붙어서 살고 있다고 스스로를 생각했을까. 재능을 귀하게 여겨 벼슬을 줄 것을 기대하는 게 아니라, 변방의 고통을 참아내는 미덕이라도 알아줬으면 좋겠다는 소박한 희망을 펼친다. 나는 여기서 고죽을 다른 의미로 해석해보려 한다. 그는 피리를 잘 불었다. 어렸을 적 영암의 바닷가에 살 때 왜구를 만났는데 소년은 문득 피리를 불었다. 그러자 병사들이 향수에 젖어 총을 내리고는 돌아가 버렸다고 한다. 그는 세상의 갈등을 아름다운 선율로 풀어내는 이 장

면을 떠올리며 자신의 호를 '외로운 피리孤竹'라고 붙이지 않았을까 하는 짐작을 해본다. 그러나 세상은 피리소리 하나로 풀리는 건 아니었고, 오히려 그의 시는 적의로 가득 찬 비방에 내몰리기 일쑤였다. 그가 귀양지보다 못하다는 함경도 경성으로 발령받았을 때, "낮은 벼슬아치는 벼슬 노릇이 어렵고/변방의 살림은 시름만 쌓이네//나이 들어갈수록 벼슬길은 막히니/시인 노릇 힘들다는 걸 이제 알겠구나"라고 한탄한 것은 당시 소녀 시인 허난설헌이었다. 이제 홍낭과 최경창의 짧은 세 번의 만남을 지나가듯 바라보자.

첫 인연, 1573년 가을 홍원

고죽 최경창은 이해 가을에 북도평사北道評事라는 벼슬로 함경도 경성鏡城으로 가는 중이었다. 경성은 여진족과 창끝을 마주한 두만강 유역 무산과 경계를 이루고 있는 살벌한 변방이었다. 그는 서울에서 철령 고개를 넘어 안변 원산에 이르고, 동해안을 따라 함흥을 지나 홍원에 당도했다. 서울에서 천리를 왔고 앞으로 천리를 더 가야 경성에 다다른다. 홍원지역은 딱 중간 지점인지라 하룻밤 쉬어가는 곳이었다. 홍원부사가 머나먼 부임길을 위로하고자 취우정이란 정자에서 술자리를 차렸다. 이곳에서 고죽은 홍원부 관기官妓인 홍낭을 만난다. 홍낭은 고죽의 시를 외며 사리의 분위기를 돋웠다. 그러는 사이 서로를 바라보는 눈길이 잦아지고 짙어졌다. 이날 밤이 총명하고 예쁜 기생을 품에 안았을 때, 고죽은 그녀가 처음으로 남자를 품은 여인이었다는 것을 눈치 채지 못했다.

두 사람의 마음속에 들어가 보지 못했으니 진상을 정확하게 알 수는 없겠지만, 홍원의 미스 홍은 당대 최고의 우상을 만난 밤이었고 꿈도 꾸기 어렵던 소원을 성취한 밤이었다. 시로만 만나던 그 분이 뜻밖에 이곳으로 찾아와 나를 품에 안으시다니…… 이건 운명이야. 나는 이제 죽어도 좋아. 그 사람뿐이야. 이렇게 홍낭이 생각하고 있을 때, 막 홍낭과 헤어져 경성으로 가고 있던 '피리 부는 사나이'는 쓸쓸한 벼슬길에 홀연히 만난 여인과의 밤을 떠올리고 있었다. 그 시골에 그런 시재詩才와 그런 미색이 숨어 있었다니…… 아마도 내가 만난 여인들 중에선 가장 뜻이 잘 맞는 지음知音이 아니던가. 하룻밤 인연으로 끝내기에는 너무 아까운 사람이야. 변방으로 가는 몸이 여자를 끼고 갈 수는 없는 노릇이니, 정말 답답하군. 그렇지만 '피리'는 서둘러 미스 홍을 지웠다. 오랑캐의 칼날 앞에서 기생 생각만 하고 있을 수 없지 않은가.

석 달, 천리 길의 그리움

홍낭은 석 달 동안 고죽 생각만 했다. 고죽이 없는 홍원에선 더 이상 숨도 쉴 수 없었다. 마침내 함경도 변방 경성으로 이 남자를 찾아갈 결심을 한다. 어머니를 치료할 의원을 찾아 80리 길을 걸었던 열두 살 시절을 기억해냈을까. 이제 그녀 자신의 마음속에 깊이 든 병을 치료할 '피리부는 사나이'를 찾아 1000리 길을 가리라 마음먹었다. 그러나 홍원부의 기적妓籍을 담당하는 관리가 고개를 저었다.

"기생이 어디를 제 마음 대로 가겠다는 것이냐? 너는 관청에 매인 몸이니 함부로 생각조차 내지 마라."

그때 홍낭은 방직기房直妓로 보내달라고 청을 한다. 방직기는 변방에 가는 병사들이 가족들을 데려가지 못하도록 하고 대신 그들의 수발을 들도록 나라에서 지원하는 기생이었다. 관리는 방직기 또한 규정이 까다로운 지라 함부로 보낼 수 없다고 말한다. 경성으로 갈 수 없다면 차라리 죽는 게 나아요. 유서를 쓰고 홍낭은 자살을 시도한다. 이에 놀란 관리가 청을 넣어 허락을 받아준다.

겨울 변방으로 떠나는 홍낭에게

바람이 몰아치는 12월 초사흗날 새벽 열여덟 살 홍원부의 관기인 너는 얼굴에 지분대신 숯검정을 칠하고 죽담에 앉아 짚신을 신고는 가는 삼줄로 발과 다리를 단단히 묶었다. 동료기생 향이와 어린 소죽이 곁에서 서로 붙어 울고 기방의 아전이 걱정스런 얼굴로 마당에 섰다. 잿빛 사내옷을 걸쳐 입은 너는 패랭이를 올려 쓰고는 멋쩍은 웃음을 지어보였다. 마침 회오리바람이 담장을 훑어 들이치며 진눈깨비를 뿌린다. 정말 갈 수 있겠느냐? 거기가 어딘지 찾을 수나 있겠느냐? 사나운 도적과 짐승이 들끓는 천리 길을 어떻게 지나갈 것이며 오랑캐가 출몰하는 험한 산 속에서 어떻게 북도평사가 계신 진영을 찾아내겠느냐? 그리고 그가 오라고 한 길도 아니니 혹여 찾는다 한들 다시 내치면 어쩌려고 그러느냐? 아전의 쉰 목소리가 등뒤에서 바람소리와 함께 흩어질 때 너는 등짐을 묶은 끈을 한번 추스르며 걸음폭을 넓혔다.

하룻밤 풋정과 그것을 묻었던 석 달. 이걸 사랑이라 부르랴? 그냥 묻어두기에는 너무 뜨거운 이것을 망집妄執이라 부르랴? 취우정을 적신 한 나절의 운우雲雨는 변덕스런 날씨처럼 걷혀버렸는데 어쩌자고 너는 귀신도 떨며 주저앉을 길을 나섰느냐? 눈을 후빌 까마귀처럼 앉은 북방의 깊은 산들이 모두 너를 노려 이제 곧 네가 죽기만을 기다리는데 그 곳을 너는 걸어서 오르려느냐? 굶주린 늑대와 호랑이가 눈에 불을 켜는 골짜기와 간을 후벼 파는 여우의 울음이 목 뒤에서 울어대는 고개를 지나가려느냐? 눈이 펑펑 쏟아져 길도 없는 산등성이에서 미끄러지며 얼어 죽으려느냐? 패악스런 도둑들을 만나 솔가지로 자리 본 험한 굴헝에서 한낱 노리개가 되려느냐? 길이 길을 지우고 산이 산을 막아선 그 어느 벼랑에서 미친 듯이 닥쳐올 굶주림과 추위는 어쩌려느냐? 사내들도 고개를 내젓는 그 험하고 두려운 길에서 도무지 살아서 가기나 하겠느냐? 설령 하늘의 은혜를 입어 거울성鏡城 부근까지 갔다손 치더라도 천리 변성邊城에 짐승처럼 떠도는 여진女眞의 아귀들을 만나 인육人肉을 도륙 당하려느냐?

나는 두렵지 않소. 세상이 아무리 뜯어말려도 나는 갈 것이오. 천지의 모든 짐승과 우주의 모든 변괴가 한꺼번에 들이닥쳐도 나는 거울성으로 갈 것이오. 나는 오직 내 발과 내 심장, 내 영혼의 실불에만 눈을 둘 것이오. 영혼의 불꽃 위에 아른거리는 북도평사 고죽어른의 얼굴만을 볼 것이오. 살아도 좋고 죽어도 좋소. 천리 길이 멀다 하나 십리를 가면 구백구십 리요, 그리운 사람과 그만큼 가까워진 것이니 여기 앉아 죽는 것보다 백배천배 낫소. 짐승들이 내 살을 찢어도 웃으며 죽을 것이며 짐승 같은 사람들이 내 심장에 칼을 꽂아도 고맙게 죽을 것이오. 내 인생은 모두 그를 만나러 가는 길이었고 영원히 그를 만나러 가는 길이오. 가지 못해도 간 것과 다름없고 가지 못해도 다시 갈 것이오. 세상에 목숨으로 태어나 오직 하나 내 목숨의 의미가 된 사람, 그를 위해 가는 길이니 다른 것은 모두 우습고 하찮은 것이오. 오랑캐가 무섭다 하나 별들이 나를 데려갈 것이오. 내 심장 속에 벌떡이는 이 그리운 생각이 오직 고죽어른 계신 곳을 알고 있을 것이오. 내가 두려운 것은 얼어 죽고, 자빠져죽고, 먹잇감이 되어 죽는 것이 아니라, 사랑할 수 있을 때 사랑하지 못하고 이대로 죽는 것이오. 미친 겨울밤 눈보라가 울고 길들이 사라져 오도 가도 못할 때에도 나는 고죽 그 한 사람의 시를 떠올리는 것만으로도 활활 불길처럼 타오를 것이오. 거울성은 바로 나의 경鏡이오. 오직 내 인생 단 한번 나를 비춘 사람, 영원히 내 얼굴을 비춘 그 사람. 그가 있어야 내가 있는 바로 그 그림자의 사람. 완전한 나의 분신. 나는 그 나뉜 통증을 못 견뎌 지금 달려가는 길이오. 세상에 나뉘어 태어난 나를 드디어 만나러 가는 길이오.

버들가지를 꺾은 뜻은

찬바람이 살을 에는 땅에 갑자기 방직기가 왔다는 소식에 최경창은 어리둥절해한다. 덮어쓴 옷을 걷어보니 홍낭이 아닌가.

"이게 어찌된 일이오? 거기서 여기가 천리 길인데 얼어붙은 겨울 천지를 어찌 걸어왔단 말이오?"

"북도평사 어르신을 생각하며 걷는 길은 북풍한설도 봄날 같더이다. 소녀 천리 길을……"

홍낭이 말을 잇지 못하고 눈물을 주르르 흘린다. 이런 무모한 사람을 봤나? 최경창이 주위의 시선도 잊은 채 여인을 덥석 안는다. 그 겨울 홍낭과 최경창은 막중幕中에서 가장 행복한 동거생활을 시작한다. 수천 리 변방으로 내몰려 여진족을 격퇴하고 있는 '미스터 바른 소리'와 사랑을 위해서는 앞뒤 안 가리고 돌진하는 용감한 '미스 홍'이 합창한 겨울연가는 군막軍幕의 밤을 사우나 속처럼 끓였을 것이다. 그런데 봄이 온다. 뭇생명들은 기지개를 켜는 봄이지만 홍낭에게는 그렇지 않았다. 최경창에게 서울로 부임하라는 명령이 왔기 때문이다. 그로서는 갈구하던 소식이었다. 홍낭은 서울에 함께 가고 싶었지만 그럴 수 없었다. 방직기 신분인지라, 임무가 끝나면 다시 원래의 소속인 홍원으로 가야 한다. 그녀는 그가 잘 되는 것이 내가 행복한 것이라고 최면을 걸며, 그의 복귀를 축원할 수밖에 없었다. 하지만 그와 작별하기가 어려워 서울길로 자꾸만 슬금슬금 따라갔다. 그러다가 쌍성(지금의 영흥)까지 갔다. 보고 또 보고, 또 돌아보고. 앉아서 보고 일어나서 보고, 걷다가 보고, 다시 서서보고. 그래서 몇 번이나 손을 흔들었던가. 그리고 헤어졌다. 떼어지지 않는 걸음을 꾹꾹 밟으며 버들가지가 새초롬한 함관령咸關嶺에 이르렀다. 사위가 어둑해지고 봄비가 부슬거리고 있었다. 여기서 홍낭은 시조 '묏버들'을 짓는다. 최경창은 서첩에서 이날의 상황을 이렇게 증언한다.

> "나와 이별한 뒤 홍낭이 함관령에 이르렀을 때에 날이 저물고 비가 내렸다. 이곳에서 홍랑이 내게 시를 지어 보내왔다."

묏버들 갈해 것거 보내노라 님의 손대
자시는 창 밧긔 심거 두고 보쇼셔
밤비예 새닙 곳 나거든 나린가도 너기쇼셔

이 시조가 뭐가 그리 좋은가. 1936년 가람 이병기는 이 시가 실린 서첩의 발문에서 글씨가 홍낭의 친필이라고 밝히고 시의 내용과 표현이 훌륭하다고 평가했다. 이 시가 유명해지는 것은 고등학교 국어 교과서에 실리면서부터였을 것이다. 연구자들은 간결한 표현으로 애틋한 마음을 곱게 표현해낸 작품으로 평가한다. 나는 이 시의 바깥에 사물거리는 삶의 드라마가 워낙 강렬해서 시를 더욱 생생하게 돋워놨다고 생각한다. 미친 듯이 몸부림쳐서 천리 길을 달려가 겨울 동안 품었던 사람을, 봄날에 문득 내놓고 돌아선 여인이, 못내 아쉬워 길가의 버들가지를 꺾어, 저멀리 가고 있을 남자에게 보내는 그 마음이야 말로, 어떤 말로도 표현할 수 없는 시가 아니던가.

왜 하필 버들가지를 꺾었는가. 홍낭이 이별을 슬퍼하는 피리 곡조인 절양류折楊柳를 모를 리 있었겠는가. 어느 날 군막에서 고죽이 그녀에게 피리로 절양류를 불러주지 않았을까. 버들가지를 보니 그 생각이 눈물과 함께 왈칵 솟아올랐으리라. '갈해 것거' 보내는 이유는 뭔가. 버들가지는 곧 내 마음이기 때문이다. 그리고 귀한님에게 갈 것이기 때문이다. 가지를 가만히 고르는 마음이 바로 내 마음이다. 마치 시와 노래를 고르는 것처럼, 지금 하나하나 골라낸 버들가지가 이제 멀어져가는 당신에게 보낼 수 있는 나의 노래이기 때문이다. '님의 손대'는 정확히 무슨 뜻인지 알기 어렵다. '님의 손에'라고 해석하면 생생하기는 하지만 '손대'가 '손애(손에)'의 의미로 사용되는 용례가 있는지 모르겠다. '소所+ㄴ대'로 '계신 데'를 말하는 것은 아닐까. '보내노라 님의 손대'로 도치한 것에 대해서도 많은 사람들이 감명을 받았는데, 그 소리의 리듬감도 확 살아났지만 지금 홍낭의 마음속에 일어나는 긴급한 마음이 뒤집힌 어순으로 잘 드러났다고 생각한다. '묏버들을 골라 꺾어 보냅니다' 이 말이 전보처럼 타전된다.

버들가지는 봄날 가장 먼저 싹을 틔우는 전령傳令이다. 버들은 양楊이라 하고 물가에 늘어진 수양버들은 류柳라고 한다. 도연명은 버드나무와 자신을 동일시하여 오류五柳선생이라 자칭하기도 했다. 깨끗하고 준수한 풍모를 그 나무에서 느낀 것이리라. 그러나 차츰 버들은 여성적인 이미지로 굳어진다. 여성의 가는 허리는 유요柳腰가 된다. 두보와 백거이도 유요를 노래했다. 버들잎은 유미柳眉라 하여 미인의 눈썹을 가리키는 말이 된다. 한나라 이후 중국에선 헤어지는 사람에게 강가의 버들가지를 꺾어주는 습속이 있었는데 이로 하여 절양折楊은 이별의 상징이 된다. 버들의 유柳는 머물게 한다는 유留와 음이 같아 가지 말라고 만류하는 뜻을 지니며, 또 가장 이른 봄에 푸르러지니 가시더라도 일찍 다시 돌아오시라는 의미를 담기도 한다. 홍낭이 버들가지를 꺾은 뜻은 이런 뉘앙스들을 조금씩 품고 있을 것이다.

'자시는 창 밧긔' 는 야한 표현이다. 그냥 '창 밖에 심거두고' 라고 해도 좋을 것을 굳이 '자시는' 이란 말을 넣은 홍낭의 센스가 느껴지는가. 우린 겨울 내내 동침했던 사이라는 암시를 거기 넣어 놨다. 그러니 마치 동침을 하듯 '자시는 창' 에 있어야 하는 것이다. 그러나 '창 안' 으로 들여 놓아달라는 말은 차마 하지 못한다. 기생이 어디 그런 마음이야 먹을 수 있겠는가. 그저 창 밖에서라도 당신을 볼 수 있으면 그만이다. '심거 두고 보쇼셔' 도 아무렇게나 한 말이 아니다. 물에 꽂은 뒤에 버들개지나 감상하는 그런 방법도 있다. 그러면 곧 죽지 않는가. 그러지 말고 꼭 이걸 심어서 오래 두고 보시라는 얘기다. 심거 두라는 건, 오랫동안 나를 잊지 말아달라는 부탁이다. '밤비예 새닙 곳 나거든' 은 굳이 '심거 둬야 하는 것' 의 이유이다. 버들은 아무 데서나 잘 자라 쉽게 뿌리를 내린다. 이제 가지를 꺾었으니 죽은 것처럼 보이지만 '새닙' 이 다시 올라올 것이다. 밤비는 먼 곳에서 흘리는 홍낭의 눈물이다. 그리운 눈물로 그대 창 밖의 버들가지를 키우리라는 얘기다. 사랑이 여기서 그냥 죽은 게 아니라 '새닙' 이 날 것이라고 속삭인다. 이 시조의 시안詩眼은 '나린가도 너기쇼셔' 에 있다. 버들은 내가 아니다. 그저 나무일뿐이다. 아무리 내가 이걸 보냈다 해도 서울에서 살게 되면 내 생각만 하기는 어려울 것이다. 그러니 내 생각만 하면서 살라는 말은 하지 않겠다. 당신의 전부가 되려는 게 아니니, 그 일부의 자리만 내주면 된다. 버들잎이 돋아나거든, 그냥 즐기셔도 좋되 혹시 홍낭이 여기 피어난 것이 아니냐는 생각도 한번쯤 해주소서, 이런 얘기다. 묏버들에는 고죽의 관심을 붙잡으려는 홍낭의 필사적인 몸부림이 들어 있다. 최경창은 이 시를 한시로 번역했다.

折楊柳奇與千里人 爲我試向庭前種

절양류기여천리인 위아시향정전종
誰知一夜新生葉 憔悴愁眉是妾身
수지일야신생엽 초췌수미시첩신

버들가지 꺾어 천리에 보냅니다, 그대는 날 위해 뜨락 앞에 심어 주소서
밤새 새 잎이 나면 누가 알까요, 파리한 버들눈썹이 바로 저의 몸이라는 걸

飜方曲(번방곡)

번역이라는 것이 대강의 의미를 추스르기도 어려운 일이라 이해는 가지만, 최경창의 이 번역은 홍낭의 시조를 많이 버려 놨다. 도치법도 사라지고 '자시는 창'도 희미해지고 '나린가도'도 못살려냈다. 그렇지만 최경창은 홍낭의 시를 받은 뒤 감회에 오랫동안 젖었던 모양이다. 두 편의 아름다운 시를 썼다.

유란 한 촉을 주노라

전남 영암의 구림마을은 고죽이 태어난 곳이다. 월출산의 문필봉이 한눈에 들어오는 그곳에는 고죽관孤竹館이 지어져 있다. 그런데 고죽의 묘소는 경기도 파주군 교하읍 다율리에 있다. 거기엔 최경창 부부의 묘가 있고 거기서 살짝 내려앉은 자리에 홍낭의 묘가 있다. 그리고 하나의 비석 양쪽에 '홍낭가비'와 '고죽시비'가 새겨져 있다. 고죽시비에는 「묏버들」을 번역한 「번방곡」이 실려 있다. 나는 이 비석에 고죽이 쓴 「송별送別」이 새겨져 있었으면 좋았을 걸 하는 생각을 한다. 이 시는 8년 전 공개된 서첩 원본에

실려 있던 것이다.

玉頰雙啼出鳳城 曉鶯千囀爲離情
옥협쌍제출봉성 효앵천전위이정
羅衫寶馬河關外 草色迢迢送獨行
나삼보마하관외 초색초초송독행

고운 뺨 양쪽에 눈물 흘리며 성을 나왔네 고운 목소리가 천길 가라앉으니 이별하는 마음이네

비단 적삼 실은 말은 하천 관문 밖에 있는데 풀빛이 멀어지고 멀어지며 혼자 길을 보내네

아마도 이 시는 헤어지면서 쓴 것 같다. 눈물을 흘리는 홍낭, 목소리가 잠긴 홍낭. 떠나야 할 말은 강 저쪽에서 기다리고, 배를 타고 나아가니 홍낭이 서 있는 자리에 선명하던 풀빛이 차츰 멀어지네.

相看泳泳贈幽蘭 此去天涯幾日還
상간영영증유란 차거천애기일환
莫唱咸關舊時曲 至今雲雨暗靑山
막창함관구시곡 지금운우암청산

마주 보며 흐느끼다 유란을 주노라, 이제 가면 하늘 끝 언제 돌아오리

함관령의 옛 노래는 부르지 말아라, 지금 운우의 정 가득하니 청

산이 어둡다

이 시는 함관령을 지나던 홍낭에게서 버들가지와 시를 받은 뒤 그리운 마음에 되돌아 달려가서 만난 자리에서 쓴 것 같다. 그 또한 줄 것이 있다. 유란 한 촉이다. 홍낭이 준 절양류가 피리로 연주하는 곡이라면 최경창이 준 유란은 거문고로 뜯는 곡의 의미하기도 한다. 피리의 대가인 고죽에게 절양류를 주었으니, 거문고에 뛰어난 홍낭에게 유란을 주는 것이 참으로 잘 어울린다 할 만하다. 나는 이 대목에서, 홍낭의 이름을 유란으로 부르고 싶어진다. 영원한 미스 홍으로 돌아간 그에게, 사랑하는 고죽이 준 유란을 떠올리는 이름을 준다면 얼마나 행복해할까. 莫唱咸關舊時曲(막창함관구시곡), 함관령의 옛 노래는 이별 곡일지니 우리 굳이 이별을 노래해 눌러놓은 슬픔을 길어 올리지 말자는 뜻이리라. 至今雲雨暗靑山(지금운우암청산), 겨울 동거 동안 쌓은 몸정이 지금 다시 달아오르니 떠나야 할 길이 어두워질 판이다. 운우雲雨는 마침 흩뿌리는 비구름과 사랑을 겹쳐서 한 표현이리라.

세 번의 만남과 이별

꼬박 2년간 무소식이었나. 버들은 가시를 뻗었을 것이고 유란은 새촉을 틔웠으련만, 서울로 간 사람은 가뭇없다. 그러던 겨울 홍낭은 최경창이 몸져 병석에 누워 있다는 소문을 듣는다. 지난봄부터 계속 시름시름 앓았다는 것이다. 세상일이 뜻대로 되지 않아 심화가 일었던가. 혹은 홍낭에 대한 그리움이 은근히 짙어져서 병을 부른 것일까. 맹렬낭자 미스 홍은 이 소식을 듣자마자 바로 보따리를 쌌다. 그 날로 밤낮없이 7일을 걸어 서울에 당도했다. 파리해진 고죽은 홍낭을 보고 희미하게 웃었다. '이렇게 와

주다니…… 당신은 참 못 말릴 사람이오.' 그런 눈짓을 보냈으리라. 여인은 그날부터 그림자처럼 병간호를 한다. 그런데 홍낭이 서울에 왔다는 소문이 돌자, 고죽을 미워하던 정적政敵들이 들고 일어났다.

"상감마마. 최경창은 인순왕후마마의 국상이 끝나기를 기다린 듯 기생과 어울려 환락을 즐기고 있사옵니다."

"마마, 최경창은 함경도 사람은 도성을 출입할 수 없다는 국법을 어기고, 함경도 기생을 끌어들여 희희낙락하고 있사옵니다. 양계지금兩界之禁을 비웃은 자를 엄히 벌주소서."

이 일로 최경창은 관직에서 파면되고, 홍낭 또한 홍원으로 쫓겨났다. 떠나는 길에 고죽은 시 두 수를 지어준다.

同心不同車 別離時屢變
동심부동차 별리시루변
車輪尙有跡 相思人不見
차륜상유적 상사인불견

烟雨空濛提柳垂 行舟欲發故遲遲
연우공몽제유수 행주욕발고지지
莫把離情比江水 流波一去沒回期
막파이정비강수 유파일거몰회기

마음은 같지만 수레는 함께 타지 못 하네
이별은 때마다 거듭 바뀌놓겠지
수레바퀴는 자취라도 있는데

그리운 사람은 볼 수가 없네

안개비에 하늘은 희부연데 버들은 늘어지고,
가는 배는 떠나려하는데 자꾸 늦어지네
헤어지는 정을 강물에 비기지 맙시다
흐르는 물 한번 가면 돌아올 수 없으니

세번째 만남은 더욱 아팠다. 아마도 홍낭은 자신이 고죽의 인생을 망쳤다는 죄책감에 오래 시달렸으리라. 오직 그리워한 죄, 오직 만나고 싶었던 죄밖에 없는데 세상은 그녀의 남자에게 죄를 씌웠다. 내가 감히 무어라고, 저 아름다운 사람에게 이토록 누를 끼치는가. 나의 그리움이 무슨 대수라고, 그를 불명예스런 혐의에 옭아매는가. 두 사람은 다시는 살아서 서로를 볼 수가 없었다. 고죽이 말한 相思人不見(상사인불견) 다섯 글자 그대로다.

그런데 최경창의 시 중에 「흰 모시치마白苧裙」라는 한시 한 편이 있다. 나는 이 시가 홍낭이 쓴 게 아닐까 조심스럽게 추측해본다. 한양에서 쫓겨난 뒤 홍원으로 돌아온 그녀는 절망의 세월을 살았다. 애인은 파직당하고 자신은 쫓겨났으니 할 수 있는 게 없었다. 이제 보고 싶다고 찾아갈 수도 없다. 죽었다 생각하고 살아야 할 판이다.

憶綷長安日 新裁白苧裙
억재장안일 신재백저군
別來那忍着 歌舞不同君
별래나인착 가무부동군

서울에 있을 때의 일을 생각하면서
흰 모시치마를 새로 지었네요
이별을 하였으니 어찌 입을 수 있겠습니까
노래하고 춤을 춰도 그 님이 아닌 것을

답답한 마음은 고죽도 마찬가지다. 시류와 이익 따라 움직이는 사람들. 남을 흠잡고 욕하고 밀어내어 그 자리를 차지하려는 아귀다툼이 끔찍하게 느껴졌을 것이다. 가엾은 홍낭을 생각하면 달려가 위로라도 하고 싶지만 세간의 눈이 무서운지라 그럴 수도 없다. 「느낌이 있어感遇」라는 그의 시는 그런 기분을 드러내고 있는 듯하다.

人心如雲雨 飜覆在須臾
인심여운우 번복재수유
素絲染黑色 安能復棄草
소사염흑색 안능복기초

啞啞群飛鳥 集我田中廬
아아군비오 집아전중려
雌雄竟莫辨 泣滯空喜虛
자웅경막변 읍체공희허

사람 마음이란 게 구름 끼고 비 오듯 하니
홱홱 뒤집는 일이 잠깐 만에 일어나는구나
흰 실에 검은 빛을 물들이니

어찌 처음으로 되돌릴 수 있겠는가

까악 까악 날아다니는 까마귀 무리들
나의 시골 오두막에 몰려들었네
어느 게 암컷인지 수컷인지 도무지 모르겠는데
헛되이 울어대다가 기뻐하다가 하는구나

함관령의 옛 노래

최경창은 1582년에 종성부사로 복권되었다. 그런데 부임 1년 만에 한양으로 돌아오다 객관에서 의문의 죽음을 당한다. 그의 나이 45세 때였다. 최고의 시인이자 정치인인 스타 하나가 공무 집행 중에 살해당했는데도 조선의 검찰들은 왜 이 사건을 제대로 수사하지 않았을까. 최경창의 입장에서 보자면, 참으로 기구한 삶이 아닐 수 없다. 변방에 내몰렸다가 겨우 서울로 돌아와서는 뜻밖의 기생 스캔들 때문에 다시 파직 당하고, 이제 서울에서 뭔가 좀 해볼까 하는 즈음에 이런 변을 당한 게 아닌가. 정치적 음모가 떠오를 만도 하다.

여하튼 홍낭은 이 날벼락 소식을 들은 뒤 묘소가 있는 파주로 갔다. 무덤 옆에 묘막을 짓고 9년간 시묘살이를 했다. 임진왜란이 나기 직전까지였다. 그녀는 미색이 혹여 방해가 될까 스스로의 얼굴을 칼로 그려 상처를 냈다고 한다. 산중에 있는 아름다운 여인에게 뭇 사내가 덤벼들까 걱정한 것이리라. 그녀에게 고죽은 인생의 전부였다. 사랑 앞에선 육체 따위는 거추장스러운 것이며 목숨 따위도 사소한 것일 뿐이다. 세수도 하지 않고 머리도 빗지 않은 채 조석으로 고죽의 영전에 상식을 올리며 곡을 했다. 임진년에 왜란이 나자 홍낭은 '고죽시고孤竹詩稿'를 품에 안고 숨어 병화兵火를 피했다.

홍낭은 최경창과의 사이에 아들 하나를 두었다는 설이 있다. 이름이 최즙이었다고 한다. 함남 경성시절인 1573년 무렵에 생긴 아이라면 왜란 때는 스물에 가까워졌을 것이다. 그게 사실이라면 이 전쟁 때 사랑의 결실인 최즙은 어머니 홍낭과 함께 아버지의 시를 지키려 목숨을 다해 뛰어다녔을지도 모른다. 최즙의 후손이 현재 살아 있다는 얘기도 있으나 자세히 알 수는 없다. 전쟁이 끝난 뒤 그녀는 이 시들을 해주 최씨 가문에 넘겨주었다. 홍낭은 임종 때에 "고죽 곁에 묻어달라"는 말을 남겼다. 최씨 문중은 그녀의 정절을 기려, 고죽 부부의 합장묘 밑에 그녀를 묻고 해마다 제사를 지내왔다. 조선 사회에서 양반의 문중에 기생이 받아들여진 건 홍낭이 처음이자 마지막이었다.

나는 홍낭의 사랑이 불가사의하게 느껴진다. 고죽이 살아 있을 땐 경성 천리 길, 그리고 한양 천리 길을 내달렸고, 죽어서는 다시 파주 천리 길을 뛰어온 사랑. 열두 살 때 사경을 헤매는 어머니를 위해 앰뷸런스처럼 80리 길을 뛰었던 일이 그녀의 삶에 복선이 됐다. 도대체 고죽의 어떤 점이 그렇게 좋았을까? 강직하여 세상에 잘 섞이지는 못했기에 우수에 찬 얼굴의 미남자였을까. 활을 잘 쏘는 사람이었으니 건장한 체구였으리라. 무엇보다 시를 잘 쓰고 문장이 뛰어난 점도 매력이었을 것이다. 군막의 겨울에 남녀는 시로 깊이 교감하는 완전한 지음을 경험했을지도 모른다. 자존심이 강한 외로운 들개 같은 사내. 그러나 알고 보면 한없이 따뜻하고 유약한 면모도 있는 남자. 그런 것들이 홍낭의 모성을 건드렸을지 모른다. 그러고 보면 고죽은 힘겨울 때마다 홍낭의 사랑이 구급救急하는 삶을 살았다. 미스 홍으로선 한없이 보호해주고 싶은 남자였는데, 세상이 그걸 방해하고 뜯어말렸다. 그리운 유란! 함관령의 옛 노래는 아직도 흐르는데.

평생 기다린 사랑, 매창

- 허균과 저승 약혼한 거문고 여인

산들바람 하룻밤 비에
버들과 매화가 봄을 다투네
이럴 때 가장 견디기 어려운 건
술잔 앞에서 사람 헤어지는 일이라

우리가 이승에서 함께 잠들지 않은 것은
무덤에서 영원히 함께 잠들기 위해서
아껴둔 것이 아니더이까?

전라도 부안현의 기생 매창(梅窓, 1573~1610)은 격동기의 조선에 잠깐 피었다 진 한 떨기 매화였다. 춥고 외로웠다. 37년간의 삶. 거문고를 껴안고 살다가 거문고를 껴안고 죽었다. 짧은 노래는 멈췄지만 후인後人들은 그 처연하고 고고한 향기를 내내 듣는다. 그래서 매화 향기는 코로 맡는 것이 아니라 귀를 기울이는 문향聞香이라던가.

매창의 이미지를 생각하노라면 나는 자꾸 가수 심수봉과 겹친다. 그녀의 여리고 곱고 청승스러운 음색과 해쓱하면서도 해사하게 웃는 얼굴. 신화神話 속의 에코처럼 먼저 말을 걸지 못하는 운명의 저주. 행복해질 전망도 없는 사랑을 대책 없이 껴안으며 '사랑밖엔 난 몰라'로 무너져 내리는 필사의 그리움. 한 시대의 변경에서 조그만 소리로 내내 울었던 여치 같은 한 여자.

아전이었던 아버지 이탕종은 딸이 좋은 고관高官 하나를 꿰차 팔자를 고치기를 바랐을 지도 모른다. 어린 시절부터 시와 거문고에 능했고 눈이 맑고 피부가 희고 고와 주위의 찬탄을 받던 아이였다. 말수는 적고 수줍음은 많았지만 노래를 부르면 어린 가슴 속 어디에서 그토록 절절한 한恨이 터져 나오는지 듣는 가슴을 저미게 했다. 매창이 열여섯 살 때 기회가 왔다. 진사 서우관徐雨觀이 그녀에게 반해 서울로 데리고 간 것이다. 그런데 서진사는 그녀를 그 타향의 기방에 보냈을 뿐이다. 1년 남짓 머물면서 그녀는 시기詩妓로서 명성을 얻는다.

에로티시즘

홍봉사洪奉事 김종金宗이 엮은 『속고금소총續古今笑叢』에는 이때의 이야기 하나가 들어 있다. 매창은 한량 세 명(柳, 金, 崔)과 술을 마신다. 어지간히 취기가 돌자 세 사람은 매창에게 은근한 눈짓을 보낸다. 그때 그녀는 웃으면서 이렇게 말한다.

"분위기를 돋울 만한 멋진 시를 들려주십시오."

그때 최생이 읊는다.

玉臂千人枕 丹脣萬口香
옥비천인침 단순만구향
爾身非利劍 何遽斷剛腸
이신비리검 하거단강장

옥같은 팔은 일천 사람의 베개요
붉은 입술은 일만 사람 입의 향기일세
그대 몸은 날카로운 칼도 아닌데
어찌 일거에 굳센 창자를 끊는지

매창이 말한다.

"재미는 있으나 이런 시는 가마꾼들이나 읊는 것으로 아옵니다. 제가 여태껏 들어보지 못한 시를 외우셔서 마음에 드는 것이 있으면 그분과 함께 오늘 밤을 같이 하고자 하옵니다."

이에 세 사람은 좋다고 말한다. 김생이 칠언절구를 읊는다.

窓外三更細雨時 兩人心事兩人知
창외삼경세우시 양인심사양인지
歡情未洽天將晩 更把羅衫問後期
환정미흡천장만 경파나삼문후기

창 밖 늦은 밤 가는 비 내릴 때
두 사람 마음은 두 사람이 아네
사랑의 정은 아직 덜 나눴는데 하늘은 벌써 날이 새네
비단 옷소매 다시 잡고 다음 만날 날 묻네

"음. 김명원金命元의 시로군요. 너무 졸렬하지 않은가요?"

그러자 이번에는 최생이 다시 칠언을 읊는다.

抱向紗窓弄未休 半含嬌態半含羞
포향사창농미휴 반함교태반함수
低聲暗問相思否 手整金釵乍點頭
저성암문상사부 수정금차사점두

껴안고 비단 창문을 향해 애무를 멈추지 않네
반은 교태를 머금고 반은 부끄러움을 머금었네
낮은 목소리로 가만히 사랑하는지 물어보네
손으로는 금비녀를 만지는 척 하며 살짝 고개를 끄덕이네

매창이 말한다.

"이건 심희수沈喜壽의 시로 아옵니다. 앞의 시보다는 약간 교묘하지만 솜씨가 높지는 못합니다. 무릇 율律이라는 것은 정교한 것이 생명입니다. 칠언절구는 운율과 의취가 모두 어렵습니다. 저는 청송 정자당鄭子當의 율시를 읊고자 합니다."

年纔十五窕窈娘 名聞長安第一場
연재십오조요랑 명문장안제일장
蕩子恩情深似海 花長威令嚴如霜
탕자은정심사해 화장위령엄여상

蘭窓日晏朝粧急 松峴風高夕履忙
난창일안조장급 송현풍고석이망
相別每多相見少 陽臺雲雨惱襄王

상별매다상견소 양대운우뇌양왕

나이는 겨우 열다섯 살의 얌전한 소녀
명성은 장안 제일로 소문났네
남자들의 사랑은 깊어서 바다 같은데
기생 매니저의 명령은 엄하기가 서릿발 같네
기생집 창에는 해가 저물면 아침 화장할 일이 급하고
소나무 고개엔 바람이 거세어 저녁 발길이 바쁘네
헤어지는 일은 늘 많고 만나는 건 드문 일이라
양대에서 (무산의 선녀들과) 운우지정을 즐긴 양왕도 고민했지

최생이 듣더니 고개를 끄덕인다.
"참 좋은 시요. 하지만 그것보다 더 좋은 게 있소."

立馬沙頭別故遲 生憎楊柳最高枝
입마사두별고지 생증양류최고지
佳人緣薄含新態 蕩子情深問後期
가인연박함신태 탕자정심문후기

桃李落來寒食節 鷓鴣飛去夕陽時
도리낙래한식절 자고비거석양시
江南雨歇春波綠 手折蘋花有所思
강남우헐춘파록 수절빈화유소사

말은 강나루에 서 있네 이별은 예부터 더딘 법
버드나무 가장 높은 가지처럼 미움이 돋네
여인은 인연이 얕아 새초롬한 표정 짓는데
남자는 정이 깊어서 나중에 만날 날을 묻네
복사꽃 오얏꽃 떨어지는 한식날에
저물 무렵 자고새가 날아가네
강남에 비 개니 봄 물결이 푸르고
개구리밥풀 꺾어드는 건 그립기 때문이네

“고제봉高霽峰의 시는 맑은 빛과 풍운風韻이 있습니다. 하지만 사람의 마음을 움직이기에는 부족합니다.”

매창은 이렇게 말하고는 유생柳生을 돌아보며 말한다.

“그대는 외우는 시가 없습니까?”

“나는 글을 외우는 것은 없다. 다만 여자의 몸을 잘 다루는 재주가 있을 뿐이지.”

매창은 미소를 지었다. 그런데 최생이 화를 내며 유생에게 말한다.

“그대가 비록 좋은 재주를 가졌다지만 오늘은 시를 가지고 다투는 것이 아닌가?”

이때 김생이 일어나 좌우를 돌아보며 말한다.

“내가 오늘 좌중을 압도할 만한 시를 읊겠소.” 정지승鄭之升의 시였다.

秋宵易曙莫言長 促向燈前解繡裳
추소역서막언장 촉향등전해수상
獨眼微開睛昧氣 兩( )纔合汗生香

독안미개정매기 양(　)재합한생향

(　)如螻蟈飜波急 (　)似蜻蜓點水忙

(　)여루국번파급 (　)사청연점수망

强健向來心自負 愛娘深淺問娘娘

강건향래심자부 애랑심천문랑랑

가을밤 새기 쉽더라 길다 말하지 마라

서둘러 등 앞에서 비단치마를 벗기고

눈 한쪽을 희미하게 뜨고 눈동자를 어둡게 하니

두 사람의 (　)이 다만 합쳐져 땀에서 향기가 나네

(　)는 청개구리처럼 파도를 화락 뒤집고

(　)는 잠자리처럼 바쁘게 물을 찍는다

정력 하나는 내내 마음으로 자부하는지라

사랑이 깊은지 옅은지 여자들에게 묻노라

* (　) 속은 『속 고금소총』에서 빠져 있는 내용이다.

매창이 읊어보더니 고개를 끄덕인다. 그때 유생이 입을 연다.

“그대들이 외운 것들은 모두 진부하기 짝이 없소. 눈에 뜨이는 게 보이지 않구려. 차라리 내가 이 자리에서 새로이 율시를 지어 보이겠소.”

그리고는 매창에게 운자를 내게 해서 즉석에서 읊었다. 이 시는 아쉽게도 전하지 않고 2행(그것도 한 글자가 빠진 채)만 전한다.

深春豪士氣昂然 翡翠(　)中結好緣

심춘호사기앙연 비취( )중결호연

깊은 봄 호탕한 선비가 늠름하여
비취 ( ) 속에서 멋진 인연을 맺네

이 두 줄만으로는 도무지 짐작할 수 없으나, 매창은 크게 감탄을 하고 있다.

"높으신 어른이 이처럼 누추한 곳에 오셨다니 큰 영광입니다."

술잔에 술을 가득 부어 올린다.

"그 가치가 어찌 천금에 그치겠습니까. 아까 다른 분들이 읊으신 것은 다 찬물 한 잔의 가치도 없는 것입니다."

이 말에 김생과 최생은 무안한 얼굴이 되어 자리에서 물러간다.

과연 매창이 이들과 이런 시들을 읊고, 유생(사문斯文의 벼슬을 했고, 이름은 도塗라고 한다)과 잠자리를 같이 했는지 알 수는 없다. 다만 기생과의 술자리에서 이런 음시吟詩가 유행했고 시에 관한 식견과 감각이 빼어난 매창은 거의 좌중을 주도하다시피 했다는 사실을 짐작할 수 있다. 열여섯 살의 그녀가 과연 이 정도로 조숙했을까. 이들이 읊고 있는 시들은 상당히 에로틱하다. 당시에도 유행하는 '작업' 용 노래들이 있었을 것이다. 유생은 과묵하고 겸손해 보이지만 실력을 감추고 기회를 기다린 진짜 바람의 아들이었던 것처럼 느껴진다. 이 일화를 접하고 나면 일세의 순정파 여인으로 보이던 매창의 이미지가 조금 구겨진다. 하지만 그녀의 직업이 기생이었다는 사실을 잊으면 안 된다.

매창의 남자

그러나 그녀는 서울 생활에 피로와 염증을 느끼다가 1589년 무렵 부안으로 돌아온다. 서진사는 그런 그녀를 잡지도 않았다. 매창이 일생일대의 남자 유희경을 만나는 것은 이듬해인 1590년이다. 기생의 남자 이력서를 들추어 음미하는 것은 옛사람들이 파적破寂으로 즐겼던 '빨간 책' 취향 같은 것이지만, 사실 기생에게는 남자 문제만큼 크게 생을 지배하는 것도 없지 않았나 싶다. 매창은 희대의 기남자奇男子라고 할 수 있는 두 사람과 인연을 맺는다. 한 사람은 촌은 유희경이며 또 한 사람은 고산 허균이다. 두 사람은 여러 모로 비교가 된다.

유희경은 천민으로 태어나 설움을 겪다가 임진왜란 때 의병활동을 하면서 면천免賤의 기회를 부여받는다. 그리고는 승승장구하여, 사후에는 한성판윤의 자리에까지 높임을 받는다. 사회적 성취에 관한 한 '의지의 조선인' 이다. 시로서 명성을 날렸지만 상례喪禮 전문가로도 유명했다. 국상國喪에서도 자문을 요청할 정도였다. '죽음' 속에서 삶의 기회를 찾아냈던 사람이라고도 할 만하다. 한편 허균은 양반집의 막내아들로 태어난 천재였다. 너무 똑똑해서 그의 매부인 우성전은 "문장을 떨칠 선비가 되겠지만 허씨 집안을 말아먹을 사람도 이 아이가 아닐까 걱정된다"라고 말할 정도였다. 광해군 시절 이이첨의 세력을 업고 승승장구했으나 결국 역모의 혐의를 쓰고 거리에서 사지가 찢어지는 죽음을 당했다. 멸문滅門에서 겨우 살아남은 후손들은 허씨 성을 숨기고 불안하고 서러운 삶을 살아야 했다.

두 사람의 운명이 엇갈리는 포인트는 광해군 시절 인목대비 폐위 사건 때 허균은 권신 이이첨을 도왔고, 유희경은 이이첨의 압력을 끝까지 거부했던 대목에서도 찾을 수 있다. 이 일로 허균은 인조 반정 이후 괘씸죄에 걸려, 죽은 뒤에도 죄인의 굴레를 벗지 못했고, 유희경은 의리를 갖춘 사람으로 칭송되면서 벼슬을 보장받을 수 있었다. 매창이 사귄 두 남자는 이렇듯 다른 인물이었다. 그러나 그녀에게는 두 사람이 전혀 다른 방식으로 다가왔을 것이다.

매창과 유희경은 사회적 약자로서의 동병상련 같은 게 서로를 더욱 긴밀하게 묶었다. 상두꾼(향도)이면 어떤가. 자기 일에서는 조선 최고의 지식과 경륜을 갖춘 전문가이다. 거기다가 시의 품격은 어느 양반도 감히 낮춰 잡지 못하는 경지에 이르렀다. 마음은 겸손하며 따뜻하다. 매창은 이 건장하고 성실한 남자의 매력에 끌렸다. 그녀 나이 열일곱 살. 진심으로 이 남자를 받아들인 것은 인생 전부를 걸어도 좋을 만큼 괜찮은 사람이라 여겼기 때문일 것이다. 유희경의 나이는 45세였다. 1590년과 1591년에 걸친 8개월 동안 매창은 인생에서 가장 달콤한 시절을 보냈다. 일과 시로 너무나 바빴던 유희경을 긴 시간 동안 묶어둘 수 있었던 것도 아마 사랑의 힘이었을 것이다.

그러나 곧 돌아오겠다면서 서울로 훌쩍 가버린 유희경에게서 연락이 오지 않았다. 이듬해 전쟁이 터지고 의병으로 참전했다는 풍문을 들었다. 그가 무사하기만을 빌며, 얼른 전쟁이 끝나기를 빌었다. 그 난리통에 매창이 어떻게 살았는지는 알 수 없다. 어딘가에 숨어 꿈같이 달콤했던 시간을 그리며 눈물을 찍어 시를 쓰고 한숨을 튕기며 거문고 줄을 뜯었을 것이다. 금방 오겠다던 남자는 16년을 기다리게 했다. 기생이란 나날이 남자를 상대하는 직업인지라, 정인情人이 생겼다. 16년 동안, 가슴 속에 피어났던 첫사랑은 물기를 얻지 못해 바싹 말라갔다. 마침내 유희경이 부안에 얼굴을 보였을 때, 그때는 예전 같지 않았다. 유희경의 문제는 자신의 삶을 개선하려는 의욕에 사로잡힌 나머지 한 여인의 순정을 돌보지 않았다는 점이다. 그는 오히려 기생과의 교제가 자신의 갈 길을 가로막을지도 모른다는 생각을 하지 않았을까. 세상은 그를 고결하고 열정적인 사람으로 기억하지만, 매창에게는 무정하고 의리 없는 남자일 수 있었으리라. 물론 그녀가 그렇게 말한 적은 없었다. 1607년에 재회한 유희경은 그녀와 함께 전주와 부여로 나들이를 간다. 매창에게는 그간의 고통을 씻는 짧은 단맛이었지만, 유희경은 그저 '착한 남자'로서 오래 전 약속을 지켰다는 점에 의미를 두었을지 모른다. 그 후 두 사람은 다시 만나지 못했다.

유희경이 매창을 버리고 간지 10년쯤 지난 1601년 여름에 그녀는 허균을 만났다. 그녀가 쓸쓸함을 달래려 사귀었던 김제군수 이귀는 암행어사의 탄핵을 받고 벼슬에서 쫓겨났다. 1년 남짓 마음을 기탁했던 정인이 떠난 뒤 매창은 아마도 일정하게는 '공황' 같은 것에 시달리고 있었을지 모른다. 허균에게도 이귀의 이야기를 했을까. 그녀 나이 28세. 허균 나이 32세. 매창은 허균을 만나면서 나이 차이가 그리 많지 않다는 점에서 친구 같은 감정을 느꼈을 수 있다. 게다가 이 남자는 솔직하고 거침이 없으며 유쾌하다.

매창은 허균을 생각한다. 11세 때 논어와 통감을 읽고 1년도 안 되어 문리가 통했다는 천재. 당대의 시인 이달에게서 당시唐詩를 배웠고, 그 무렵 최고의 여성 시인 허난설헌의 동생인 이 사람. 임진왜란 때 아내와 아이를 잃었고, 그 무렵 체류한 강원도의 뒷산 이름을 따서 이무기의 산[蛟山]이란 호를 쓰는 사람. 1594년 문과에 급제하고 1597년에는 문과 중시에 장원급제를 한 사람. 미친 세상에서 똑바로 살기에는 너무 똑똑했던 그는 수시로 사고를 치는 '불량선비'이기도 했다. 2년 전 황해도사 시절에는 기생을 너무 많이 데리고 다닌다는 이유 때문에 사헌부의 탄핵을 받고 파직되기도 했다. 그래서 오히려 매창에게는 그가 편하게 느껴졌다. 해운판관이 되어 충청도와 전라도의 세금을 거둬들이러 온 그를 만났다. 허균은 서둘러 그 일을 끝내놓고 7월에 매창을 만나 놀았다. 유희경이 어린 시절 순정에 기반한 '사랑' 이었다면, 허균은 이제 삶의 맛을 느끼는 나이에 찾아온 '우정' 이었다. 그는 개성적인 시인이었다. 당시를 배웠지만 그것에 구애받지 않고 '허균의 시' 를 이루고자 했다. 1400편의 시를 썼던 사람이다. 이런 개성적인 시인에 대해 매창은 무한한 매력을 느꼈을 것이다. 그리고 불교에 심취한 허균은 매창에게도 참선을 가르친다. 매창은 죽기 전까지 허균과 서신을 주고받았다. 그녀가 무덤까지 같이 가자고 맹세한 사람은 유희경이 아니라 허균이었다.

첫 사랑, 촌은 유희경

촌은村隱 유희경(1545~1636)의 아버지는 종7품 계공랑을 했던 업동業仝이었으며 어머니는 허씨였다고 한다. '업동' 은 이름이 아닌 것 같기도 하나 자세히 알 수 없다. 업동은 업둥이의 한자 차음인데, 집 앞에 버려진 아이를 말한다. 허균은 그를 가리켜 '천인으로 한시에 능통한 사람' 이라고 말하고 있다. 말직이기는 하나 종7품의 자식이 이유 없이 천인이 될 수는 없다. 아마도 자식이 없던 유씨 성을 가진 계공랑의 집에 버려졌던 아이가 유희경이 아니었나 하는 짐작이 가지만 단정하기 어렵다. 유희경은 주운 자식으로 '서자' 처럼 길러졌을 가능성이 높다.

이 대목에서 소설적인 상상력을 조금 허용한다면 나는 '요금문' 의 비밀을 활용할 생각이 있다. 유희경의 집은 창덕궁 요금문 바로 앞에 있었다. 그 집의 뜰이 나중에 창덕궁의 담장 안으로 편입되었다고 한다. 현재 창덕궁 규장각 뒤뜰에 있는 500년 된 전나무가 유희경이 심은 것이라고 전해온다. 자신의 집 마당에 심은 것인데 창덕궁 뜰이 되면서 나무도 궁인처럼 궁궐 생활을 하게 된 것이다. 희경의 아버지는 내시부에서 궁궐 건물을 수리하는 상설尙說이란 직책을 맡고 있었다. 나이가 든 유상설은 궁궐 바깥의

요금문 바로 앞에서 기거하고 있었다. 그 무렵 궁인 하나가 뜻밖의 임신을 해서(왕이 아닌 누군가가 밤중에 침입하여 일을 저지른 것이다) 고민을 하고 있었는데 유상설의 귀띔에 따라, 병이 든 것으로 꾸며 궁궐 밖으로 나온 일이 있었다. 요금문은 나이가 들거나 병이 든 궁인이 쓸쓸하게 퇴장하는 '졸업문' 이었다. 지난 일을 다 잊어버리자는 의미에서 '망각의 문' 이라고 부르기도 했다. 허씨 성을 가진 그녀는 아이를 낳자 소문이 두려워 내시의 집 앞에 몰래 놓아두었다. 내시는 이 업둥이의 비밀을 알면서도 모르는 체, 공을 들여 키웠다. 그 아이가 촌은이다.

촌은이 13세 때 아버지가 돌아갔다. 그는 묘 옆을 떠나지 않고 며칠간 계속 울었는데 인근의 절에 있던 스님이 이를 보고 묘막을 차려주었다. 친자식일 리 없는데도 극진한 정성으로 상을 치르는 희경의 소문을 듣고 양명학자인 동강東岡 남언경이 그를 제자로 삼았다. 그는 양주목사, 공조참의, 전주부윤을 지낸 사람으로 문공가례文公家禮에 관한 한 조선에서 그보다 밝은 사람이 없었다. 한때 주자학자 이황을 비판하다가 삭탈관직을 당하기도 했던 기개 있는 사람이었다. 남언경의 가르침을 받으면서 유희경은 상례喪禮에 관한 한 나라에서 인정하는 전문가가 되었다. 그는 향도(香徒, 상여꾼)의 일원이 되어 국상과 사대부의 상을 집례하면서 명성이 높아졌다.

그는 당시 백대붕白大鵬과 함께 천인신분으로는 최고의 시인이었다. 희경은 스승 남언경이 양주 목사 시절 지은 도봉서원에 있는 침류대枕流臺를 구경한 뒤 자신의 집 근처 정업원定業院 아래에 있는 바위에 '침류대' 라는 이름을 붙였다. 침류枕流는 흐르는 물을 베개 삼는다는 의미이니 누워서 물소리를 듣는 풍류를 의미한다. 정업원은 왕이 돌아가고 난 뒤 과부가 된 궁녀들이 여승女僧이 되어 기거하는 곳이다. 희경에게는 출생과 관련하여 어떤 감회를 주었음직한 장소이다. 대붕과 그는 침류대에서 문인들과 시를 나누며 '침류대시첩'을 만든다. 이 시회詩會가 발전하여 아전과 중인들의 위항시사委巷詩社 운동으로 발전하기도 한다.

山含雨氣水生煙 青草湖邊白鷺眠
산함우기수생연 청초호변백로면
路入海棠花下轉 滿枝香雪落揮鞭
노입해당화하전 만지향설낙휘편

산이 비 기운을 머금어 물안개가 피네
청초호 옆에는 백로가 졸고 있네
길로 접어드니 해당화 아래서 굽이지네
가지 가득 향기가 흩날려 휘두르는 채찍에 떨어지네

「월계月溪」라는 제목의 이 시는 유희경이 강원도 양양에 놀러가면서 썼던 것이라 한다. 때는 해당화가 가득 핀 늦봄이다. 비가 오려는지 산이 꾸물꾸물하다. 그런 가운데 푸른 풀들이 자란 호수와 흰 새가 선연한 색깔의 대비를 낸다. 당시唐詩에서 자주 보던 단정한 수채화이다. 그 속을 말을 탄 사내가 가고 있다. 활태처럼 굽이지는 길에는 해당화가 서럽도록 짙게 피어 있다. 바람도 없는 날이라 낙화할 핑계가 없어 꽃꼭지들이 근질근질하던 판인데, 말채찍이 일으키는 바람 몇 오라기에 하릴없이 후두둑 진다. 해당화는 농염한 진홍빛 때문에 홍등가의 여인에 비유되지만 가지에는 자존심 같은 가시들이 도사리고 있다. 장미과의 꽃이지만 장미에 비해선 대접을 못 받는, 천출賤出이다. 동해안 명사십리에 펼쳐진 서러운 해당화 로 드에, 업둥이로 천시 받던 사내 하나 말없이 흘러간다.

醉揷茱萸獨自娛 滿山明月枕空壺
취삽수유독자오 만산명월침공호
傍人莫問何爲者 白首風塵典艦奴
방인막문하위자 백수풍진전함노

술 취해 수유꽃 꽂고 혼자서 즐기네
산 가득 밝은 달에 빈 술병 베고 누웠다
지나가는 사람이여 뭐 하는 놈이냐 묻지 마라
흰 머리칼 바람 티끌처럼 얹힌 전함 수리공 하인 일세

이 시는 백대붕의 「구일취음九日醉吟」이다. 9월 9일 중양절에 대붕은 술을 한 잔 했다. 기분이 좋아져서 여인네들처럼 머리에 액막이 수유꽃을 꽂았다. 낮부터 마셨으니 밤이 되니 취기가 동한다. 환하게 달이 떠오르니 빈 병을 베개 삼아 베고 누워버렸다. 지나가는 사람이 웬 미친 사람이냐는 듯 바라본다. 그는 자조自嘲하듯 제 풀에 말한다. 나는 늙은 '전함노'라고. 선함사에 딸린 노복奴僕인 사신이 아무런 세악 없이 노닐 수 있는 곳은 시그 행간뿐이었다.

임진왜란은 두 사람에게 생사의 갈림길이 된다. 두 사람은 의병으로 나갔다. 백대붕은 상주에서 전사했고 유희경은 살아남아 선조로부터 포상과 교지를 받고 면천免賤의 기회를 얻는다. 그는 벼슬길에 오른다. 호조에서 사신 왕래 비용을 절감하는 계책을 상소하여 통정대부를 하사받기도 한다. 또 광해군 때 모후 폐위를 거부한 절의를 인정받아 인조 반정 이후 가

선대부로 품계가 올라갔다. 아들 유면민이 공을 세워 사후 한성판윤에 추증되었다.

유희경의 진술

이쯤 사전 취재를 하고, 유희경을 인터뷰하기로 했다. 91세까지 살았던 그였는데, 매창과 관련한 내용을 주로 질문할 생각으로 '65세 봄날의 그'를 택했다. 이때는 매창과 두번째 만남(1607년, 62세)이 있은 뒤이며 매창이 여름에 죽는 해이기도 하다. 정업원이 있는 동네라 원동院洞이라 불렸던 창덕궁 뒤편의 침류대 바위에서 그를 만났다. 환갑을 앞둔 그였지만 얼굴이 희고 약간 야윈 편이었고 키가 훤칠했다. 눈이 크지 않고 눈빛에서 푸른빛이 감돌아 섬세하다는 느낌을 준다.

– 이곳 원동천院洞川 옆에 계생동천桂生洞川이 흘렀다는데 혹시, 기생 계생(桂生, 매창의 다른 호)과 관련이 있는가.

원동천은 정독도서관 서쪽에서 발원해서 덕성여중고 샛길을 통과해 안국동과 인사동을 거쳐 청계천으로 흐르는 계곡입니다. 계생동천은 가회동과 계동을 지나 청계천으로 가죠. 원래 제생원이 있던 마을을 '제생동'이라 불렀는데 그것이 와전되면서 '계생동'이 되었죠. 따라서 계생과는 아무 관련이 없소이다. 하지만 세상일에 의미 없는 우연이 어디 있겠소. 내가 원동에 살면서 계생을 하도 그리워하는 바람에 시냇물들이라도 서로 합류하고 싶어서 그런 이름으로 되지 않았을까 하는 생각을 하게 됩니다그려. 허허.

– 매창과는 언제 어떻게 만났는가.

글쎄. 오래 되어서 기억이 흐린데…… 내 나이 마흔다섯쯤 되었을 때일 거요.

그때(1590년) 매창은 열일곱 살이었지요. 그때까지 나는 어떤 기생과도 사귄 적이 없었어요. 매창 또한 기녀이지만 몸과 마음을 깨끗이 하여 나를 받아들였소. 혹자는 매창이 박색薄色이었다고 하는데, 말도 안 되는 소리요. 남도 여행을 갔다가 우연히 마주치게 되었는데 정말 눈부실 만큼 아름다운 여인이었소. 매창은 부안 일대에서 소문난 절색이었소이다. 서울에서도 나는 그 소문을 알고 있었지요. 시와 거문고가 뛰어나, 내 마음을 사로잡았지요. 글씨도 아주 예뻤고…… 내가 서울서 온 시인이라고 했더니, 매창은 대뜸 "그럼, 유희경 어른이오? 백대붕 어른이오?"라고 묻더군요. 그녀도 내 소문을 들었던 게요. 조선 땅이란 게 참 좁더이다. 우리가 서로 마음을 터놓게 된 것은, 시가 깊이 통했고 또 천출賤出의 고통을 공유하고 있었기 때문이오. 그녀를 보고 나는 이런 시를 읊었소이다.

曾聞南國癸娘名 詩韻歌詞動洛城
증문남국계랑명 시운가사동낙성
今日相看眞面目 却疑神女下三淸
금일상간진면목 각의신녀하삼청

남부 지방의 계랑 명성 익히 들었네
시와 노래가 서울에까지 울렸도다
오늘 진면목을 보았도다
신선계에서 선녀가 내려온 듯 하다

— 매창은 어떤 사람인가.

부안현의 아전 이탕종李湯從의 딸이었소. 계유년에 태어났기에 계생癸生 혹은 계생桂生이라고 부르더이다. 기생이 된 뒤 계랑癸娘이라는 애칭을 가졌는데, 자신이 매창梅窓이라는 호를 지었지요. 한문과 시는 부친에게서 배운 것으로 알고 있소. 그녀는 아주 자존심이 강했고 기생이 아닌 여인이고 싶어 했소. 시를 쓰면서 평생 맑은 삶을 살고 싶다고 말할 정도였소. 어느 가을엔가 그녀가 이런 시를 읊었지요.

雨後凉風玉簟秋 一輪明月掛樓頭
우후양풍옥단추 일륜명월괘루두
洞房終夜寒蛩響 擣盡中腸萬斛愁
동방종야한공향 도진중장만곡수

平生耻學食東家 獨愛寒梅映月斜
평생치학식동가 독수한매영월사
時人不識幽閑意 指點行人枉自多
시인불식유한의 지점행인왕자다

비오고 나니 서늘한 바람이 옥광주리에 담기는 가을
한 아름의 명월이 누각의 이마에 걸리고
안방에선 밤새도록 귀뚜라미 소리
마음속을 빻아내니 수심이 열 말이요

평생 부끄럽게 배운 건 기생 노릇
홀로 사랑하는 건 비껴선 달빛 어린 찬 매화
사람들은 깊고 고요한 마음 몰라주고

손가락질하며 지나가는 삐딱한 이 많구나

愁思(수사)

「수사(愁思, 근심)」라는 시요. 바람을 광주리에 담고 명월이 누각의 머리에 걸린다는 표현이 참으로 생생하지요? 귀뚜라미 소리가 창자를 빻아내니 근심이 열 말이라는 표현엔 나도 혀를 내둘렀소. 平生恥學食東家 獨愛寒梅映月斜(평생치학식동가 독수한매영월사)라는 구절은 매창이 평생 자신이 기생이라는 사실에 힘겨워하며 달빛과 매화를 즐기며 사는 풍류객으로 살고 싶은 두 겹 마음이 드러나 있소이다. 일종의 자아 혼란 같은 게 좀 있다고 해야 하나요. 매창은 기생이었지만 기생이 아니라 그냥 여인이었소.

– 그랬다면 기생 노릇을 어떻게 감당했단 말인가.

「계생삼한절桂生三恨絕」이라는 연작시가 있소이다. 그녀의 마음 갈등을 잘 표현한 시요. 물론 「집나삼(執羅衫, 저고리를 붙잡음)」 한 수가 원래 시이나 그 느낌이 좋아 두 개를 더 엮은 것이외다.

醉客執羅衫 羅衫隨手裂
취객집나삼 나삼수수열
不惜一羅衫 但恐恩情絕
불석일나삼 단공은정절

취객이 저고리 자락을 잡으니
저고리가 손길에 찢어졌네
저고리 하나쯤 아까울 게 없지만

다만 베푸신 정 끊어질까 두려워라

故人交金刀 金刀多敗裂
고인교금도 금도다패열
不惜金刀盡 且恐交情絕
불석금도진 차공교정절

옛날 그 사람과 금칼을 나눴는데
금칼이 많이 이지러졌도다
금칼이 닳는 건 아까울 게 없지만
또한 사귀는 정 끊어질까 두려워라

* 금도(金刀)는 칼 모양으로 생긴 당나라 화폐

悖子賣莊土 莊土漸次裂
패자매장토 장토점차열
不惜一莊土 只恐宗祀絕
불석일장토 지공종사절

패륜의 자식이 땅을 팔아치우네
가진 땅이 점점 없어지네
땅이야 아깝지 않으나
단지 제사가 끊어질까 두려워라

어느 모임에서 재치 있게 읊은 것인데 그녀의 '기생 딜레마'를 잘 표현하고 있소. 몸은 거절해도 마음을 놓쳐서는 안 되는 그 상황이 절절하게 와 닿지 않소? 마지막 4행은 청루를 들락거리는 어떤 손님의 이야기일 수도 있소. 자신에게는 고객이니 뭐라고 말하기는 그렇지만, 돈을 물 쓰듯 하며 가정을 파탄 내는 것을 보고 안타까워하는 마음을 담았소. 보통 기생이 생각하기 어려운 대목이 아니오?

– 매창과 자주 다닌 데가 있는지.

부안의 변산(천층산)에 있는 천년사와 어수대 폭포, 그리고 월명암에 가서 놀다 온 적이 있소. 참 행복하던 시절이었소.

千層隱佇千年寺 瑞氣祥雲石逕生
천층은저천년사 서기상운석경생
淸磬響沈星月白 萬山楓葉鬧秋聲
청경향침성월백 만산풍엽료추성

1천 개의 층계로 감춰 우두커니 선 천년사
서기를 품은 범상치 않은 구름이 돌밭길에 생겨난다
맑은 풍경소리가 달빛 별빛에 잠기니
온산 단풍잎들 가을 소리 왁자하다

登千層菴(천층암에 오르다)

王在千年寺 空餘御水臺
왕재천년사 공여어수대
往事憑誰問 臨風喚鶴來

왕사빙수문 임풍환학래

신라의 경순왕 놀던 천년사
텅 빈 곳에 어수대만 남았구나
옛일을 누구에게 물어볼까
바람 속에 학을 불러볼까

登御水臺(어수대에 오르다)

卜築蘭若倚半空 一聲淸磬徹蒼穹
복축난약의반공 일성청경철창궁
客心怳若登兜率 讀罷黃庭禮赤松
객심황약등도솔 독파황정예적송

터를 잡아 지은 난간이 절반은 허공에 의지하여 버티는 듯
맑은 풍경 소리 한 가닥이 하늘 끝을 뚫는다
나그네 마음 도솔천에 오른 듯 어리둥절
황정경 읽고 나서 적송자에 절하리

登月明庵(월명암에 오르다)

* 복축(卜築) : 살 만한 땅을 가려서 건물을 지음
* 적송자(赤松子) : 신농씨 때에 비를 다스렸다는 신선.
* 황정경(黃庭經) : 도가(道家)의 경문. 위부인(魏夫人)이 전한 황제 내경경(黃帝內景經), 왕희지가 베껴서 거위와 바꾸었다는 황제 외경경(黃帝外景經), 황정 둔갑 연신경(黃庭遁甲緣身經), 황정 옥축경(黃庭玉軸經)의 네 가지가 있다.

– 매창의 풍경시들은 생동감이 넘치는 것 같다. 시어들이 활달하고 발랄하다. 만날 당시 촌은이 직접 준 다른 구애시도 있었는가.

구애시라 하니 좀 쑥스럽소만, 장난끼가 발동해서 준 시는 있었소.

柳花紅艶暫時春 撻髓難醫玉頰嚬

유화홍염잠시춘 달수난의옥협빈

神女不堪孤枕冷 巫山雲雨下來頻

신녀불감고침랭 무산운우하래빈

버들꽃 붉고 예쁜 잠깐의 봄

뼛골을 두드린다 해도 옥같은 뺨에 진 주름을 못고치네

선녀는 하나뿐인 베개의 냉기를 견디지 못하여

무산의 구름비를 타고 자주 내려온다네

戱贈癸娘(우스개 삼아 계랑에게 주다)

* 무산의 구름비 : 무산지몽(巫山之夢). 무산(巫山)의 꿈이라는 뜻으로, 남녀의 밀회나 정교(情交)를 이르는 말, 특히 미인과의 잠자리를 가리킴.

뜨거웠던 시절에 나눈 시 중의 하나라, 지금 돌아보니 오히려 마음이 쓰리는군요. 열일곱의 매창은 정말 선녀 같았어요. 버들허리에 붉고 앵도톰한 입술, 그리고 새촘한 뺨은 맑고 부드러웠죠.

– 이때 만남이 그리 길지는 않았던 걸로 안다. 언제 헤어졌나?

약 여덟 달쯤 머물다 상을 당한 서울의 세도가에서 급히 찾아 올라가게 되었지요. 사실 침류대 시모임인 '풍월향도'의 백대붕으로부터도 몇 번 전갈이 왔소이다. 기생에 빠져 시사를 돌보지 않는 것에 대한 원성도 있었어요. 그래도 헤어지고 싶지 않았는데…… 그녀와 전주에 한번 간 적이 있었는데 거기서 딱 열흘만 시를 논하면서 살자고 약속을 했었죠. 그런 약속을 뒤로 하고 한양으로 향했죠. 1591년 봄날 배꽃이 펄펄 날리던 날이었을 거요. 그런데 이듬해에 왜란이 났지요. 나는 의병을 조직하여 전쟁에 뛰어들었습니다. 백대붕도 함께 나섰지요. 상주 전투에서 대붕을 잃고 말았지요. 그런 난리 통에 매창과의 인연이 끊어지고 말았습니다.

– 헤어진 다음에도 매창은 촌은을 그리워하며 많은 시를 지었는데……

헤어지는 날 그녀는 내게 이런 시를 주었소.

我有古秦箏 一彈百感生
우유고진쟁 일탄백감생
世無知此曲 遙和緱山笙
세무지차곡 요화구산생

내게는 옛 진나라의 '쟁'이란 악기가 있어
한번 튕기면 백 가지 느낌이 돋아나네
세상엔 이런 곡을 아는 이 없어
멀리 진(晉) 태자의 생황에나 화답하리라

* 진태자 : 주나라 영왕(靈王)의 아들 왕자교. 왕에게 간언을 하다가 노여움을 사서 서민이 되었다. 생황을 잘 불어서 봉황의 울음소리까지 냈다고 한다.

30여 년간 숭고산에 노닐다가 구씨산 마루에서 흰 학을 타고 신선이 되어 하늘로 올라갔다고 전한다.

매창이 '쟁' 이라고 표현한 것은 바로 자신의 심금心琴을 말하는 것이었소. 그 곡조를 이해할 수 있는 이는 바로 나 뿐인데 이제 헤어지자고 하니 막막한 마음을 읊은 것이오. 구씨산의 태자 이야기를 해준 것은 나였소. 그러니 그 태자는 바로 촌은이 아니겠소. 외로운 세상에서 드디어 지음知音을 만났는데, 훽 날아가버리니 야속한 생각이 어찌 없었겠소. 구씨 산 이야기는 그 뒤 겨울날에 읊은 시에도 있더이다.

梅窓風雪共蕭蕭 暗恨幽愁倍此宵
매창풍설공소소 암한유수배차소
他世緱山明月下 鳳簫相訪彩雲衢
타세구산명월하 봉소상방채운구

매창에 눈보라 몰아쳐 어지럽네
깜깜한 슬픔과 깊은 근심이 이 밤에 곱절이네
다음 세상엔 구씨산 밝은 달빛 아래에서
꽃구름 길을 퉁소 불며 데이트 가리라

記悔(뉘우침을 적다)

매화나무가 있는 창은 바로 자신을 말하는 거외다. 그녀의 영혼에 치는 눈보라처럼 창 밖이 어지러웠겠지요. 안 그래도 걱정스럽고 서럽고 한 판에 날씨마저 저러니 잠을 이룰 수 없었겠지요. 그런 시간에 문득 구씨산 이야기를 생각해낸 것이겠죠. 이번 생은 이렇게 틀려버렸다 해도, 다음 세상에선 멋지게 데이트를 하며 살겠다는 그녀의 생각을 떠올리면, 귀엽고 가엾어서 눈물이 핑 돌더이다. 물론 나도 매창 생각에 괴로웠소이다. 특히 오동나무에 비 뿌릴 때 견딜 수 없었지요.

一別佳人隔楚雲 客中心緖轉紛紛
일별가인격초운 객중심서전분분
靑鳥不來音信斷 碧梧涼雨不堪聞
청조불래음신단 벽오양우불감문

그대와 헤어지니 구름이 그 사이를 막네
나그네의 마음도 굴러 어지럽네
인편이 오지 않으니 소식 끊겼고
벽오동에 서늘한 비 뿌릴 때 차마 못 듣겠네

途中憶癸娘(길 가다 계랑을 생각함)

* 청조(靑鳥) : 서왕모(西王母)의 사자인 삼족오(三足烏)인데 소식을 전해주는 역할을 한다.

娘家在浪州 我家住京口
낭가재낭주 아가주경구
相思不相見 腸斷梧桐雨
상사불상견 장단오동우

그대의 집은 낭주(부안)에 있고
나의 집은 서울에 있어
그리워도 못 보니
오동나무 빗소리에 창자가 끊어질듯

悔癸娘(계낭을 그리워함)

이 무렵, 매창은 시조 한 수를 읊었소.

이화우 흩뿌릴 제 울며 잡고 이별한 님
추풍낙엽에 저도 나를 생각하는가
천리에 외로운 꿈만 오락가락하여라

헤어지던 날 봄비가 촉촉이 내렸소. 전날 밤부터 쏟아진 비였는데 아침에는 실처럼 엷어졌지요. 비가 와서인지 매화가 피고 버들잎도 파랗게 물들었더군요. 배꽃은 눈망울을 뜰락 말락 하던 때였죠. 이화우와 추풍낙엽 사이의 행간에 들어 있는 한숨과 절망을 느낍니다. 하루하루 견딜 수 없을 만큼 힘든 시간이었을 겁니다. 나 또한 겹친 일들로 눈코 뜰 새 없이 바빠 기별을 전할 여유가 없었습니다. 그보다도 나의 무심無心이 컸겠지요. 순간순간 매창이 생각나긴 했지만 그때뿐이었습니다. 밤마다 꿈속에서 그녀의 얼굴을 보았지요. 가끔 그녀가 써준 자한自恨의 시를 펼쳐보며 마음을 달랬습니다.

東風一夜雨 柳與梅爭春
동풍일야우 유여매쟁춘
對此最難堪 樽前惜別人

대차최난감 준전석별인

산들바람 하룻밤 비에
버들과 매화가 봄을 다투네
이럴 때 가장 견디기 어려운 건
술잔 앞에서 사람 헤어지는 일이라

含情還不語 如夢復如癡
함정환불어 여몽복여치
綠綺江南曲 無人問所思
녹기강남곡 무인문소사

정을 머금으니 도리어 말이 안 나오고
꿈처럼 자꾸 바보가 되네
강남곡을 연주하니
내가 무슨 생각하는지 묻는 사람이 없네

* 강남곡 : 중국 강남지방의 노래. 정가(情歌)가 많음.

翠暗籠煙柳 紅迷霧壓花
취암농연류 홍미무압화
山歌遙響處 漁笛夕陽斜
산가요향처 어적석양사

푸른 어둠은 바구니 같은 안개로 버들을 감싸고
붉고 어지러운 안개는 꽃을 짓누르네
산의 노래 멀리 퍼지는 곳에
어부들 피리소리 석양에 기울어지네

自恨(스스로 슬퍼함)

謫下當時任癸辰 此生愁恨與誰伸
적하당시임계진 차생수한여수신
瑤琴獨彈孤鸞曲 悵望三淸憶玉人
요금독탄고란곡 창망삼청억옥인

임진년과 계사년(1593)에 전쟁에 나가니
이 몸의 근심과 슬픔 누구에게 말하리
거문고로 홀로 고란곡을 타면서
슬프게 삼청(신선세계)을 바라보며 옥 같은 사람을 생각하네

憶昔(옛날을 생각하며)

- 천리에 외로운 꿈만 오락가락하는 시간은 차라리 달콤했다. 그 뒤 전쟁이 일어나고 사랑은 그 소용돌이 속에 파묻혔다. 다시 만나게 된 것은 언제인가.
16년이나 지난 뒤였습니다. 삶은 이리저리 엇갈리고, 무슨 일인가에 쫓겨 귀한 것들을 다 놓치면서도 잊고 살았습니다. 제 나이는 62세가 되었고 전쟁 이후 드디어 천인의 굴레에서 벗어나 벼슬을 하다 잠깐 쉬고 있을 무렵이었소. 아마도 세상의 바닥에서 만났던 그녀를 만나는 일이 두려웠는지 모릅니다. 요행히 양반의 대열에 들어서자 허영끼가 발동한 것입니다. 매창을 만나는 일은,

나의 천한 신분을 확인하는 일이기도 하였습니다. 출세의 욕망이 순결한 사랑을 애써 외면하였던 겁니다. (유희경, 두 손바닥으로 얼굴을 감싸며 잠깐 흐느낀다.) 34세의 그녀. 어린 시절과는 달랐지만, 성숙하고 초췌한 아름다움을 지니고 있더군요. 그 사이, 김제군수 이귀와 정을 나눈다는 소문을 들었습니다. 그리고 이귀가 1601년에 암행어사 이정험의 탄핵을 받고 파직된 그해, 여름에 허균을 만났다고 하더군요. 그는 공무 중이었는데 한 나절 시와 거문고를 즐겼다고 하였습니다. 그런 일이 있은 지도 6년이 흘렀지요. 나는 이때 매창을 데리고 부여 백마강에 다녀오기도 하였지요. 그러나 두 사람의 마음은 그 전과는 같을 수 없었습니다. 매창은 담담한 표정으로 나를 대했습니다. 그간의 슬픔과 그리움이 정리된 듯 무심한 눈망울이었소. 그때 매창은 내게 이렇게 읊었소.

從古尋芳自有時 樊川何事太遲遲
종고심방자유시 번천하사태지지

예부터 기생을 찾는 일은 때가 있는 법인데
두목(杜牧, 번천은 두목의 호. 시인을 말한다)께서는 무슨 일로 이리도 늦으셨는지요

나는 할 말이 없었소. 헤어지기 전 전주에서의 약속을 떠올리며 우물쭈물 이렇게 말했소.

吾行不爲尋芳意 唯趁論詩十日期
오행불위심방의 유진논시십일기

나는 기생을 찾으려는 뜻으로 온 게 아니라
시를 논하자는 열흘 약속을 지키기 위해서이오

완산에 있을 때에 그녀가 나에게 열흘 동안 시에 대해 함께 논하기를 원한다고 한 까닭에 이렇게 말한 것이오.(在完山時, 娘謂余曰, 願爲十日論詩故云.)

나는 그녀와 열흘 동안을 있었습니다. 너무 기다리다 지쳐버린 사랑이 서먹한 포즈로 동행하고 있었습니다. 매창은 거문고를 말없이 꺼냈습니다.

竹苑春深曙色遲 小庭人寂落花飛
죽원춘심서색지 소정인적낙화비
瑤箏彈罷江南曲 萬斛愁懷一片詩
요쟁탄파강남곡 만곡수회일편시

죽원의 봄은 깊어 새벽빛이 더디네
작은 뜰에 인적 고요한데 낙화가 흩날리네
거문고로 강남곡을 다 뜯고 나니
일만 섬의 시름이 한편 시에 담기네

閨中怨(규방의 슬픔)

나도 화답하는 시를 읊었습니다. 목소리가 자꾸 잠기어오는 것을 느꼈소.

別後重逢未有期 楚雲秦樹夢想思
별후중봉미유기 초운진수몽상사

何當共倚東樓月 却話完山醉賦詩
하당공의동루월 각화완산취부시

이별 뒤 다시 만날 약속이 없었기에
초나라 구름과 진나라 나무는 그리운 꿈만 꿨네
함께 기대어 동루의 달을 보는 일이 어찌 가능하리
전주에서 술 취해 시를 짓던 얘기는 하지 말자

寄癸娘(계랑에 부침)

인터뷰는 여기서 끝난다. 두 사람은 살아서 다시 만나지 못했다. 3년 뒤 여름날에 매창은 거문고를 껴안고 죽었다. 유희경은 91세까지 수를 누렸다. 열일곱에 피어났던 매창의 사랑은 꽃을 피우지 못하고 한이 된 채로 스러져 갔다. 어느 쌀쌀한 봄날 겨울옷을 꿰매고 있는 그녀를 생각한다. 사랑을 잊기 위해 그녀는 일하는 손을 더욱 바쁘게 놀렸다. 低顔信手處(저안신수처) 머리를 숙여 바느질손을 놀리노라니/珠淚適針絲(주루적침사) 구슬 같은 눈물이 바늘과 실에 떨어진다. 기다림에 목이 빠질 듯하던 어느 날 매창은 유희경이 보낸 거문고를 받았다. 사랑이 폐원廢苑의 매화처럼 시들어가는 풍경을 잠깐, 들여다보자.

幾歲鳴風雨 今來一短琴
기세명풍우 금래일단금
莫彈孤鸞曲 終作白頭吟
막탄고란곡 종작백두음

몇 년 비바람 울더니
오늘 작은 거문고 하나 왔네
고란곡을 참았지만
끝내 백두음을 지었네

彈琴(거문고를 타면서)

세번째 행에 나오는 고란곡은 '외로운 난새의 노래' 다. 난새는 남조 송나라 범태의 『난조시서』라는 책에 나오는 새이다. 계빈이란 왕에게 잡힌 난새는 새장에 갇혔다. 왕은 이 새가 노래를 부르기를 기다렸으나 삼 년 동안 울지 않았다. 그래서 왕은 새장 앞에 거울을 걸어 자신의 모습을 바라보게 했다. 그러자 난새는 슬피 울기 시작했다. 결국 새는 거울을 향해 달려들어 부딪쳐 죽는다.

그 난새 이야기를 노래로 만든 것이 고란곡이다. 참으로 슬픈 노래이리라. 새장에 갇힌 외로움, 그 자신을 거울에 비쳐보며 새긴 외로움, 결국 자기 속으로 뛰어들어 죽음을 맞는 이 스토리가, 기생 매창의 마음에 들었을까. 자주 거문고를 당겨 고란곡을 탔다.

몇 년 비바람 울더니
오늘 작은 거문고 하나 왔네

몇 년 동안 매창은 독수공방으로 지냈다. 그리운 사람을 기다리며 홀로 잠들어야 하는 밤에는, 비바람이 무섭도록 운다. 하루 이틀도 아니고, 그게 몇 년이 됐다. 사람이 와야 하는데 사람 대신 작은 거문고 하나가 왔다. 당신이 나를 생각하여 이걸 보내준 것만도 고맙고 기특한 일이니 어찌 오지 않음을 원망하랴.

고란곡을 참았지만
끝내 백두음을 지었네

그래서 외로운 자신을 향해 우는 고란곡은 부르지 않기로 했다. 그런데 그만 백두음을 지어 부르고 말았다. 백두음의 내력에 대해서 허경진 교수는 이렇게 설명한다.

> "사마상여가 장차 무릉의 여인을 첩으로 데려오려고 하였다. 그 아내 탁문군이 '백두음'을 지어 스스로 끊자, 사마상여가 이에 첩 데려오기를 그만두었다. 그 뒤로도 흰 머리로는 헤어질 수 없다는 아내의 마음과 두 마음 가진 남편 때문에 안타까와 하는 아내의 마음을 주제로 여러 편의 백두음이 지어졌다."

그러니까 백두음은 한나라 때 탁문군이 지은 노래다. 그녀는 중국 역사 속의 대표미인에 꼽힐 만큼 아름다운 여자였다. 그녀의 눈썹은 길고 부드럽게 구부러져 있어 멀리서 보면 산봉우리 모양 같았다 한다. 미여원산眉如遠山이란 말은 거기서 나왔다. 사마상여는 관직에 오르지 않고 시와 풍류를 즐긴 한량이었는데, 탁왕손이란 부자의 딸에게 반했다. 그게 탁문군이다. 그는 이 여자를 데리고 사랑의 도피행각을 펼친다. 무려 2천여 년 전에 있었던 이야기다.

한국의 미스코리아 출신 박미선이 중국의 국영텔레비전 드라마 주인공을 맡았다 하여 화제가 됐는데, 그 역할이 바로 탁문군이다. 그녀는 대만의 꽃미남 배우인 자오언쥔(사마상여 역할)과 드라마 속에서 사랑의 도피를 한다. (연속극 제목은 봉구황인데, '봉새가 황새를 만났다' 라는 의미로 중국의 오래된 구전 소설을 각색했다.)

백두음은 탁문군의 탄식을 담은 노래다. 전설적 로맨스와 미모의 주인공도 늙는다. 머리[頭]에 흰[白] 서리를 얹었다. 그렇게 되고 보니 이젠 사마상여가 딴 여자와 바람을 피지 않는가. 흰머리의 슬픔, 늙어가는 여자의 비탄을 읊은 노래가 백두음이다. (허교수가 '스스로 끊자' 라고 말한 대목이 아리송하다. 자결을 했다는 뜻인지 다른 뜻인지 모르겠다.) 그 노래를 들어보지는 못했지만, 아마도 이런 내용이 아닐까 싶다. (내 멋대로 지은 것이니 그냥 그러려니 하고 들어주기 바란다.)

나를 죽도록 사랑한다 하던 그 사람이
이제 딴 여자를 죽도록 사랑한다 말하네.
나를 그토록 예쁘다고 말하던 그 입이
이제 딴 여자의 입술 속에서 꿀을 빨고 있네.
하지만 나는 그 사람을 미워할 수 없네
한번 사랑, 오직 그 사랑이라 죽도록 사랑할 수밖에 없네.
다만 나는 거울 속에 비친 내 흰 머리를 미워하네.
그 사람을 내게서 빼앗아간 질투 많은 시간을 미워하네.
아니, 나는 그 사람을 미워하네. 그 사람을 빼앗아간
그 젊은 여자를 미워하네. 미움으로 가득 찬
늙은 여자인 나를 미워하네. 죽도록 미워하네.
흰 머리 아래 울고 있는 거울 속의 저 여자를 죽이고 싶네.

– 탁문군의 노래 「백두음」

이제 다시, 이 노래를 연주한 매창 얘기를 하자. 매창은 왜, 고결한 고독을 노래하는 고란곡을 놔두고, 이 사무친 질투의 노래를 연주했을까. 사랑하던 남자가 다른 젊은 여자와 연애하는 상상을 하며 거울에 비친 자신의 흰 머리를 바라보는 매창이 혹시 눈앞에 떠오르는가? 몇 년간 소식 없던 남자가, 문득 미안하고 안 된 느낌이 들어 보냈을 작은 거문고 하나를 껴안은, 이 가엾고 슬픈 여자가?

마지막 우정, 교산 허균

허균(1569~1618)은 49년을 불꽃같이 살았다. 매창보다 4년 먼저 태어나 매창보다 8년 뒤에 죽었다. 그는 세상과 불화하며 끊임없는 롤러코스터 인생을 살았지만, 매창에게 만큼은 충직하고 편안한 친구가 되어주었다. 허균에 대한 역사적 평가는 아직도 명쾌하지는 않다. 치명적인 허물을 들자면, 광해군 때 난신亂臣 이이첨과 결탁하여 역량 있고 의기 있는 선비들을 내몬 '정치적인 선택'을 했다는 점이다. 왜 이런 선택을 했을까.

허균의 나이 39세 때 계축옥사가 일어난다. 이이첨은 문경새재에서 좀 강도짓을 하던 박응서를 이용해 '역모사건'을 조작한다. "김제남이 영창대군을 옹립하려는 거사를 계획하고 있다"고 박응서가 무고하도록 한 것이다. 이 사건으로 김제남에게는 사약이 내려졌고 영창대군은 강화도로 귀양을 간다. 그런데 이 사건에 허균이 가깝게 지내던 사람들이 여럿 연루되어 있었다. 그는 불안했다. 언제 자신에게도 불똥이 튈지 모르는 상황이었다. 이때 허균은 이이첨을 찾아간다. 허균과 이이첨은 1589년 생원시에 같이 입학했던 동기였다. 그리고 시험 준비를 위해 같이 공부하기도 했던 '학우'였다. 허균은 이 학연을 이용하여 그에게 접근한다. 이후 예조참의, 호조참의, 형조판서, 우참판 등 화려한 벼슬살이를 한다. 그러나 허균의 신망이 높아지고 그것이 하나의 권력 중심으로 뭉쳐질 듯한 느낌이 들기 시작하자 이이첨이 브레이크를 걸기 시작한다.

광해군에게 총애를 받던 허균은 자신의 딸을 임금의 후궁으로 들이려는 꿈을 키우고 있었다. 그는 이이첨의 사주를 받고 인목대비를 폐위하자는 논쟁에 끼어든다. 그런데 대비가 폐출될 무렵에 허균은 갑작스럽게 궁지에 몰렸다. 도의를 존중하는 유생들이 일제히 허균을 비난했기 때문이다. 이이첨은 쏙 빠졌다. 허균을 처벌해야 한다는 상소가 연일 올라왔다. 허균이 진땀을 흘리고 있을 때 남대문 괴서怪書 사건이 발생한다. 공교롭게도 괴서를 쓴 사람은 허균의 심복이자 외가의 서얼 출신인 현응민이었다. 이이첨은 잽싸게 그의 처벌을 주장하고 나섰다. 현응민을 고문하고 허균의 첩이었던 추섬이라는 여인을 추궁하여 허균이 주동자라는 자백을 받아냈다. 이이첨은 임금에게 처형을 재촉했다. 허균은 뒤늦게 "할 말이 있다"고 부르짖었지만, 어떤 해명이나 변호도 하지 못한 채 피로 물든 어육魚肉으로 변하고 말았다. 인조반정 뒤에 광해 폭정의 희생자들이 대부분 명예 회복을 했지만 허균은 인목대비 폐출에 앞장섰다는 죄목 때문에 대역죄인이라는 이승의 짐을 아직도 떨치지 못하고 있다.

그의 역모 사건은 어디까지가 진실이었을까. 광해군일기에는 이렇게 나와 있다.

"허균은 승려와 장사 수백 명을 남산에 모이게 하여 훈련시켰다. 또한 그들에게 병서를 읽히고 궁 안의 사정에 밝도록 훈련시켰다. 정해진 거사일에는 어두운 밤을 타서 남산에 올라, '서쪽의 도둑이 압록강을 건너오고 왜구의 군사가 남에서 쳐들어오니 백성들은 모두 성 밖으로 피난해야 한다' 고 외치게 하여 민심을 교란시키고 이 틈을 타서 장사들로 하여금 궁 안으로 쳐들어가게 한다는 계획을 꾸몄다. 이 계획은 주범 현응민과 김개,

하인준, 김우성. 황정필 등이 붙잡혀 거사 직전에 탄로 났다."

이 기록으로 보자면 허균의 역모계획은 매우 엉성하고 현실성이 없어 보인다. 남산에 올라가 고함을 지른다 하더라도 궁을 지키는 병사들이 무기를 놓고 도망가지 않는다면 그렇게 쉽게 성사될 수 있는 작전은 아닌 듯하다. 그리고 '승려를 훈련시켰다' 는 대목은, 허균이 불교에 심취하여 있는 것을 겨냥한 것으로 보인다. 저런 '스토리' 들이야 허균을 옭아 넣기 위해 급조한 것이라 하더라도, 그가 광해군의 정치에 대해 반기를 들고자 했던 욕망은 소설 『홍길동전』이 보여주는 것처럼 내면에서 꿈틀거리고 있었던 게 사실이다. 그런데 여기에 허균의 '모순' 이 있다고 할 만하다. 현실적으로는 권력을 향해 촉수를 뻗는 기회주의적인 면모를 보이면서도 내면에서는 권력의 정당성을 부정하고 사회의 부패를 비판하는 이상주의적인 열정을 지니고 있었다. 이이첨은 천재 허균의 이런 이중성을 간파하고 정치적으로 철저히 이용했다고 볼 수 있다.

허균의 관직생활을 꼬이게 한 꼬리표는 두 개다. '불교쟁이' 라는 것과 '바람둥이' 라는 것. 36세 때 그는 수안군수를 하다가 토호와의 갈등으로 쫓겨나고 이어 삼척부사 파직, 그리고 40세 때 공주목사 파직을 겪는다. 불교에 심취해 있다는 이유였다. 둘째 형 허봉은 허균이 불교에 눈뜨도록 해주었다. 서산, 송운, 사명 등 당대의 고승들을 만나게 된다. 해안이라는 승려는 허균의 둘도 없는 지우가 됐다. 삼척부사로 있던 시절 허균은 금강산의 절들을 찾아다녔고 그곳 낙가사라는 절의 옥준이라는 중에게 관가의 기생을 보내주면서 「오기가五嗜歌」를 지어주는 장난끼를 발휘하기도 했다. 술, 말, 활, 장기, 여자. 그 다섯 가지를 즐기라는 노래였다. 수안군수로 있을 때는 거실에 불상을 모시기도 했고 한석봉에게 반야심경을 금서金書로 쓰게 하였다. 이정이라는 화가에게 석가모니불, 아미타불을 그리게 하여 거실 벽에 걸어두기도 했다. 선조실록에 이 문제에 대한 비판이 나온다.

"허균은 밥을 먹을 적에는 반드시 식경食經을 외고 부처를 늘 옆에 두고 새벽마다 절하고 먹물을 먹인 옷을 걸치고 염주를 들고 염불을 하면서 스스로 부처의 제자라 하였습니다. 이것이 중이 아니고 무엇이겠습니까? 급히 벼슬자리에서 쫓아내옵소서."

한편 허균은 최분음에게 보낸 편지에서 이렇게 쓰고 있다. "도교나 불교 쪽으로 좇는 것은 세상을 떠나고자 함이었는데 그 진리에 이르고 보니 골짜기와 강물을 무너뜨릴 만 했습니다. 이 글들을 읽지 않았다면 헛세상을 살 뻔 했습니다. 거듭 연구하여 그 숨은 뜻을 살펴보니 심성이 저절로 밝아져서 깨닫게 된 듯합니다."

허균은 마흔두 살 때 과거시험 부정의 혐의로 함열로 유배를 간다. 시험 관리를 맡았던 그가 조카와 사위를 부정으로 선발한 죄였다. 조선조실록에는 허균의 부정행위가 구체적으로 기록되어 있다.

"과거보는 사람들의 시험지를 거둘 때부터 멀지않은 곳에 앉아 하나하나 살펴두고 글자의 모습을 탐문해서 누가 지었는가를 다 알아 시험지 500여 장을 달라고 해서 다 읽어보고 차례를 매길 때에도 임의로 손을 대며 아무개는 좋고 아무개는 나쁘다고 채점한 것을 부르며, 그가 취하고 싶은 사람의 시험지가 비록 아래에 있어도 제멋대로 가져다가 올려놓는다."

리얼한 고발이다. 이것도 어떤 불만의 표현이었을까. 그가 피력하고 있는 유재론遺才論은 과거제도가 공평하지 않아 인재들을 놓치고 있다는 지적을 해왔다.

이번엔 허균의 여성 편력에 대해 얘기를 좀 해야겠다. 허균은 21세 때 누이 허난설헌을 잃었다. 그때 누이의 나이 26세였다. 그녀는 평생토록 지었던 시들을 죽기 전에 모두 불태워버렸다. 이후에 아우 허균은 자신이 암송하고 있던 난설헌의 시 210수를 정리해서 펴낸다. 그가 누이의 시를 기억할 수 있었던 것은 뛰어난 기억력 때문이기도 하지만, 그만큼 그녀를 사랑하고 아꼈던 까닭이기도 했다. 허균은 어쩌면 이후 여성에 대한 이미지를 '난설헌'에서 찾아내려 했는지 모른다. 매창을 처음 만났을 때 그녀는 허균에게 「규원閨怨」이라는 난설헌의 시를 읊었다.

月樓秋盡玉屛空 霜打蘆洲下暮鴻
월루추진옥병공 상타노주하모홍
瑤瑟一彈人不見 藕花零落野塘中
요슬일탄인불견 우화영락야당중

다락에 가을이 저무니 옥병풍이 텅 빈 듯
서리가 갈대밭에 내리니 저녁 기러기가 내려앉는데
거문고를 한번 탔는데 그는 보이지 않고
연꽃이 떨어지네요 들판의 연못에는

난설헌과 유난히 코드가 맞지 않았던 남편 김성립을 기다리며 쓸쓸히 불렀던 누이의 노래. 그 노래가 매창의 아름다운 목소리를 통해서 흘러나오니 허균은 무척 감회가 깊었을 것이다. 매창에 대해 알 수 없는 매력을 느끼게 된 것은 어쩌면 저 '규원'의 무의식 때문이 아니었을까.

허균의 아내 김씨는 임진왜란의 피난길에서 21세의 나이로 어이없이 숨졌다. 14세에 시집 와서 이래저래 '튀는 신랑'을 뒷바라지 하느라 마음고생을 했던 여인이었다. 그가 게으름을 피우면 부인은 그 앞에 정색을 하고서는 "당신의 집이 가난하고 어머니도 늙으셨으니 재주를 믿고 어영부영

날을 보내지 마십시오. 광음이 빠르니 뒤늦게 후회한들 무슨 소용이 있겠소?"라고 설득했다. 새벽까지 함께 책을 펴고 독서하다가 허균이 꾸벅꾸벅 졸면 부인은 책상을 톡톡톡 두드리며 잠을 깨우면서 "그러시다가 저한테 뒤지겠습니다"라며 빙긋이 웃기도 하였다. 착하고 좋은 아내였던 모양이다. 나중에 허균이 출세를 하여 형조참의가 되었을 때 부인도 숙부인으로 추봉되었다. 그때 허균은 아내의 행장을 썼다.

"슬프다. 그대의 아름다운 행실로 나이는 중년을 넘지도 못한 채 자식 하나 없이 가버렸구나. 18년 뒤에 이 한 장의 빈 말씀을 그대 넋에 바칠지 어찌 알았으리?"

그는 나중에 제망처문祭亡妻文을 짓는다.

"황량한 들판에 괴로운 달빛 서리만 차갑네. 혈혈단신의 외로운 혼이여. 슬픈 그림자가 호젓하구나…… 임금이 내린 술 따르며 슬픔이 쏟아져 눈물을 삼키네."

허균은 아내의 죽음에서 또 다른 상실감을 맛보았을 것이다 그가 수많은 여자의 품을 떠돈 방랑자로 변한 것은 누이의 상실과 아내와의 사별이 낳은 긴 그림자인지 모른다. 부서진 사랑은 한 인간에게 깨진 유리알이 파고든 것과도 같은 상처들을 마음의 결결에 남긴다. 어떤 여자에게서도 그 상처 이전의 처음을 복원해낼 수는 없지만 미완의 사랑이 남긴 허기를 견딜 수 없어 닥치는 대로 여자를 찾아 헤맨다. 그의 생애는 어쩌면 순정한 망상의 둔주곡인지도 모른다. 김씨가 죽은 뒤 그는 정실이 둘, 부실이 몇 명이나 됐으며 상대한 기생은 헤아리기도 벅찼다.

허균은 기생이나 첩과 벌인 희롱의 놀이를 구체적으로 기록해놓는다. 평양에서의 협기俠妓 행각을 그린 『병오기행』에는 자신과 놀았던 기생 30

명을 한 자리에 초대해서 술자리를 갖는 특이한 파티에 관해 설명하고 있다. 『을유서행기』에는 길을 가는데 기생들이 모두 나와 허균 일행을 지켜보고 있는 장면이 나온다. 그녀들은 뒤꿈치를 세우고 허균을 흘끔흘끔 쳐다본다. 그때 허균이 기생 열두 명을 손가락으로 차례대로 가리켰다. 허균과 잔 적이 있던 여자들이었다. 그는 "열두 개의 비녀가 남쪽 언덕 위에 있는데 한꺼번에 쳐들어 봄바람으로 웃는구나"라고 시를 읊어 주위 사람들을 박장대소하게 하였다. 친구에게 보낸 편지에는 이런 대목이 나온다.

"간밤에 숙야의 태도를 관찰하였네. 뚫어지게 흘겨보더니 사뭇 원망스러운 듯 고개를 돌려 벽으로 향해버리더군. 촛불 그림자 속에 헝클어진 귀밑머리 하며 지워져가는 화장기와 구겨진 옷에 토실한 얼굴은 곱게 단장하고 고운 옷을 입었던 날보다 더 예뻤네. 처음으로 서시西施의 찡그린 표정을 못생긴 여자들이 흉내 낸다는 말을 믿게 됐네."

이런 편지도 있다.

"그 아이는 쇠를 녹이는 휘장 속의 어린 양 같은 맛이야 없겠지만 차가운 눈의 물로 차를 끓여먹는 것도 역시 특별한 아취가 있을 것이네."

일견 음탕한 기운이 행간 사이에 배어나는 듯하나 내숭을 조금만 벗고 생각해보면 그 시절에도 다양한 에로티시즘을 즐기고 살았구나 하는 생각을 하게 한다. 허균은 말한다.

"남녀의 정욕은 식욕과도 같은 것이다. 따라서 육접肉接은 그저 식사처럼 주린 것을 채우는 것일 뿐이다. 옛 사람들이 먹는 것을 천하다고 한 것은 너무 밝히지를 말라는 뜻이지 어찌 먹지 말라고 한 것이겠는가."

그런 얘기 끝에 허균은 이런 결론을 내린다.

"도덕은 성인이 말한 것이요 성욕은 하늘이 말한 것이니, 나는 성인보다 하늘을 따르겠다."

허균에 대한 사전 취재는 이쯤 하기로 했다. 연대는 매창이 죽은 1610년쯤으로 하자. 허균 나이는 41세 때이다. 전 해에 그는 정3품 형조참의가 되어 있었다. 1610년은 허균에게는 좋지 않은 해였다. 4월에 천추사에 임명되었는데 병 때문에 사퇴했다가 사헌부의 탄핵을 받고 의금부에 잡혀갔다. 10월에 나주목사에 임명되었지만 곧 취소된다. 11월에는 전시 대독관이 되었는데 시험부정으로 탄핵을 받고 42일 동안 의금부에 갇혀 지내다가 귀양을 가게 된다. 이런 불행들이 닥치기 전 3월쯤에 인터뷰 일정을 잡았다.

허균의 진술

– 형조참의가 된 것을 축하드린다.

솔직히 나는 세상의 영예에 묻어 있는 악취를 느끼는 편입니다. 내가 형조참의가 된 것을 욕하고 비웃는 사람이 많을 것입니다. 죽은 아내에게 숙부인의 직첩이 내려온 것에 감회가 있었습니다.

– 매창에 대한 얘기를 좀 하자. 그대가 매창의 인물을 낮게 품평하는 바람에 후인들이 그녀를 박색으로 알고 있다. 전 애인인 유희경은 다르게 말을 하던데 그것에 대해 좀 설명을 해달라.

제가 쓴 『조관기행』에 나오는 표현일 것입니다. 그녀에 대한 첫인상을 이렇게 기록했던 것으로 기억합니다.

"거문고를 끼고 시를 읊는데 인물은 비록 뛰어나지 않았지만 재주가 있고 정이 많은 여자이어서 가히 종일토록 시와 노래를 주고받으며 어울려 즐길 수가 있었다."

제가 매창의 인물이 뛰어나지 않았다고 말한 것은, 나이가 약간 들었고 수척하여 병색이 있어 보여서 미색이 느껴지지 않았다는 뜻입니다. 부안에서 명성이 있고 사내들이 입에 올리는 기생인데 박색일 리가 있겠습니까? 오히려 독특한 매력이 있는 여자임에 틀림없습니다.

– 처음 만난 밤 함께 잠자리를 갖지 않았던 것도 화제가 되었는데…… 혹시 그대가 매창에게 요청을 한 것인가.

그렇지는 않습니다. 그녀가 먼저 나가서는 자신의 조카를 들여보냈습니다. 나는 그녀의 뜻을 이해했습니다. 우선 그 봄에 이귀와 헤어져 몸과 마음이 정리되지 않은 상태라서 흔쾌하지 않은 잠자리가 될까 우려했을 것입니다. 묵재 이귀는 나의 후배로 아는 사이이기도 합니다. 그것보다도 더 중요한 것은, 매창이 우리의 관계가 어떻게 맺어져야 하는지를 파악한 것 같습니다. 나는 많은 여자들을 겪었고 거리낌 없이 살았소이다. 하지만 매창은 조금 다른 여인이었습니다. 내 누이 난설헌처럼 시가 깊고 예술적인 감각이 높았습니다. 모르겠습니다. 나는 매창을 보면서 내 누이가 여선女仙이 되어 다시 나타난 느낌을 받았습니다. 매창도 「규원閨怨」이라는 제목의 시를 지은 적이 있지요. 난설헌을 떠올릴 만큼 재기가 뛰어나고 절절하여 외우고 있습니다.

相思都在不言裡 一夜心懷鬢半絲
상사도재불언리 일야심회빈반사
欲知是妾相思苦 須試金環減舊圓
욕지시첩상사고 수시금환감구원

그리워하면서도 말 못하고 끙끙
하룻밤 앓다보니 머리칼 절반이 흰 실이 됐구려

이 여인의 그리워하는 괴로움 알고 싶거든
금반지 크기가 절반으로 줄어든 걸 보시오

특히 須試金環減舊圓(수시금환감구원)같은 구절은 밤새도록 반지를 쓰다듬고 그리워했을 여인의 모습을 절절하게 그려냈지요. 내게 그녀는 여인이기 이전에 시인이었소이다. 오랜 이별의 허기를 시로 채워놓고 있었소.

– 그녀의 시를 한마디로 말한다면 무엇인가. 많은 양반들은 매창을 지방의 빼어난 기생 정도로만 생각했고 그녀의 시를 낮춰보는 습관이 있었는데 허균은 어떻게 보았는가.

글쎄올시다. 그녀의 시가 한마디로 말하기에는 다채로운 면모가 있다고 봅니다. 풍정風情을 읊을 때의 담박한 당풍唐風도 눈에 띄고, 5언과 7언의 묘미를 터득한 언재言才도 빼어나다 하겠소이다. 게다가 그녀는 신선神仙에 대한 동경도 많았기에 사상적인 활달함이 시에 담기기도 하였지요. 하지만 무엇보다도 그녀의 시를 밀어가는 일관된 정서는 '원怨'이라고 생각합니다. 단지, 한 남자의 약속 위반으로 인한 상사고相思苦에서 비롯된 원이 아니라, 존재 본연에 드리워진 깊고 쓸쓸한 그림자를 시의 축으로 삼았다고 보는 거외다. 아까 말한 선계仙界의 동경과도 관련이 있는 대목인데, 그래서 그녀는 자신이 조롱 속에 갇힌 학이었다는 자의식을 지녔던 것 같소이다. 그녀의 원은 그녀가 그토록 아꼈던 거문고의 소리이기도 하였소. 거문고가 울듯 그녀 또한 묵직하고 처연한 떨림으로 시를 읊었던 듯하오. 당시의 시객詩客들은 현금絃琴이 내는 소리와 그녀의 율律에 담긴 원의 떨림이 형제처럼 닮았다는 것을 눈치 채지 못했던 거요. 그저 독수공방하는 여인 하나가 끝없이 짓는 한숨과 눈물이거니 했던 것이오. 그러나 그녀의 시를 가만히 되 읊조리던 관아의 아전들이나 천인들은 시 속에서 배어나는 처연한 절대음감 같은 것을 느꼈던 것이오. 매창의 시가, 양반들에게 회자되기보다 산골 나무꾼의 입에 더욱 오르내릴 수 있었던 것은 이런 비밀이 있었기 때문이외다.

瓊花梨花杜宇啼 滿庭蟾影更凄凄
경화이화두우제 만정섬영갱처처
相思欲夢還無寐 起倚梅窓聽五鷄
상사욕몽환무매 기의매창청오계

푸른 꽃 흰 꽃 배꽃밭에 두견새가 우네
뜰엔 가득 달빛 비치니 쓸쓸함이 더하네
그리워 꿈이라도 꾸고 싶은데 도리어 잠은 달아나고
일어나서 매창에 기대어 새벽닭 우는 소리 듣네

閨中怨(규중원)

이렇게 밤을 새면서 그녀는 거문고를 잡았소. 평생을 함께 운 현악기 속의 공방空房과 매창의 독수공방. 그 둘이 함께 여릿여릿 밀어내는 낮은 떨림, 그게 매창의 원이었소.

– 선생은 매창과 두 번 만난 것으로 아는데 언제, 언디서 만나셨는지? 그리고 왜 다시 만나지 못했는지?

1601년(허균 32세, 매창 28세) 7월에 처음 만났고, 한나절 같이 있으면서 서로가 잘 맞는다는 것을 알게 되었지요. 그리고 7년 뒤인 1608년(허균 39세, 매창 35세)에 몇 개월 동안 같이 있게 되었소이다. 그녀를 처음 만나던 때엔 내 벼슬이 해운판관이었고, 그 이후 병조정랑을 거쳐 정3품인 사복시정, 상의원정에까지 올랐지요. 수안군수 시절 토호를 장살杖殺한 뒤 그 아들의 무고로 사직한 적이 있었고, 또 삼척부사 때는 부처를 섬긴다고 파직당한 곤경이 있었지만 대체로 잘 나가던 시절이었소. 그런데 매창을 두번째 만나는 해인 1608년엔 정치권에 미묘한 난기류가 흘렀소이다. 2월에 선조가 돌아가시고 광해군이 즉위했는데 정인홍과 이이첨 무리가 득세를 하게 되었지요. 나는 그때 공주목사를 맡고 있었는데 충청도 암행어사가 나의 행실을 문제 삼아, 다시 파직되었지요. 이듬해에는 형조참의가 되어 슬슬 불안한 꼭대기로 출세를 하게 됩니다만…… 어쨌든 그즈음 나는 신변의 불안을 느끼고 이이첨에게 다가가게 되는 때였지요. 마침 목사 벼슬도 떨어졌고 해서, 스산한 정치 격변기의 공기가 싫어서 깊이 숨어 지내고 싶었죠. 그때 늦게 얻은 지음知音인 매창이 생각났소이다. 급히 부안현으로 내려와 우반골의 정사암에 들어 갔소. 비가 퍼붓던 날 정사암 앞 골짜기를 오르던 기억이 납니다. 옷이 젖어 매창은 작은 참새처럼 떨면서도 무엇이 우스운지 쿡쿡 웃더이다. 암자에서 그녀와 함께 지냈소. 그해 여름을 지나, 가을, 겨울까지 다섯 달을 있었습니다. 나로서는 아마도 처음으로 느끼는 평안함이었소이다. 서른 중반이 넘어가는 기생과의 동행이었으니, 친한 승려들도 좋은 도반道伴이라며 껄껄 웃었소이다. 나는 매창에게 참선을 가르치면서 함께 도를 닦았지요.

생각해보면, 부처와 친하고 기생에 빠졌다 하여 나를 파직하였으나, 오히려 나는 기생을 끼고 부처를 찾아간 셈이오. 그 무렵 나는 「문파관작聞罷官作」이라는 시를 짓기도 했소.

禮敎寧拘放 浮沈只任情
예교영구방 부침지임정

君須用君法 吾自達吾生

군수용군법 오자달오생

예절의 가르침이 어찌 자유를 구속하랴

떠오르고 가라앉는 것은 단지 천성에 달린 것인데

그대들은 모름지기 그대의 법을 따르시게

나는 나름대로 내 생을 잘 살 터이니

禮敎寧拘放(예교영구방)은 공자와 하늘을 비교한 나의 생각에서 나온 것이오. 예의 가르침은 성인이 낸 것이니, 아무리 높여도 인간이 만든 것이 아니더이까? 그런데 방放은 굳이 강박하여 예의를 차리려하지 않는 본성을 말하는 것이오. 그건 누가 만들었겠소. 바로 하늘이 인간에게 준 것이 아니오? 남녀 간의 상열은 자연스런 방放이며 예절은 인위人爲이오. 그래서 나는 공자보다 하늘을 따르겠다고 말한 것입니다. 허허. 떠오르고 가라앉는 것은 바로 성적인 욕망을 말하는 것입니다. 그런 것들은 다 본성에서 비롯되는 것인데 그것을 허물 삼고 죄를 물으시니 참 답답하다는 말입니다. 그렇지만 세상에 법이란 것이 있으니 그 법을 따르고 살되, 나의 자유로움을 굳이 얽어매려고 하지 말라고 일갈한 것입니다. 그 정사암 시절은 내가 가장 호기롭게 살았던 때이기도 합니다. 그런데 12월 쯤 해서 화인畵人 탄은(灘隱 이정, 1541~1622)이 나를 찾아왔소. 스물여덟 연상이었지만 벗으로 교유하는 터였지요. 그와 잠깐 머무르다, 함께 서울로 올라간 것이오. 당도하자마자 형님의 추천으로 승문원 판교(정3품 당상관)에 임명되었습니다. 매창과는 갑작스럽게 헤어진 셈이 되었소. 곧 다시 만나리라는 생각을 했었소.

– 그렇다면 매창이 쓴 「증별贈別」이란 시는 탄은에게 주는 것이었나?

그랬던 것 같소. 堪嗟時事已如此 半世功夫學畵油(감차시사이여차 반세공부학화유)라고 읊었던 것을 기억합니다. 시절에 대해 이런저런 얘기를 나누던 터라, 시에 그런 기분이 묻어 있었습니다. 세상 일이 이미 이와 같으니 탄식도 참아야겠습니다. 벌써 반평생을 그대는 그림 공부만 하셨군요, 라며 차라리 묵죽에 파묻혀 사는 그를 매창은 부러워하였지요. 또 탄은은 고란곡孤鸞曲을 잘 타는 매창을 위해 난새 한 마리를 그려주었던 기억도 납니다. 매창은 탄복하면서 시를 지었지요.

手法自然神入妙 飛禽走獸落毫端
수법자연신입묘 비금주수낙호단
煩君爲我靑鸞畵 長對明銅伴影懽
번군위아청란화 장대명동반영환

솜씨가 자연 그대로라서 귀신이 든듯 묘하도다
나는 새 뛰는 짐승이 붓끝에서 내려왔네
수고하셨어요 나를 위하여 푸른 난새를 그려주시니
거울을 보는 것처럼 그림자와 함께 기뻐하네

난새를 자신처럼 생각하는 마음이 잘 나타나 있었지요. 행복했던 시절이었습니다.

– 두 사람이 헤어진 뒤에 시끌벅적했던 '산자고새' 사건은 어떻게 된 건가. 자고새라면 서양의 성경에 나오는 새이기도 하다. 뻐꾸기는 스스로 자기의

알을 품지 않고 자고새의 둥지에 있는 자고새 알을 훔쳐 내버리고는 거기에다가 뻐꾸기 알을 넣어둔다. 자고새는 멋도 모르고 뻐꾸기 알을 품어 부화를 시키는데, 새끼가 자라면 뻐꾸기 둥지로 날아가 버린다. 그래서 흔히 뻐꾸기는 얌체로 비유되고 자고새는 어리석은 자로 비유되기도 한다. 하지만 그런 비유는 아닐 것이다.

물론이오. 자고새는 메추라기와 꿩의 중간쯤으로 보면 되는 새이지만, 옛날 중국 사람들은 뜸부기를 자고새라고 했소이다. 뜸부기의 우는 소리가 '행부득(行不得, 갈 수 없네)'과 닮아서 함께 가지 못하는 설움을 상징하는 새가 되었소. 그런데 매창이 거문고의 현으로 구슬픈 뜸부기 울음소리를 냈던가, 봅니다. 마침 달밤에 어느 태수의 선정비 앞에서 연주를 하였는데 그것을 나의 지인 이원형이라는 사람이 구경하고는 애절함에 마음이 동했던 모양이외다. 그래서 시를 읊었는데 一曲瑤琴怨鷓鴣(일곡요금원자고)라고 했던 게요. 매창이 노래한 것이 아니고 이원형의 노래였소. 그런데도 매창이 허균을 원망하면서 뜸부기 소리를 연주했다는 소문이 나게 되었소. 그래서 나는 1609년 정월에 매창에게 편지를 보냈소.

"계랑이 달을 바라보면서 거문고를 뜯으며 「산자고새」의 노래를 불렀다니, 어찌 좀 더 한적한 곳에서 부르지 않고 하필 부윤의 비석 앞에서 부르시어 놀림거리를 만드셨소. 석 자 비석 옆에서 시를 더럽혔다니, 이는 그대의 잘못이오. 그 놀림이 곧 나에게 돌아왔으니 정말 억울하외다."

이렇게 썼지요. 물론 그건 농담을 걸고 싶어서였소. 말미에는 이렇게 붙였소이다.

"요즘도 참선을 하시는지. 그리움이 사무칩니다."

매창은 나중에 이 글귀에 대해 따지더군요.

"선정비에 새겨진 시를 더럽혔다는 건 뭐 할 말이 없지만 어찌 그것이 나으리의 잘못이란 말입니까?"

내가 다시 답장을 보냈습니다.

"한 무덤에 묻히겠다고 굳은 약속을 하였으니 그대의 잘못이 바로 내 잘못이 되는 게 아니겠소?"

매창이 다시 새초롬한 답을 했습니다.

"송도의 황진이와 화담선생이 한 무덤에 묻혔사옵니까?"

부안의 정사암에서 나눴던 대화를 상기시키는 말이었소. 왜냐하면 그녀와 나는 화담과 명월처럼 되자고 약조를 했기 때문이오.

"우리는 하루도 같은 방에서 잠을 잔 적이 없으니 한 방에서 잠든 화담과 명월보다 한 수 위가 아니겠소?"

내가 너스레를 떨자 매창은 이렇게 응수 했소.

"우리가 이승에서 함께 잠자지 않는 것은 무덤에서 영원히 함께 잠들기 위해서 아껴둔 것이 아니더이까?"

"그렇다면 촌은이나 묵재는 잊었단 말이오?"

"잊지 않았다면 어찌 나으리와 무덤까지 가서 동침하겠다고 하겠나이까?"

- 매창도 당시 그대를 많이 그리워한 모양이던데……

그랬던 것 같소. 죽고 난 뒤 「증우인贈友人」이란 시를 빋있소.

曾聞東海降詩仙 今見瓊詞意悵然

증문동해강시선 금견경사의창연

緱嶺遊蹤思幾許 三淸心事是長篇

구령유종사기허 삼청심사시장편

일찍이 동해의 신선 시인이 내려왔다는 얘길 들었네
오늘 보니 구슬 같은 시인데 뜻은 슬퍼라
구령의 선계에서 놀기를 얼마나 생각했는지
삼청의 신선마을의 꿈이 장편이 되었네

壺中歲月無盈缺 塵世靑春負少年
호중세월무영결 진세청춘부소년
他日若爲歸紫府 請君謀我玉皇前
타일약위귀자부 청군모아옥황전

술병 속의 세월이야 차는 일도 빠지는 일도 없지만
티끌 세상의 청춘은 어린 아이를 못 당하네
뒷날 저승으로 돌아가면
옥황상제 앞에서 나를 위해 그대를 청하리라

그럴 즈음, 나도 그녀에게 편지를 보냈지요. 가을이었소.

“봉래산의 가을빛이 한창 짙어가니 돌아가고픈 생각이 문득문득 난답니다. 내가 자연으로 돌아가겠다는 약속을 저버렸다고 비웃고 있을 듯싶소. 우리가 처음 만났을 때 만약 조금이라도 딴 생각이 있었더라면 그대와의 사귐이 어찌 10년이나 한결같을 수 있었겠소.”

매창의 죽음에 관해서는 허균에게 아직 물을 수 없다. 그 슬픔이 있기 이전에 인터뷰를 신청했기 때문이다. 죽은 뒤 무덤에서 동침하자던 그들의 약속은 이뤄지지 못했다. 매창이 마흔에 이르지도 못하고 성급하게 돌아간 땅 아래 세상에는 허균이 따라올 수 없었다. 대역 죄인으로 갈가리 찢긴 육신과 뭇사람이 침 뱉는 영혼이 된 그는, 무덤에도 들지 못한 채 거리에서 썩어가야 했다. 백골난망 기다린 매창은 끝내 오지 않는 허균을 원망했을까? 방탕한 한 사내가 짐짓 폼 잡은 한낱 기녀와의 철없는 맹약이었을 뿐이라고 희망을 거둬들였을까? 자신이 가는 마지막 길을 애도해준 허균의 마지막 시, 「애계랑哀桂娘」을 생각하며 아직도 기다리고 있는 중일까.

燈暗芙蓉帳 香殘翡翠裙
등암부용장 향잔비취군
明年小桃發 誰過薛濤墳
명년소도발 수과설도분

연꽃 빛깔 커튼엔 불이 꺼졌으나
푸른 비취빛 치마엔 향기가 남아 있네
내년 복사꽃 피면
누가 '조선의 설도'의 무덤에 와보리?

설도는 당나라의 기생으로 백낙천, 두목과 교유한 여인이다. 조선의 설도는 물론 매창이다. 내년 복사꽃 피면 누가 무덤에 와보리? 라고 물었던 허균은 1611년 봄날에는 과거 부정 사건으로 전라도 함열에 귀양을 가 있었다. 그는 그해 겨울 귀양이 풀린 뒤 서울에 올라왔다가 부안으로 급히 내려갔다. 매창의 무덤에 가보았을 것이다.

그 무덤 있는 곳을 매창이뜸이라 부른다 한다. 허균이 이 다보록한 흙밭에 앉았을 때 화장 안한 얼굴을 닦듯 무덤 위에 진눈깨비라도 뿌렸을까. 덧없는 육신을, 허균 대신 거문고와 함께 눕힌 그녀는 이날 문득 마주한 초췌한 사내를 보며 말없이 거문고를 집어 들지 않았을까? 눈보라 넘어가는 부안의 쓸쓸한 골짜기에서 이런 노래를 부르지 않았을까.

남은 다 자는 밤에 내 어이 홀로 깨어
옥장玉帳 깊은 곳에 잠든 님을 생각는가
천리에 외로운 꿈만 오락가락 하여라

살아서 내내 유희경을 기다렸고, 죽어서는 내내 허균을 기다린 여인. 그 기다림, 참 끝도 없다. 죽도록 그리웠던 거문고 앞에 진눈깨비 치는데 아직도 자고새 운다.

자존심 강한 사랑, 황진이

– 너무 아름다워서 고통 받은 그녀

님 그리워 님 보려니
다만 꿈에서 뿐이네
내가 님을 찾아갔을 때
님은 나를 찾아 갔네
원컨대 다른 날 꿈에 걷고 걷게 하시려면
같은 때에 움직여 길 가다 만나기를

여성으로서 미모를 갖추고 태어났다는 것은 행운이다. 어느 날 태어나 보니 이 땅에서 제일 예쁜 여자로 살아갈 운명이었다면 그녀는 노력하지도 않고 세상살이의 큰 경쟁력을 얻었다고 할 만하다. 모든 여인에게 그것은 하나의 신화이다. 서양의 백설공주가 그랬다. 그러나 그녀는 행복했는가. 가장 치열한 경쟁자인 의붓어머니와의 살인적인 질투에서 살아남아야 하는 초반에는 적어도 그렇지 못했다. 조선의 황진이가 그랬다. 그녀는 행복했는가. 그러나 그녀는 그 아름다움 때문에 자신이 원하지 않는 삶을 연기演技하듯 살아야 했는지도 모른다. 그 속은 미칠 듯이 답답했는지도 모른다. 철저한 남성중심사회에서 태어난 그녀는 '말하는 꽃' 처럼 애완愛玩의 존재가 되기를 강요당했다. 사내들을 눈멀게 하는 치명적인 아름다움이

때로 황진이에게는 아주 불편했다. 황진이에게 자신의 육신은 어쩌면 스스로가 은밀히 조롱하는 한낱 살덩어리였을지 모른다. 그 육신이 뿜어내는 어지러움을 걷어내고 진실로 가치 있는 것을 향해 갈증을 키웠을지 모른다. 그녀의 삶을 움직이는 것은 주체적인 자유였다. 당대에도 이해받지 못했고 죽고 나서도 이해받지 못했으며 지금 또한 그저 이름만 유명할 뿐, 자유인 황진이는 숨 막혔던 내면의 공기들을 껴안은 채 생의 마지막까지 몸부림을 치다 갔다. 우리가 알고 있는 황진이 속에는 황진이가 없다. 그것이 황진이의 비극이다.

황진이 콤플렉스

황진이 에피소드를 다룬 몇 권의 책들(이덕형의 『송도기이』, 허균의 『성옹지소록』, 김택영의 『송도인물지』, 임방의 『수촌만록』, 유몽인의 『어우야담』, 서유영의 『금계필담』)에는 저마다 기생이나 여성을 깔보는 그 시대의 관점들이 개입되어 있다고 생각한다. 정색을 하고 진지하게 그 삶에 대해 조망해본 것이 아니라 기이한 것을 중심으로 흥미를 돋우는 서술 방식으로 썼다. 조선의 남성들인 그들은, 황진이를 '기록'한 것이 아니라, 황진이에 관한 입담들을 유포하며 즐긴 혐의가 있다. 물론 그런 입장을 지금의 관점으로 비판하려는 것은 아니다. 다만, 조선 사회를 벗어나 있는 우리로서 전시대의 관점을 답습하는 것이 옳은가에 대한 문제의식을 가지는 것이 필요하지 않을까. 몇 명의 소설가들, 그리고 영화나 드라마 제작자들이 황진이를 재탄생시켰지만, 각자가 필요로 하는 자기 색깔의 황진이를 아이스크림처럼 떠갔다는 생각이 든다. 그것도 진실로 생애 내내 허기졌던 황진이의 본령은 거의 건드리지 않은 채 떠갔다.

나는 황진이에 관한 자료를 검토한 뒤 한 동안 그녀의 생애에 대해 숙고

하고 음미하는 시간을 가졌다. 대체 이 여자는 무엇이 문제였던가. 무엇이 이 여자를 의미 있게 만들었던가. 이 여자의 가치와 신념은 무엇이었을까. 꽤 답하기 어려운 질문을 붙잡고 시름하기도 했다. 그런 질문들에 대한 대답을 하나로 묶기로 했다. 그걸 나는 '황진이 콤플렉스'라고 부르고자 한다. 황진이 콤플렉스의 핵심은, '너무 아름답다'는 것이다. 그냥 조용히 살기에는, 너무 아름다웠다. 황진이는 이 땅의 기생 중에서 가장 명성이 높을 만큼 빼어난 미모를 가진 여인이다.

'얼굴에 화장도 하지 않고 담담한 차림으로 자리에 나오는데, 천연한 태도가 국색國色으로서 광채가 사람을 움직였다.' (이덕형)

중국의 사신조차도 이렇게 말했다. "너의 나라에 천하절색이 있구나." (이덕형)

"(그녀가 있으면) 방안에서 때로 이상한 향기가 나서 며칠씩 없어지지 않았습니다." (이덕형)

'성장하자 절색의 미모를 갖추었다.' (김택영)

이런 구체적인 대목이 아니라 하더라도, 황진이는 여러 가지 에피소드의 등장인물들을 대부분 쩔쩔 매게 만들 만큼 뛰어난 미모와 매력을 갖추고 있었다. 이러한 점은 황진이를 출세하도록 만들기도 했지만, 그녀의 삶을 왜곡하고 혼란스럽게 하기도 했다. 아름다운 여자로 살아간다는 것은, 뜻밖에 그녀가 주체적으로 살고 싶은 희망들을 좌절시키고 오로지 욕망의 대상으로만 인식되게 하는 불행에 놓이는 것이기도 하다. 놀랍게도 영화감독 전재홍이 2008년에 내놓은 작품에서 '황진이 콤플렉스'를 (우연히도!) 정확하게 표현해내고 있다. 〈아름답다〉라는 제목의 영화가 그것이다.

연예인으로 오해를 받을 만큼 예쁘게 생긴 한 여인의 이야기다. 그녀는 수많은 남자들의 '작업'에 시달리는데 그중 한 명으로부터 치명적인 성폭행을 당한다. 경찰서에 가니 이번엔 경찰관이 따라붙고, 다쳐서 병원에 가니 의사가 치근댄다. 길에서 쓰러지니 남자 행인 수십 명이 서로 돕겠다고 덤벼든다. 한 사내의 일방적인 사랑에 죽음을 맞게 되는데, 죽은 뒤에까지 예쁜 시신을 탐내는 남자들이 서성거린다. 풍자적이지만, 전재홍의 감관에 잡힌 '예쁨'의 비극은, 황진이를 숨 막히게 했던 공기들과 닮아 있다.

아버지의 그림자

황진이 콤플렉스를 읽어가기 위해서는, 그녀의 어머니 진현금陳玄琴을 만나야 한다. 현금에 관한 이야기를 소개하고 있는 사람은 이덕형과 김택영, 그리고 허균이다. 앞의 두 사람은 현금의 에피소드를 소개하고 있고, 허균은 황진이를 맹녀盲女의 딸이라고 말하고 있다. 양쪽의 이야기를 합치면 '현금 = 앞을 못 보는 소경'이 된다. 그런데 이덕형과 김택영은 왜 이 중요한 사실을 놓쳤을까. 특히 이덕형의 글을 보면, 그녀가 맹인이 아니라는 심증을 갖게 한다.

> 어미 현금이 매우 자색姿色이 있었다. 열여덟 살 때 병부교 다리 밑에서 빨래를 하고 있었는데 옷차림이 화려하고 얼굴이 잘난 한 남자가 다리 위에 서서 현금에게 눈길을 보내며 혹 웃기도 하고 혹 손가락으로 가리키기도 하니 현금의 마음이 움직였다. 그런데 그 사람이 문득 사라지고 보이지 않았다. 해가 서산으로 기울고 빨래하는 아낙들이 모두 흩어졌다. 그러자 그 사람이 또 다시 다리 위에 나타나 기둥에 기대어 노래를 불렀다. 노래를 끝

내자 물을 청하였다. 현금이 표주박에 물을 떠서 바쳤다. 그 사람이 반쯤 마시고 웃으면서 돌려준 다음 다시 말하기를 "그대도 시험 삼아 마셔보라" 하였다. 마셔보니 술이었다. 현금이 놀라움을 금치 못했다. 이로 인하여 두 남녀는 인연이 되어 정을 통하였다. 이렇게 해서 진낭眞娘이 태어났다. 〈『송도기이』 중에서〉

다리 위의 남자가 웃고 손가락으로 가리키는 것을 현금이 어떻게 알았을까. 주위에서 말해줬다면 그런 내용들이 들어가 있어야 할 것이다. 이덕형의 진술이 맞는다면 허균이 잘못 알았을 수도 있다. 허균은 누이 허난설헌이 죽었을 때 그녀의 시를 모두 외워 유고시집을 낼 정도로 기억력이 비상했던 사람이다. 그런 그가 근거도 없이 황진이의 어머니를 맹인이라고 했을 리는 없다고 봐야 한다. 이 두 사람의 진술이 둘 다 틀리지 않기 위해서는, 진현금이 다리 위의 사내와 통정을 할 때에는 시력이 정상이었으나, 이후에 어떤 이유로 앞을 못 보게 되었어야 한다. 허균이 굳이 황진이를 '맹녀의 딸' 이라고 지칭한 것은, 당대에 그런 인식을 부각시키는 행동이나 사건들이 있었기 때문이라고 추측할 수 있다. 즉 '매우 자색姿色이 있었' 던 진현금은 황진이를 낳고난 뒤에 눈이 멀어버렸다. 황진이는 눈 먼 어머니의 고통을 어린 시절부터 보고 자랐다. '다리 위의 사내' 로 나오는 황진이의 아버지에 대해 진술하고 있는 사람은 김택영이다.

황진이는 중종 때 사람으로 황진사의 서녀이다. 그의 어머니 진현금이 병부 다리 아래에서 물을 먹다가 감응하여 황진이를 잉태했다. 황진이를 낳자 방안에 기이한 향기가 사흘 동안 풍겼다. 〈『송도인물지』 중에서〉

어머니 진현금의 신분에 대해서 알 수 있는 정보는 별로 없다. 황진이가 서녀라고 말하는 것을 볼 때, 진사의 첩이었다는 추측을 할 수 있다. 진현금 또한 기생이었을 가능성이 있다. 다리 위에서 러브콜을 했던 사내는 황진사인 셈이다. 여기서 정황들을 종합해보면 황진이가 기생이 될 수밖에 없었던 조건들이 짚인다. 즉 기생 진현금은 황진사 집에 첩으로 들어가 살다가, 어떤 병이나 사고로 눈이 멀어, 그 집에서 쫓겨나게 된다. 이때 현금은 어린 딸 진이를 안고 나와 기방妓房에 몸을 의탁한다. 황진이는 자라면서 눈 먼 어미가 괄시당하고 고통 받는 것들을 늘 보면서 자란다. 그녀의 눈이 되어주려 애쓰지만 마음만큼 되지는 않는다. 자라면서 황진이는 주위에서 찬사를 듣는 미모의 여인이 되어간다. 그렇지만 그녀는 어머니의 불행을 가슴에 먼저 새겼기에 그런 찬사가 오히려 덧없게 느껴진다. 예쁘다는 이유로 다리 밑에서 간택된 어머니는, 어느 날 갑자기 눈이 멀자 버려졌다. 기방에 돌아왔으나 기생 행세는커녕, 거문고를 더듬으며 눈칫밥을 먹고 있다. 한 겹 살갗이 예쁘다는 게 도대체 뭐란 말인가. 사랑? 그 따위가 다 뭐란 말인가. 그런 질문들이 목울대를 은근히 씰룩이고 있었다. 그녀는 어머니의 불행을 깊이 동정하면서도 그런 어머니를 두었다는 것에 대한 수치심도 키워갔을 가능성이 있다. 사람들은 늘 비교하였을 것이다. 저런 눈먼 어미 밑에 저런 곱고 빼어난 딸년이 자라나다니…… 황진이는 자신의 예쁨이 어머니의 '상황'과 대비되어 표현되는 일이 언짢고 싫었을 것이다.

황진이는 미모 따위에 의지하지 않기로 했다. 예뻐서 나쁠 거야 없지만 그것에 인생을 걸지 않기로 했다. 어머니처럼 되고 싶지 않았다. 운 좋게도 그녀는 노래와 거문고 솜씨가 뛰어나 천재라는 소리를 듣고 있었다. 기생이지만 선비들이 읽는 경전과 역사서를 몰래 탐독했다. 당시唐詩를 공부하며 감感을 키웠다. 그녀는 골이 텅 빈 미녀가 되어 고객들을 향해 웃고 춤추는 존재가 되고 싶지 않았다. 그 고객들에 대해 은밀히 경쟁의식을 키우고 있었다. 어쩌면 그 마음은 바로 '아버지에 대한 증오' 같은 것이기도 했을 것이다. 예쁨만을 탐하는 남자, 그것은 아버지의 그림자였다. 그들에게는 인간적 관계로서의 '여자' 가 있는 게 아니라 성적 욕망과 우월을 과시하는 허영의 대상인 해어화解語花가 있을 뿐이었다. 황진이는 예뻐지면 예뻐질수록, 그 예쁨이 만들어내는 흥분과 소음들을 경멸하고 있었다. 어머니는 기생으로서는 이례적으로 자신에게 성을 붙여주었다. (원래 기생은 동성同姓의 사내들이 거리낌이 있을까봐 성을 밝히지 않는다.) 어머니로서는 진사의 딸이라는 자부심을 표현하고 싶었겠지만 황진이는 그 '황黃' 한 글자가 무척이나 싫었다. 그래서 그 '황' 의 그림자를 닦아내서 '완전한 황금빛 달' 로 자신을 만들고 싶었다. '명월明月' 속에 깃든 흑점 같은 아버지.

미색美色이 사람을 죽였구나

황진이가 은밀히 육체를 경멸하면 할수록 그녀는 도도하고 더 아름답게 보였고, 사내들은 더 속이 탔다. 첫 사고는 열다섯 살 때 일어난다. 이웃의 총각 하나가 스토커가 되어 늘 담장을 기웃거린다. 하루는 용기를 내서 말을 걸려고 황진이에게 다가갔다가 심장을 얼게 하는 그 고고한 아름다움과 서늘한 눈매에 입이 딱 붙고 만다. 돌아와서는 드러눕는다. 그 부모가 찾아와 살려주는 셈치고 한번만 위로해주라고 했지만 진이는 듣지 않는다. 부질없는 인연이 엮일까 두려웠기 때문이다. 얼마 후 그는 상사병으로 죽고 만다. 이 소식을 듣고 황진이는 큰 충격을 받는다. 대체 내 얼굴, 내 육신이 뭐라고 젊은 사람이 저렇게 자진自盡한단 말인가? 아름다움이 사람을 죽인다면, 아름다움 자체가 죄악이 아니던가? 그런데 그 남자의 상여가 지나가다가 황진이의 집 앞에 딱 멈춰 섰다. 죽어서까지도 놓지 못하는 저 어리석은 집착. 그가 도대체 나의 무엇을 안단 말인가? 얼굴 몇 번 본 것이 뭐라고…… 그 집 사람이 와서 황진이의 옷가지를 얹어줘야 갈 것 같다고 말하자, 황진이는 저고리를 하나 꺼내준다. 관이 그제야 움직인다. 이 대목은 약간 의심이 간다. 전달자의 상상력이 발휘되었을 수 있다. 혹은 상여꾼들이 죽은 총각의 원혼을 달래느라 연극을 한 것일지도 모른다. 여하튼 황진이는 착잡했다. 내가 사람을 죽였구나. 까닭 없이 생겨난 내 몸뚱이의 부질없는 미색美色이 세상을 어지럽혔구나. 갓 피어나는 기생에게 이 사건은 트리우마가 되었으리라.

그녀의 아름다움은 남자들만 괴롭히는 건 아니었다. 유수 송겸이 술자리를 열었는데 황진이가 나왔다. 풍류에 일가견이 있었던 송겸은 그녀를 보자 "명불허전名不虛傳이로다!"하고 신음 같은 감탄사를 내뱉는다. 황진이가 왔다고 하자, 송겸의 첩이 궁금해서 문틈으로 그녀를 엿본다. 그 틈새로 뿜어져 나오는 아름다움. 그녀는 움찔하며 뒤로 물러선다. "저렇게 예쁠 수가…… 이제 내 신세는 조졌구나." 그러다가 그녀는 아우성을 지르며 술자리 가운데로 뛰어 들어온다. 곁에 있던 종들이 기겁을 하고는 함께 뛰어와 밖으로 모셔냈지만 이 여자는 실성한 듯 다시 뛰어 들어와 술판을 뒤엎는다. 송겸은 놀라 일어서고 손님들도 눈치를 보며 슬금슬금 빠져나간다. 송겸의 첩을 그토록 절망케 했던 것은 무엇이었을까. 이런 일을 당하고난 뒤에도 송겸은 다시 어머니 수연을 맞아 황진이를 부른다. 첩이 나타날까 조마조마해 하면서도 희대의 미모를 보느라 여념이 없었다.

이덕형의 『송도기이』에 나오는, 이 '송공의 첩' 에피소드(필자가 살짝 각색했다)는 흥미롭다. 우선 첩실의 저런 행동이 용납되었던 것이 신기하다. 개성유수는 첩실의 질투를 두려워하여 황진이를 연회에 부르는 것을 고민해야 할 정도였다. 이런 점은, 조선시대 '첩의 지위' 에 관해 좀 더 치밀하게 연구할 필요가 있음을 느끼게 한다. 송겸의 첩은 관서의 명물로 통할 만큼 미인이었다. 아름다움으로 그 지역을 평정한 여인이었는데, 황진이가 나타난 순간 빛을 잃은 것이다. 그녀는 백설공주의 의붓어미처럼 당혹과 분노를 느낀다. 예쁨에는 '2인자' 가 없다. 두번째로 밀려나는 순간 존재 가치를 상실하는 듯한 공황에 시달린다. 송겸의 첩이 미치광이처럼 묘사된 것은, 그녀의 아름다움이 사라졌기 때문이 아니라, 그 미의 냉혹한 질서에서 밀려난 여인에 대한 조롱과 비웃음이기도 하다. 황진이는 송겸의 첩을 보면서 무슨 생각을 했을까. 나 또한 어느 날에는, 피어오른 또 다른 꽃 앞에서 저토록 참담한 좌절을 겪게 되리라. 한낱 살 껍질의 조화와 저주가 아닌가.

황진이에 관한 진술자들은 그녀가 '남자 같았다' 는 말을 한다. 화장을 안 한 것이 더 곱다는 조선 최강 '생얼 미인' 황진이가 남자 같다는 건 무슨 소리인가. 용모와는 달리 성격에서 호방하고 거리낌 없는 태도가 있었다는 얘기이리라. 내숭 안 떨고 약한 척 하지 않고 순진무구한 척 하지 않는 당당하고 씩씩한 기색. 조선 남자들은 황진이에게서 그런 기운을 느낀 모양이다. 황진이는 지조를 중히 여기고 순결을 프라이드로 삼는 '일편단심 기생' 이 아니다. 그녀에겐 늙은 고관대작의 첩실로 들어가 안정적인 삶을 누리고자 하는 출세 욕망이 전혀 보이지 않는다. 황진이는 오히려 철저히 육체적인 사랑을 게임처럼 즐기며 사내들에게 한 치도 꿇리지 않는 일대일의 긴장관계를 유지하면서 논다. 그런 점에서 보자면 조선의 기형적 '사랑시스템' 에서 황진이만큼 철저히 기생다운 기생도 없다. 꾸밈도 없었고 거침도 없었다. 그녀에게는 시도 사랑게임의 일부이며 음악도 육체도 모두 놀이의 일부이다. 이토록 예쁘고 잘 노는 여자이기에, 황진이는 후대의 임제까지도 그녀의 무덤 앞에서 찔러보는 '기생의 로망' 이 된 것이다.

천하의 남자들을 위하여

이제 황진이의 남자들을 살펴볼 때가 되었다. 황진이는 어머니의 실패한 인생을 기억하고 있었다. 한 남자와 눈이 맞아 청춘을 걸었다가 비참해지는 걸 봤다. 그래서 얻은 교훈 1호. 남자에 대한 철저한 불신. 작업을 할 때 하는 달콤한 말을 믿지 않는다. 하지만 그렇다고 해서 지레짐작으로 겁부터 먹고 도망치지는 않는다. 남자가 그리워하면 나도 그리워한다. 사랑하면 나도 사랑한다. 그러나 황진이의 사랑 게임은 진지전陣地戰이다. 자기 지역 다 팽개치고 넘어가지 않는다.

가장 쪼다같이 당한 사람은 벽계수이다. 온 나라에 황진이의 명성이 퍼지자 왕실의 종척이었던 그는, 이 멋진 기생을 한번 만나보고 싶었다. 하지만 저 도도한 여자가 분명 퇴짜를 놓을 듯하니 함부로 데이트 신청을 할 수가 없다. 유명한 시인 손곡 이달이 그의 지인으로 등장한다. 그에게 자문을 구했더니, 빙그레 웃으며 이달이 말한다.

"공이 황진이를 만나려면 내가 시키는 대로 해야 하오."

"예. 그러리다."

"아이에게 거문고를 맡겨서 뒤따라 걷게 하십시오. 황진이의 집을 지나가셔서 누각에 올라 술을 마시면서 거문고를 타고 계십시오. 그러면 황진이가 나와서 그대 곁에 앉을 겁니다. 그때 본체만체하고 일어나서 빨리 말을 타고 떠나십시오. 그러면 황진이가 따라올 겁니다. 취적교를 지날 때까지 돌아보지 않으면 성공입니다."

이 이야기는 지어낸 것일까. 손곡이 황진이의 심리를 꿰뚫고 있다. 그녀에게 사랑은 게임이니까, '관심을 보이는 것' 은 별로 약발이 먹히지 않는다. 오히려 무관심으로 당겨야 한다. 거문고를 타며 술을 마시는 것만 보여주면 된다. 그러면 황진이는 당신이 궁금해질 것이다. 그런데 손곡은, 가장 중요한 한 가지를 코치해주지 않았다. 황진이가 빼어난 시인이라는 것을 말이다. (손곡의 등장은 벽계수를 역사 속의 인물로 느끼게 하는 데는 호재이나, 사실에 있어서 좀 어색하다. 손곡은 황진이보다 훨씬 나중 사람이기 때문이다.)

벽계수는 그대로 했다. 과연 황진이가 따라왔다. 그는 이제 됐구나 싶어 달이 훤한 취적교 위로 말을 몰았다. 그때, 조선의 베테랑 악사도 입을 딱 벌렸던, 신이 내린 목소리로 시조 한 수가 창唱에 얹혀 흘러나온다.

청산리 벽계수야 수이 감을 자랑마라
일도창해하면 돌아오기 어려우니
명월이 만공산하니 쉬어간들 어떠리

노래도 노래거니와 가사가 말발굽을 세운다. 푸른 산 속에 흐르는 푸른 계곡물아, 잘도 흘러간다고 졸졸거리지 말라. 푸른 바다에 한번 도착한 뒤에 다시 돌아오려면 기회가 없다. 밝은 달이 빈산에 꽉 차 있으니 놀다 좀 가시오. 벽계수와 명월을 맞춘 천의무봉의 은유이나. 어이 벽계수 씨, 쉬었다 가세요. '취한 오빠'의 팔을 잡는 무뚝뚝한 호객呼客도 언어 몇 개가 초간장을 치면 사람의 간장을 녹이는 절절한 유혹이 된다는 걸 황진이는 유감없이 보여준다. 우리야 이 시조를 귀에 못이 박히도록 들어서 '감동'이 줄었지만, 당시 벽계수는 처음 듣는지라 영혼의 뒤통수를 치는 사이렌의 노래 같았던 모양이다. 그는 손곡의 말을 잊어버리고 무심코 뒤를 돌아본다. 그러자 나귀가 취적교를 다 간 난간에서 비틀거린다. 벽계수는 균형을 잃고 말에서 떨어진다. 한껏 무심한 표정으로 일궜던 카리스마를 바닥에 처박고 만다. 황진이는 껄껄 웃으며 팔짱을 끼고는 돌아선다. 한 소리 툭 뱉지 않았을까.

"그대는 명월에 계수나무 심을 생각 마시고, 그냥 쭉 흘러가는 게 좋겠소."

(이 이야기는 서유영의 『금계필담錦溪筆談』에 나오는 내용인데 필자가 각색했다.)

이 시조가 19세기의 자하 신위에게도 인상적이었던지 7언절구의 한시로 번역해놓았다.

青山影裏碧溪水 容易東流爾莫誇
청산영리벽계수 용이동류이막과
一到滄溟難再見 且留明月影婆娑
일도창명난재견 차유명월영파사

청산 그림자 속의 벽계수야
쉽게 동쪽으로 흐른다고 너 자랑마라
한번 바다에 닿으면 다시 보기 어려우니
명월에 머무르면 그림자가 춤을 추리라

솔직히 이 한시는 자하답지 않다. 황진이의 군더더기 없는 시조를 버려놓은 느낌이 있어 아쉽다. 황진이의 감성이 이 시대 사람들을 여전히 사로잡을 수 있는 것은, 시조의 힘이라고 생각한다. 여섯 수를 남기고 있는데 모두 쉽고 빼어나 지금도 곧잘 입에 오르내린다. 그 중 '청산리 벽계수야'는 분명히 실명實名의 대상碧溪守을 유혹하는 노래인데, 나머지 다섯 수는 누구를 겨냥하고 있는지, 어떤 상황에서 부른 것인지 정확히 알 수 없다. 아마도 술자리에서 감흥이 돋아 읊은 시이거나 고적한 밤에 홀로 앉아 밝힐 수 없는 어떤 사람을 생각하며 시상을 가다듬은 것이리라. 이참에 한글이 보석처럼 엮인 절창絕唱들을 듣고 지나가자.

> 산은 옛 산이로되 물은 옛 물이 아니로다
> 주야에 흐르니 옛 물이 있을소냐
> 인걸도 물과 같아야 가고 아니 오노매라

흘러가버린 옛 시절의 빼어난 사람을 그리워하는 노래인데, 묘하게 뼈가 있다. 지금은 옛날만큼 괜찮은 사람이 없다는 불만을 숨기고 있기 때문이다. 황진이가 당대 사내들을 향해서 일갈하고 싶은 무엇을 물속에 감췄다. 까불지 마라. 풍류도 모르고 시도 모르는 것들아. 나는 산처럼 여기에 있건만, 조무래기들은 옛날의 시늉을 내지만 모두 '벽계수' 류의 짝퉁이 아니던가. 봄날 불어난 물소리가 좋은 계곡 옆의 정자에 앉아 황진이는 이 시조를 읊었으리라. 오래 전 이곳에 왔을 때 함께 놀았던 벗들이 생각났다. 감회가 없을 수 없다. 그땐 그들과 있었는데, 지금은 다른 이들과 있구나. 나는 산처럼 있건만 그들은 물처럼 흘러가 버렸구나. 풍류도 무상하고 남자도 무상하다. 산은 붙박이의 운명이며 물은 뜨내기의 운명이다. 한 순간 같이 즐기고 동거를 하였다고 해서, 거기에 목매지 말고 꿈을 깨기 바란다. 이런 메시지도 느껴진다.

그런데 이 시조가, 듣는 '조무래기' 들을 언짢게 하지 않은 까닭은 교묘한 중의重意에 있다. '인걸도 물과 같아야 가고 아니 오노매라' 에서 '인걸' 이 누구냐에 따라 의미가 바뀌기 때문이다. 옛날에 흘러간 물이 인걸이라면, 지금의 물에게는 욕이 되지만, 지금 흐르고 있는 물을 인걸로 대접하는 것이라면, 귀하신 분들이 귀하신 인연으로 잠깐 만났으니, 시간을 허투루 흘려보내지 말고 제대로 놀아봅시다, 라는 의미가 된다. 동석자들은 아마도 후자로 듣고 흐뭇해했으리라.

청산은 내 뜻이오 녹수는 임의 정이
녹수 흘러간들 청산이야 변할손가
녹수도 청산을 못 잊어 울어 예어 가는고

이 시조 또한 앞 시조의 연장선상에 있다. 남자는 물이요, 자신은 산이란 의식이 뚜렷하다. 남자는 흘러가며 여자는 남는다. 이것은 '기생' 이라는 직업이 지닌 숙명이기도 했다. 어떤 기생들은 남자와 함께 흘러가려고 발버둥을 치기도 하고, 흘러가는 남자를 붙잡아두려고 애원도 하지만, 황진이는 그것이 본질적으로 불가능함을 저렇게 뚫어보았다. 황진이의 '기생다움' 은 자신의 존재를 살피는 통찰에서 나온 것인지도 모른다. 흘러가는 것들에 대한 쓸쓸한 감회야 왜 없겠느냐 마는, 흘러가는 것들을 저주하며 울고불고 하지는 않는다. 황진이가 이토록 도도하고 담담하니, 오히려 사내들이 울고불고다. 계곡의 물소리를 사내들이 기생을 못 잊어 질질 짜는 소리로 바꿔놨지만, 어떤 사내도 이에 이의를 달지 못한다. 황진이는 그럴 만한(울면서 지나갈 만한) 여자이기 때문이다.

동짓달 기나긴 밤을 한 허리를 둘에 내어

춘풍 이불 아래 서리서리 넣었다가

어론님 오신 날 밤이여든 구뷔구뷔 펴리라

은유의 센스와 상징의 재치로 보자면, 황진이 최고의 절창이 틀림없다. 잠 못 이루는 밤에 써두었던 시를, 어느 파티 자리에서 '조수미' 음성으로 불렀을 것이다. 위의 '청산靑山 시리즈' 에서 엿볼 수 있듯, 황진이의 시적 공간은 여간 큰 게 아니다. "남자 같다"는 남자들의 지적은 이런 스케일에서도 드러난다. 산과 물을 가지고 놀더니, 여기선 시간을 가지고 논다. 동짓달의 밤 한 자락을 천처럼 잘라내는 기상奇想이 시의 엔진이다. 어느 겨울밤 님 생각에 잠을 못 이룰 때, 환장할 만큼 밤이 길었다. 이런 밤이 이렇게 길 필요가 있나. 가위로 싹둑 잘라버렸으면. 그런 생각을 하자, 님과 운우지정을 나누는 밤은 몹시도 짧더라는 한탄이 떠오른다. 그러면 그것과 그것을 바꾸면 좋지 않겠는가. 이때부터 황진이는 시간을 다시 재단하는 선녀가 된다. 겨울밤이 짧아지는 봄날 바람이불 밑에 감추겠다는 생각도 귀엽고 님과 만난 밤을 길게 하고 싶다는 기녀다운 솔직함은 좌중의 사내들을 동하게 했으리라. 그렇지만 이 시의 백미는 뭐니뭐니 해도 '서리서리' 와 '구뷔구뷔' 다. '서리서리' 는 실이나 천을 헝클어지지 않게 둥글게 감아서 쌓아두는 것을 말한다. 뱀이 그런 모양으로 똬리를 틀고 있는 것이나 국수를 둥글게 쌓아두는 것도 '서리서리' 라는 표현을 쓴다. 길고 긴 밤이 긴 광목천이 되었으니, 그것을 양팔을 벌려 둥글게 감아둔 뒤 봄이 보지 못하게 감춰야 할 것이다. 왜 서리서리 감는가. 너무나 길기 때문에 함부로 놔두면 헝클어지기 때문이다. 나중에 쓸 일이 있기 때문에 잘 정리해 두는 것이다. '서리서리' 하나에 앙큼하고 세심한 여심이 고스란히 담겨져 있다. '서리서리' 네 글자를 받을 '구뷔구뷔' 또한 맛이 있다. 서리서리 감아둔 '밤' 은 이불 밑에 있었기에 눌려서 저절로 각이 잡혔다. 그것들을 하나씩 하나씩 펴는 것이 '구뷔구뷔' 이다. 여기엔 님 오신 밤을 경영하는 전략이 깔려 있기도 하다. 님이 오셨다고 숨긴 시간을 한꺼번에 모두 펴면 님이 질릴지도 모른다. 그러니 끝 무렵에 아쉬울 때마다 한 '구뷔' 씩 살짝살짝 덧대어 잇는 것이다. 서리서리와 구뷔구뷔는 당대 남자들의 귓전에는 더할 나위 없는 '에로틱 퍼포먼스' 였을 것이다. 이 모두가 침실의 이미지이다. 겨울밤엔 '허리' 라는 말이 나오고, 봄날엔 '이불' 이 나오는 건 넌지시 야한 암시를 풍기기 위함인 건 물론이다. 이 시는 재치와 기발함이 워낙 승하여 진정眞情을 느낄 겨를이 좀 부족하다. 황진이의 마음을 보여주는 시조는 따로 있다.

내 언제 신이 없어 님을 언제 속였관대
월침삼경에 올 뜻이 전혀 없네
추풍에 지는 잎 소리야 낸들 어이하리오

가을밤이다. 달이 지는 자정 무렵이다. 이건 분명 대상이 있을 터인데 숨겼다. 그가 오늘 밤 온다고 약속을 했다. 초경(初更, 7시~9시)부터 대여섯 시간을 기다렸다. '내 언제' 와 '님을 언제' 는 따지는 말투이다. 자신에게 따져보기도 하고, 오지 않는 남자를 마음으로 불러 따져보기도 한다. 내가 믿음 없이 행동한 적이 있었나? 님을 속인 적이 있었소? 이렇게도 생각해보고 저렇게 생각해보는데, 왜 오지 않는지 도무지 알 수가 없다. 그런데 열두 시가 넘어버렸다. 이제 오기는 글렀다. '올 뜻이 전혀 없네' 는 포기했다는 뜻이다. 시의 아릿한 반전은 마지막 구절에 있다. 추풍에 지는 잎 소리야 낸들 어이하리오. 포기하자고 입은 중얼거렸으나, 귀는 그걸 따르지 않는 셈이다. 잎이 떨어지며 사스락거리는 소리에 그만 귀가 쫑긋해진다. 이 마음. 이 얄궂은 마음. 포기하고 난 뒤에도 돋는 이 실낱같은 희망의 마음. 진실로 그리움이란 이런 것이 아닌가. 씩씩한 황진이도, 사람이 좋아지면 이렇게 예민하고 약해졌다. 이런 점이 조선 최고 기생의 명성을 만들어낸 면모가 아닐까.

> 어져 내 일이야 그릴 줄 모르던가
> 있으랴 하드면 가랴마는 제 구태여
> 보내고 그리는 정은 나도 몰라 하노라

가히 우리말 씀씀이의 달인이다. '어져 내 일이야'. 시의 처음을 자책自責의 탄성으로 잡았다. 시는 '어져'로 시작됐지만, 황진이의 내면은 '어져' 이전에 많은 생각이 있었다. 아이구. 내가 어떻게 일처리를 이 모양으로 한담? 천하의 황진이도 자신을 이렇게 나무라며 후회한다. 님이 떠날 때 혹시 님이 미안한 마음을 가질까봐 웃는 낯으로 보냈다. 내가 웃으니 님도 웃었다. 그렇게 빠이빠이 하고 돌아 와서는 '어저'라며 후회를 한다. 이 바보 같은 계집아. 떠나고 나면 그리워질 줄 몰랐는가. 아래 두 행은 사실은 세 행으로 나눠져야 자연스럽다. '있으랴 하드면 가랴마는/제 구태여 보내고/그리는 정은 나도 몰라 하노라'. 이렇게 말이다. 시조 운율의 제약에 따르기 위해 꺾지 않았어야 할 데를 꺾어버린 듯이 보이지만, 여기엔 치밀한 표현 전략이 깔려 있다. '제 구태여'로, 아직 끝나지 않은 호흡이 뒤행을 빨리 따라오도록 심리적인 거리를 좁힌다. 말하자면 읽는 마음을 바쁘게 만든다. 황진이의 마음은 지금 이율배반이기 때문이다. 님은 내가 가지 말라고 말했으면 가지 않을 사람이었다. 그렇게 상황을 떠올린 뒤 '어져'

의 자책을 강화하여 스스로를 비난하는 게 '제 구태여' 이다. 시행의 끝에 갈고리 같은 말을 걸어두어서 마음속에 급박하게 이는 갈등과 혼란을 표현해낸 것이다.

쿨하게 애인을 보내고자 하는 '당찬 기생 황진이' 와 보내놓고는 괜히 보냈다고 자기 머리를 쥐어박는 '소심한 여인 황진이' 라는 두 페르소나의 싸움을 그림처럼 보여주는 시다. 시를 읽는 독자는 어떤가. 쿨한 황진이 내면에 숨은 그 여리고 애틋한 황진이, 그 '영혼의 속살' 에 더욱 매료될 수밖에 없다. 시만 읽어도 그런데 당사자가 앞에 앉아 저 푸념을 읊고 있으면 어떻겠는가.

어렸을 때부터 당시를 익혔던 황진이는 한시에도 능했다. 그런데 옥봉이나 운초, 혹은 매창처럼 많은 시를 남기지 않았다. 시조의 풍격風格으로 보면, 마음의 거문고를 울리는 시들이 많았을 것 같은데 감질나게도 몇 편만 겨우 전해지니 아쉽기 그지없다. 사후에 그녀의 시를 거둬주는 사람이 없어서였을까. 죽을 때 황진이는 집안사람에게 이렇게 부탁했다.

> "저는 천하 남자를 위하여 자신을 사랑할 수 없다가 이 지경에 이르게 되었습니다. 만일 제가 죽거든 금수도 관도 쓰지 말고, 옛 동문 밖 물가 모래밭에 시신을 내버려서 개미와 땅강아지, 여우와 살쾡이가 살을 뜯어먹어, 세상 여자들로 하여금 저를 경계삼도록 해주십시오."
>
> 〈『송도인물지』에서〉

집안사람은 그녀의 말대로 했는데, 어떤 남자가 그 시신을 거두어 장단長湍 구정고개 남쪽에 묻었다고 한다. 이렇게 자신의 육신을 물가 모래밭에 내던지라고 한 여인이니 굳이 시를 남기려는 뜻을 품지 않았을 것이다.

'천하 남자를 위하여 자신을 사랑할 수 없' 었다는 말이 여운을 남긴다. 육신이 한 사내에게 얽매이는 것을 그토록 경계했던 그녀는, 천하 남자들을 위하여 흔연히 자신을 개방했다. 그녀는 바다를 지나가는 모든 배를 비춰주는 등대처럼 조선 사회의 '공공재公共財' 인 자신을 아낌없이 내놓았다. 하지만 그렇게 살았다 하더라도 후회는 또 후회대로 남는 법인가 보다. 다른 여인들에게 자신을 경계 삼도록 죽은 몸뚱이마저 모래바닥에 내팽개쳤다.

금월에도 명월에도 명월이 보고 싶소

천하 남자를 위하여 살던 사람이라지만, 각별한 남자가 없었던 건 아니다. 그 중에서도 소세양(蘇世讓, 1486~1562)은 '30일 동거 게임' 으로 입방아에 오른 진이의 연인이다. 임방의 『수촌만록水村漫錄』에 전하는 이야기다.

소세양은 양곡陽谷 퇴재退齋 퇴휴당退休堂이란 호를 썼으며 전라도 관찰사와 형조, 호조, 병조, 이조판서를 지냈고 좌찬성에까지 오른 인물이다. 율시律詩에 능한 시인이며 송설체를 잘 쓰는 명필로 소문났던 익산 출신의 정치인이다. 그는 인종 1년(1545년)에 당시 권신이던 윤임 일파의 탄핵을 받고 쫓겨났다가 그해 일어난 을사사화로 복귀했다. 대윤(윤임)과 소윤(윤형원)의 살등이 사화를 빚어냈던 중종 – 인종 – 명종 대의 정치적 혼란기를 살았던 그에 관한 정치적 평가는 여기서 섣불리 내릴 수는 없다. 다만 그가 감성이 풍부하면서도 강직한 면모가 있었다는 점은 확인할 수 있다. 그는 '젊은 시절' 이렇게 호언했다 한다.

"사내가 여색에 빠진다면 사내라 할 수 있겠는가."

그러자 그에게 한 친구가 껄껄 웃으며 말했다.

"여색도 여색 나름일세. 자네는 송도 기생 황진이가 와도 나무토막처럼 있을 수 있을까?"

"나는 내가 계집 앞에 나무토막처럼 있겠다고 말하지 않았네. 다만 내 욕망을 내가 조절할 수 있다는 뜻이네. 약속을 하나 하겠네. 내가 송도의 명월明月이를 명월이 뜨는 날 만나서 그 다음 명월이 뜨기 전에 헤어지겠네. 하루도 어김없이 돌아서 나올 테니 두고 보게."

"허허. 만약 그렇게 하지 못한다면 어쩔 셈인가?"

"그렇다면 나는 사람이 아닐세."

양곡은 두 가지 놀랄 만한 약속을 한 셈이다. 하나는 황진이와 동거를 하겠다는 얘기이고, 또 하나는 그 동거를 정확하게 한 달 만에 끝장내겠다는 것이다. 나는 임방이 말하는 소세양의 '젊은 시절'에 대해 감을 잡지 못하겠다. 과연 몇 살 때의 일일까. 그때 황진이는 몇 살이었을까. 젊은 시절이란 상대적인 것이다. 이 시절 황진이가 소세양을 소판서蘇判書라고 부르는 것을 참고하면 최소한 1531년 이후(소세양은 당시 형조판서를 지냈다)이다. 한 달씩이나 자리를 비울 수 있었다면 관직에서 물러나 있을 때라고 볼 수 있다. 46세쯤으로 잡는다면 1532년이다. 황진이의 명성이 한양에까지 자자했던 때였으니 황진이도 나이가 스물다섯이 넘었을 가능성이 크다. 그렇게 어림잡으면 황진이는 1507년생이 된다. 이럴 경우, 허균의 아버지 허엽(그는 화담 서경덕의 제자이니, 황진이와 알고 지냈을 가능성이 있다)은 1517년생이니, 황진이보다 10살 아래다. 벽계수에게 황진이에 관한 자문을 해줬다는 손곡 이달은 1561년생이니(황진이가 죽은 다음에 태어났을 가능성이 있다), 벽계수에게 그런 역할을 한 인물이 있었다면 손곡이 아닌 다른 사람이었을 것이다. 화담 서경덕은 1489년생으로 황진이보다 열여덟 살이나 많다. 여하튼 마흔여섯 살의 패기만만한 사내가 스물다섯 살의 기고만장한 기생을 만나러 갔다. 어떻게 되었을까.

가을 저녁 강가에서 소세양은 시를 읊는다.

蕭蕭孤影暮江潯 紅蓼殘花兩岸陰
소소고영모강심 홍료잔화양안음
謾向西風呼舊侶 不知雲水萬重深
만향서풍호구려 부지운수만중심

쓸쓸하네 외로운 그림자 하나 노을진 강가
붉은 여뀌꽃 남은 송이 강기슭 양쪽이 어둡다
서풍을 향해 느리게 걸으며 옛 짝을 부르네
만 겹이나 될 만큼 깊은 운우雲雨의 정, 알 수 없어라

이 시는 소세양이 호남에 은퇴한 시절 좌의정 상진尙震이 가져온 그림족자에 써준 화제畵題이다. 상진이 좌의정이 된 것은 1551년이니 소세양 나이 65세 이후에 쓴 것이다. 그러니 마흔 여섯 살의 그가 쓴 시도 아니고, 반드시 황진이에게 썼다고 볼 수도 없다. 하지만 나는 謾向西風呼舊侶(만향서풍호구려)에서 황진이를 느낀다. 그림 속에는 기러기 한 마리가 그려져 있었나. 서무는 상 위를 날아가는 기러기 하나. 그 그림자가 고요한 강에 어른어른 비친다. 강둑에 핀 여뀌꽃은 거의 다 졌다. 여뀌꽃을 아는가. 꽃 같지도 않은, 뭉친 깨알들 같은 작고 길쭉한 꽃덩이를 달고 있는 물가의 꽃. 흰 빛이 나는 것과 붉은 빛이 나는 것이 있는데, 저마다 희미하고 하늘하늘하여 존재감이 느껴지지 않는 꽃이다. 그나마 다 시들었다. 어둑어둑해져오니 여뀌꽃부터 그늘에 잠긴다. 마치 옛 기억들이 사라져가는 것처럼 말이다.

강쪽을 가만히 쳐다보던 소세양은 하늘에 나는 외기러기를 본다. 서풍 따라 짝을 찾아 느릿느릿 날아가는 그는, 소세양을 닮았다. 젊은 시절 황진이가 있던 관서關西이기도 한, '서쪽' 은 바로 새가 깃들이는 둥지를 말하기도 한다. 그런데 그림을 보니 서쪽 하늘은 첩첩의 구름이 끼어 어디인지 분간하기도 어렵다. 옛날이란 그렇게 겹친 기억과 망각들 속에 파묻혀 있는 것이 아닌가. 옛 짝을 부르지만 대답할 리 없다. 여기서 소세양은 운수雲水라는 말을 썼다. 운우지정雲雨之情을 떠올린 까닭이다. 바로 그렇게 말할 수는 없으니, 겹겹 구름들을 핑계 삼아 행복하던 날들을 슬쩍 새겼다.

장안에서 이름 높은 시인 소세양인지라 황진이도 반가웠을 것이다. 그런데 그날 밤 마주 앉은 자리에서 이 남자는 희한한 말을 한다.

"내 오늘 달 밝은 밤에 명월을 품고, 다음 명월이 나올 때까지만 그대를 품으려고 왔노라."

다른 기생들 같았으면 화를 내거나 지레 서러워 엉엉 울겠지만, 황진이는 보름달처럼 환하게 웃으며 대답했다.

"공은 정말 풍류객이십니다. 그리 하실 수 있다면 그리 하십시오."

그녀는 선선히 그렇게 말하면서 아버지를 떠올렸을까. 남자는 왔다가 떠나가는 것이다. 사랑? 그건 미색에 홀린 자들이 작전상 읊는 '분식한 언어' 일 뿐이다. 이 남자는 오히려 솔직하지 않은가. 나는 기생이다. 딱 30일만 놀겠다는 고객이라면 참으로 쿨하지 않은가. 그 말이 황진이의 승부욕을 자극한 것도 사실이다. 내가 많은 사내들을 보아왔지만 호언하는 자 치고 그 말을 깨지 않는 자를 보지 못했다. 특히 아름다움에 눈멀어 어리석음을 범하지 않는 사내를 보지 못했다. 나는 나의 아름다움이 한 겹 껍데기의 조화이며 한 시절의 빛에 불과함을 알고 있다. 그러니 그것으로 자랑 삼으려 할 까닭이 없다는 것도 안다. 하지만 나는 색色이 인간의 이성을 뒤

흔드는 것임을 보아왔다. 이것 또한 하나의 도道라는 것을 그대에게 가르쳐주고 싶구나. 그대는 다음달 명월 아래서 명월은 품지 않을 거라고 말하지만, 명월은 당신 양곡陽谷을 환히 비추리라. 그래서 이 소문난 동거는 긴장감 넘치는 게임이 되었다.

한 달이 어떻게 흘러갔는지, 물론 우리는 자세히 알지 못하지만, 당사자들인 소세양과 황진이도 마찬가지였을 것이다. 처음에 그들은 잘 생긴 남자와 여자로 서로에 취했다. 그 다음엔 술에 취했다. 그 다음엔 음악에 취하고 그 다음엔 시에 취했다. 술과 시가 버무려져 사랑이 되고 음악과 밤이 버무려져 운우가 되었다. 처음엔 남자와 여자였는데, 갈수록 영혼이 소통하는 소울메이트(soul mate)가 되어 갔고, 깊은 내부로 흐르는 소리를 알아듣는 지음知音이 되어 갔다. 이건 기생이 아니라 마음이 가지런히 함께 눕는 친구이다. 이건 기생을 사러온 풍류객이 아니라 오랫동안 벙어리처럼 닫았던 입을 열게 하는 정신의 반쪽이다. 사내의 몸에선 천하의 시가 흐르고 여인의 몸에선 지상의 노래가 솟았다. 그러다가 여윈 달이 봉긋해져 마침내 하루의 살점만 빠져 있는 밤이 되었다.

그토록 사내의 깊은 속으로 들어간 황진이지만 이때쯤 되면 처음의 전열戰列을 가다듬는다. 내일이면 저 사람은 떠난다. 저 사람이 떠나고 싶어 하시 않는 것을 나는 이미 안다. 개성의 달빛 누대에서 황진이는 심호흡을 하며 비장의 시를 읊는다.

月下庭梧盡 霜中野菊黃
월하정오진 상중야국황
樓高天一尺 人醉酒千觴
누고천일척 인취주천상

流水和琴冷 梅花入笛香
유수화금랭 매화입적향
明朝相別後 情與碧波長
명조상별후 정여벽파장

달빛 아래 뜨락 오동잎이 다 졌네요
서리 맞은 들국화는 노래졌고요
누대는 높아 한 자만 더 오르면 하늘
사람은 취해서 천 잔의 술을 마셨네요

흐르는 물은 가야금 소리처럼 차고
매화는 피리 속에 향기를 넣네요
내일 아침 서로 헤어지면
그리운 생각 푸른 물결처럼 길겠죠

送別蘇判書(송별소판서)

「송별소판서送別蘇判書」라는 제목으로 되어 있는 이 시는, 한 달의 사랑게임이 실제로 있었던 일임을 증언해주는 듯하다. 나는 이 시를 읽으며 이토록 빼어난 한시를 쓸 수 있는 황진이의 작품들이 인멸湮滅한 것에 대한 아쉬움을 키운다. 月下庭梧盡(월하오동진)과 霜中野菊黃(상중야국황)은 한 달 전 맹약을 할 때 말했던 것들이다. 오동잎이 지고 들국화가 노래지면 우린 헤어질 거라고, 두 사람은 처음에 웃으면서 말했다. 하지만 그땐 이렇게 사랑의 속병이 생겨날 줄 몰랐다. 그런데 기약했던 달이 돌아오고, 날짜를 짚어가며 추측했던 서리가 내렸다. 오동잎이 떨어지는 것은 사랑의 배터리 잔량이 사라져가는 것과 다름없고 들국화가 노랗게 되어가는 것은 폭탄의 인화선이 타들어가는 것과 다름없다. 오동잎 떨어지면 가슴이 내려앉고 국화가 짙어지면 슬픔이 짙어졌다. 그래서 오늘까지 왔다. 樓高天一尺 人醉酒千觴(누고천일척 인취주천상). 앞부분은 명월의 이야기다. 황진이 스스로가 명월明月이기에 한 달이 지나면 이제 하늘에 걸린 명월로 돌아가야 한다. 오늘 딱 한 자가 남았다. 뒷부분은 양곡의 이야기다. 이 사람은 슬픔에 술을 퍼마셨다. 명월이 하늘로 다가갈수록, 남자는 비운 술잔을 쌓았다. 처음엔 색에 취해 술을 마셨고 나중엔 사람에 취해 시에 취해 술을 마셨다. 한 달간 천 잔을 마셨다면 하루 서른세 잔씩은 마시지 않았는가. 流水和琴冷 梅花入笛香(유수화금랭 매화입적향). 이 대목은 이별파티에서 서로가 말없이 악기를 연주하는 장면이다. 황진이는 가야금을 타고 소세양은 피리를 분다. 그런데 가야금 소리는 흐르는 물처럼 차갑다. 진이에게 '흐르는 물'이란 떠나는 사내와 동의어이다. 기약한 한 달이 되었다고 칼같이 끊고 떠나는 사람이니, 차가울 수밖에. 평소엔 따뜻하던 음音들이 계곡 물소리에 묻혀 서늘해졌다. 소세양이 부는 피리에는 매화 향기가 난다. 계절은 오동잎과 들국화가 있는 가을이니, 매화꽃이 피어 있을 리 없다. 소세양의 피리에 그려진 매화 문양이 아니었을까. 매적梅笛이니 거기엔 매화 향기가 있을 법하다. 매화는 봄에 피는 꽃이다. 이 가을에 차갑게 떠나는 당신, 다음해 봄이 되면 매화처럼 다시 피어날까요. 피리 소리에 황진이는 슬쩍 희망사항을 숨겨 넣었지만, 사실은 기약 없는 이별의 괴로움이 있을 '긴 겨울'의 환기이다. 明朝相別後 情與碧波長(명조상별후 정여벽파장). 내일 아침에 가시겠죠? 그렇지만 그간 쌓은 정은 푸른 물결처럼 영원히 출렁거릴 겁니다. 그날 밤 소세양은 내내 그 시를 읊조렸다. 마음이 출렁거려 멀미하는 듯 했다. 천 잔의 술이 이제야 한꺼번에 취하는 듯 했다. 뱉은 말이니 어쩌겠는가. 말 따위가 무슨 소용인가. 이토록 귀한 사람을 어디서 다시 만나겠는가.

이튿날 두 사람은 마주 섰다. 말없이 바라보는데 서로의 눈에 맺힌 눈물이 보인다. 껴안아 뺨을 대니 맺힌 눈물이 한 줄기가 되어 주르르 흐른다. 손을 아직 잡은 채로 소세양은 돌아서 가려다가, 자석이 붙은 듯 다시 안겼던 자리로 돌아온다.

"그대, 미안하오. 나는 사람이 아니오."

"대감, 그러하오시면……"

"양곡의 눈이 이렇게 말하고 있소. 금월에도 명월을 보고 명월에도 명월을 보고 싶다고."

"서방님."

이야기는 여기서 끝나 있다. 하지만 황진이가 대승을 거둔 그 30일 전투가 끝났을 때 세상 사람들은 서둘러 관심을 거두어들였다. 그러면 그렇지. 양곡을 슬쩍 비웃으며, 황진이의 전설을 확성기에 담았을 것이다. 게임은 그랬을지 모르지만, 삶은 게임 이후에도 계속되는 것이다. 아마도 두 사람은 곧 헤어질 수밖에 없었을 것이다. 양곡은 다시 벼슬에 나아갔을 것이고 황진이는 명성을 전리품으로 챙기고는 담담하게 손을 흔들었을 것이다. 양곡이 그날 아침 싹둑 자르고 떠나지 않은 것은, 그릇이 컸기 때문이라고 생각한다. 내가 잠깐 져주고 세상에 못난 인간이 됨으로써 기특한 지음을 행복하게 해줄 수 있다면 그렇게 하리라. "나는 사람이 아니오." 그 말 속에는 한 달 전의 약속을 상기한 의미도 있었지만, 한 달 전처럼 어리석은 사람이 아니라는 뜻도 있었다. 여자에 대해 아무것도 몰랐던 그때가 사람이 아니었지 않은가. 그런 역설도 숨어 있었다. 세간의 눈들이 사라진 뒤에 그들은 조용히 이별을 했으리라. 굳이 여자를 이기려들지 않는다는 것. 소세양은 그 지혜를 터득한 사내였다. 그리고 황진이는 얼굴이 예쁜 여인이 아니라, 영혼이 예쁜 여인이었다는 것을 그는 가슴에 담고 떠났다. (소세양 관련 에피소드는 임방의 『수촌만록水村漫錄』에 있는 이야기를 골조로 삼아 필자가 재구성한 것이다.)

황진이의 한시에는 수수께끼 같은 남자 하나가 나온다. 「별김경원(別金慶元, 김경원을 보내며)」 관직 이름도 붙어 있지 않고 별다른 설명도 없는 인물이다. 경원은 호인지 이름인지도 알 수 없다. 그러나 시의 내용을 보면 범상치 않다.

三世金緣成燕尾 此中生死兩心知
삼세금연성연미 차중생사양심지
楊州芳約吾無負 恐子還如杜牧之
양주방약오무부 공자환여두목지

삼세의 아름다운 인연이 제비꼬리처럼 나란히 하였으니
이중에 살고 죽는 일도 두 마음이 알아채리라.
양주에서의 꽃약속을 나는 어기지 않겠지만
걱정스러운 건 그대가 도리어 두목지 같아서요.

황진이가 삼세의 황금 인연이라고 할 만큼 좋아했던 사람이 있었던가. 언젠가 양주에서 함께 살자고 하고 헤어지는 중에 시를 썼다. 그런데 문제는 남자 마음이다. 두목지는 당나라 시인 두목(杜牧, 803~852)을 가리킨다. 목지는 그의 자이며, 호는 번천樊川이다. 그는 시에도 뛰어났지만 풍채가 수려했다. 그러니까 예쁜 황진이도, 잘 생긴 남자를 떠나보내면서 불안해하는 것이다. 떨어져 있어도 생사를 알 수 있을 것 같은 사람인데도, 남자는 일단 눈에서 멀어지면 믿기 어렵다. 뿌리 깊은 불신이 내내 그녀를 간섭한다. 황진이가 굳이 두목과 비교한 것은 김경원 또한 시에 뛰어난 사람이었기 때문이었을 가능성이 크다. 세상이 김경원을 그리 주목하지 않았던 것은, 그가 알려진 스타도 아닌데다가 조롱거리나 흥밋거리로 삼을 만한 스토리가 알려지지 않았기 때문이 아닌가 한다. 혹은 황진이가 나이 들면서 그녀에 대한 관심이 시들해질 무렵에, 만난 사람일 수도 있으리라. 여하튼 김경원이야 말로, 황진이가 진짜 함께 살고 싶었던 첫 남자이자 마지막 남자가 아닌가 한다.

목소리에 이끌려 맺은 인연

황진이가 마음과 앞섶을 여는 남자들 중에는 가수 두 사람이 있다. 그중 한 사람은 이언방李彦邦이다.(이언방 이야기를 실은 사람은 허균이다.) 조선 명종 때의 명창이었던 그는 여자 목소리를 잘 냈다. 가락이 맑고 높아서 듣는 사람들이 일제히 눈물을 흘릴 정도였다고 한다. 평양에서 이언방은 특별한 공연을 했다. 교방 기생 이백 명을 열을 짓도록 하여 앉혀놓고 한 사람마다 다가가 노래를 시켰다. 기생이 선창을 하면 이언방이 화답을 하는 형식이었다. 200명 중에는 행수行首기생도 있었고 열 살도 안 되는 동기도 있었다. 이 남자는 여자들의 모든 목소리에 맞춰 막힘없이 노래를 불렀다. 이 놀라운 이벤트에 관한 소문은 황진이의 귀에도 들어갔다. 당대 노래의 귀재인 그와 만나 놀고 싶었다. 열 일 제쳐놓고 황진이는 이언방을 만나러 간다. 그런데 희대의 '남자 소프라노'인 그는 무대 바깥에서는 여자처럼 수줍음이 많았다. 절세미인 황진이가 불쑥 얼굴을 내밀자 그는 어찌할 바를 몰랐다. 그녀가 얼굴을 빤히 쳐다보며 물었다.

"혹시 댁이 이백 명의 여자 목소리를 가진 이언방이란 분이신가요?"

언방은 불쑥 시치미를 뗀다.

"아, 아닌데요."

"그럼, 뉘신지요?"

"저는, 이언방의 아우 됩니다. 형님은 밖에 나가셨소."

"그렇다면 그분이 올 때까지 여기서 기다리겠소이다."

"누구시며 대체 무엇 때문에 그러시오?"

"나는 송도 기생 황진이라고 하옵고, 그의 음악을 사모하여 함께 터놓고 노래하고 싶어서 이렇게 달려왔소이다."

"황진이라면, 뭇사람들이 신이 내린 목소리라 말했던 그 기생이 아니오?"

"이언방 선생의 목소리에 비한다면 쇳소리에 불과합니다."

"제가…… 형님의 노래를 조금 흉내 낼 수는 있습니다만……"

"그러하오?"

이언방은 최대한 목청을 굵어가며 남자 목소리를 낸다. 한 곡조가 끝났을 때 황진이는 그의 손을 잡으며 말한다.

"나를 속이지 마시오. 내가 태어나 처음 들어보는 아름다운 목소리와 노래요. 당신이 이언방이오. 제나라의 명창 면구綿駒와 당나라의 가수 진청秦靑인들 당신보다 잘 부를 순 없을 겁니다."

선전관 이사종李士宗 또한 소문난 가수였다. 그와 그녀는 천수원 냇가에서 우연히 만났다. 이사종은 공무로 송도에 왔는데 말을 매어놓고 관을 벗어서 배 위에 올려놓은 채 누워 노래를 부르고 있었다. 황진이가 지나가다가 그 소리를 들었는데, 깜짝 놀라서 말을 천수원 역에 매어놓고 숨어서는 오랫동안 귀를 기울였다. 그리고 고개를 갸웃거리는 종자에게 말했다.

"노래가 이상스럽지 않은가. 여기서 볼 수 있는 보통 가객이 아니다. 내 들으니 도성에 풍류객 이사종이라는 사람이 있어 당대의 절창이라고 하였는데, 이 사람은 그 사람이 틀림없다."

노래가 끝나자 종자가 달려가 그에게 물었더니 과연 이사종이라고 한다. 진이는 그를 집으로 모셔 와서 며칠을 같이 지낸다. 몇 년 전 이언방을 만났을 때 느꼈던 감회가 밀려왔다. 노래가 통하는 것은 피가 통하는 것과 같았다. 그는 곧 서울로 올라가야 한다. 그녀는 정말 이 남자와 살고 싶어졌다. 소세양의 제안을 생각했다. 이번에는 내가 그렇게 해보자.

"나으리와 딱 6년만 같이 살고 싶습니다."

"어찌하여 하필 6년인가?"

"3년은 저의 사랑으로 살고 3년은 나으리의 사랑으로 살고 싶습니다."

이미 관기를 벗어났고 재물도 많이 모았던 진이는 가재도구와 3년간 먹고 쓸 것들을 모두 싸서 이사종의 집으로 들어갔다. 그녀는 3년 동안 이사종의 도움을 전혀 받지 않고 두 집 살림을 꾸려나간다. 그리고 3년이 지나자 이번에는 이사종이 황진이를 먹여 살린다. 6년이 지났을 때 황진이는 서슴없이 자리를 털고 송도로 돌아온다. 이 놀라운 계약 동거는 유몽인의 『어우야담』에 나오는 이야기다. 사실 30일이니 6년이니 하는 동거게임들은 한낱 흥밋거리로 인생을 들여다보는 사람들의 숫자놀음처럼 느껴지기도 한다. 그런 숫자 자체가 이야기꾼들의 창작품이니 믿을 게 못 된다는 의견도 있다. 하지만 꼭 그렇게만 볼 필요가 있을까. 기간을 정해놓고 동거를 하는 황진이의 태도에는 인생을 주체적으로 경영하려는 결연한 자세 같은 것이 엿보인다. 남자의 구애에 휘둘리는 삶도 싫었고, 남자의 사랑에 기탁하여 생의 위로를 받는 일은 더더욱 싫었다. 그녀는 예쁜 여자로 사는 인생을 선택하지 않고, 자유롭고 주체적인 인생을 살고 싶어 했다. 소세양이 계약 동거를 제의한 것은, 기생과 여성을 얕잡아보는 당시의 남성적 관점이 작동을 한 것이지만, 황진이가 그것을 흔쾌히 동의한 것과 또 이사종과의 계약 동거를 제의하고 실천한 것은 육체와 여성과 제도의 질곡으로부터 벗어나려는 나름의 전투였다고 생각한다.

욕망과 지족

이제 황진이의 명성을 드높인 두 남자를 만날 때가 되었다. 『성옹지소록』(허균)에는 황진이가 입버릇처럼 말했다는 인용문 하나가 있다.

> "지족노선사가 30년 동안 면벽했지만 내게 짓밟힌바 되었다. 오직 화담 선생만은 접근하기를 여러 해에 걸쳤지만 종시 어지럽지 않았으니 이는 참으로 성인이다."

이 말이 후세 작가들의 상상력을 자극해, 두 사람을 유혹하는 '황진이 야동' 을 양산하게 했다. 황진이의 말이 두 사람을 비교하는 형식으로 되어 있는 바람에, 이야기가 부풀려지면 질수록 지족선사는 형편없는 인간이 되었고, 서경덕은 성인에 가까워졌다. 나는 이런 이야기가 과장되게 만들어지는 까닭은 당시 사회의 억압기제가 작동했기 때문이라고 본다. 무슨 얘기냐 하면 지족선사로 대표되는 불교의 수행이란 현실적인 문제에 무능하고 인간의 욕망 하나도 제대로 제어하지 못하는 가식적인 공부라는 '폄하' 가 숨어 있다는 뜻이다. 대신 화담으로 대표되는 유학은 성정을 통찰하고 제어하는 내실 있는 살핌으로 상찬되는 효과가 생긴다. 기생 황진이가 두 사람을 겨냥해 대담한 테스트를 했고, 거기에 불교는 굴복하고 유학은 견뎠다는 에피소드는 훌륭한 정치적인 선전물이 될 수도 있었다.

지족선사의 법명인 '지족知足'은 황진이와 관련해 흥미로운 말이다. '족함을 안다는 것'은 욕망을 조절하고 관리하는 능력에 관한 자부이다. 이름은 그렇게 붙여놓고 실제로는 전혀 지족하지 못했다는 비웃음이 깔린다. 그런데 화담 서경덕 또한 '지족'을 예찬하는 시를 썼다.

花潭一草廬 瀟灑類僊居
화담일초려 소쇄류선거
山簇開軒面 泉絃咽枕虛
산족개헌면 천현열침허

洞幽風淡蕩 境僻樹扶疎
동유풍담탕 경벽수부소
中有逍遙子 淸朝好讀書
중유소요자 청조호독서

화담의 초가 하나
서늘하여 신선 사는 곳 같네
열린 창에는 산이 모여들고
물소리는 베개의 빈속을 채우네

어둑한 골짜기를 바람이 맑게 쓸고
삐딱한 땅이라 나무들이 드문드문 기대어 섰네
그 가운데 거니는 사람

맑은 아침 책읽기를 좋아하네

山居(산거)

읽기만 해도 마음이 고요해지는 한정閑情의 시이다. 스스로의 호號가 된 '화담'은 이런 풍경 속에 있었다. 서경덕은 벼슬을 권하는 중앙정부의 뜻을 물리치고 이곳에서 성리학 연구에 전념했다. 화담이야 말로 '지족'을 실천하는 사람이 기거하는 곳이라 할 만하다. 이 화담별서別墅에 개성의 화류花柳가 지분냄새를 풍기며 뛰어든다. 그것도 이 고요한 도학자를 조롱할 목적으로 다양한 유혹 프로그램을 준비한 절색의 황진이다.

소세양과의 동거가 있은 뒤 사랑에 대해 잠깐 맛을 보긴 했으나, 남성사회 일반에 대한 황진이의 내밀한 조소嘲笑는 더 커졌다. 그는 산 속 깊은 곳의 암자를 찾아 고승을 만났다. 면벽 수도를 하던 지족은 이런 경우를 예상하지 못 한 듯 당황을 감추지 못했고 결국 실수를 범했다. 선사禪師도 이럴진대 대유大儒라 한들 이와 다를 게 무엇이 있겠느냐 하는 마음으로 그녀는 성거산의 화담으로 들어간다. 봄비 뿌리는 어느 저녁답이었다. 제자들도 돌아간 듯 별서는 고요했다.

"어르신, 계십니까?"

안엔 사람이 없는 듯 인기척이 없다. 진이의 목소리가 지나간 뒤에 연못에 떨어지는 빗소리가 적막함을 키운다.

"화담 사부님, 안에 계신지요?"

진이의 목소리가 더 커졌다.

"게 누구요?"

여닫이 방문이 삐꺽 열린다. 어둑한 방안에서 단정한 차림의 중년 얼굴이 보인다.

"저는……"

저는…… 이라고 말한 뒤 진이는 자신을 어떻게 소개할까 하고 말을 가다듬는다. 그 사이, 서경덕은 뜻밖의 방문객을 훑어본다. 우장도 없이 왔는지라 얇은 옷이 다 젖은 여인이다. 화담은 놀라서 뛰어나온다.

"저런…… 감기 들겠소. 어쩌자고 이런 비오는 날에 여기까지 왔는지요? 어서 안으로 드시오."

진이가 들어온 뒤 방문을 닫자 좁은 방안에 여인의 향기로운 냄새가 일순 가득해진다.

"소녀, 몸이 떨려서 말씀을 드리기가 어렵사옵니다. 젖은 옷을 어떻게 해야 할지……"

"방이 따뜻하지 않아서…… 죄송하게 됐소이다. 일단 옷을 벗고 이불을 두르도록 하시오."

이미 속이 훤히 보이는 적삼을 진이는 어렵사리 벗으며 말을 꺼낸다.

"저는 황진이라고 하는 기생으로…… 은자隱者의 높으신 학문의 향기를 맡고자 무례를 무릅쓰고 이렇게 찾아왔습니다."

젖은 옷을 벽에 건 뒤 다시 젖은 치마를 벗으며 말한다.

"세상의 성취라는 것이 대개 무상한 것이어서 소녀, 지금까지 살면서 참된 만족을 느껴보지 못하였습니다. 욕망은 날뛰지만 대체 제게 무엇이 필요한 것인지도 모르는 상황이라…… 참으로 딱한 일입니다."

진이가 옷을 벗는 동안 화담은 책상 앞에 앉아 경전을 읽고 있다. 잠시 그녀를 쳐다보며 말한다.

"허허. 사람으로서 욕망의 구애를 받지 않는 자가 어디 있겠소? 다만 그것을 정밀하게 살피면서 어리석음을 줄이고자 노력하는 것이 공부가 아니겠습니까?"

진이는 속곳마저 벗으며 말을 잇는다.

"사부님은 그런 어리석음을 초월하신 분이라고 들었습니다. 몸이 으슬으슬 하온데…… 잠깐 누워도 되겠습니까?"

화담은 웃으며 말한다.

"그렇게 하시오. 괜찮으시다면 천으로 젖은 몸을 좀 닦아드리리다."

"고맙사옵니다."

이렇게 한 뒤 황진이는 별서에서 잠이 든다. 빗소리가 음악처럼 들리는 방, 화담은 계속 책을 읽는다. 삼경이 되자 그는 기생의 옆자리에 누워 가볍게 코를 골며 편안히 잠에 든다.

이날 이후 황진이는 여러 해 동안 화담을 찾았다. 화담이 그토록 태연한 것이 한때의 꾸밈인지 아니면 진짜 깨달음 끝에 얻은 도道인지를 확인하고 싶어서였다. 황진이의 불신도 지독하다 할 만하다. 어떤 유혹과 상황에도 흔들림이 없는 화담의 태도를 보고서야 이 기생은 '테스트'를 멈췄다. 그리고는 화담을 일생일대의 스승으로 모시고자 하였다. 이 유학자가 황진이를 보고도 꿈쩍하지 않을 수 있었던 비결은 무엇일까. 그것에 대해서는 빈섬의 『옛공부의 즐거움』에서 소개를 하고 있다.

> "화남이 그 유혹에서 부심과 평정을 유지할 수 있었던 비결이 뭘까. 나는 오히려 『화담집』에 남긴 노하우들이 역으로 이런 이야기를 만들어내지 않았을까 하고 생각한다. 마음 다스리는 비결이 치밀하다. 한번 볼까.
>
> 그는 이렇게 묻는다. "어떻게 공부를 하면 무사무과無思無過의 경지에 이르게 될까." 황진이를 옆에 재워두고 어떻게 생각도 하지 않고 허물도 만들지 않고 편안히 잠들 수 있는가. 그는 대답

한다. "지경관리持敬觀理하라." 경敬이라는 걸 놓지 말고 문제의 핵심(즉, 理)을 살펴보라. 무슨 말인지 아직 잘 모르겠다. 그는 공허한 얘기를 하는 사람이 아니다. 수학과 과학을 좋아하는 사람인만큼 구체적으로 설명한다.

경이란 이런 것이다. 主一無適之謂也(주일무적지위야). (신경을) 한 곳에 두고 두리번거리지 않는 것이다. 나는 책을 읽고 있었다. 아까는 황진이가 없었고 지금은 황진이가 있다. 그러나 달라진 건 없다. 나는 내가 할 일을 하면 된다. 이 말 뒤에 있는 문장은 요즘 유행하는 숱한 '마음관리 노하우'를 다 제쳐버린다. 벽에 붙여놓고 좔좔 외우고 싶은 '이성理性'의 찬가다.

接一物則止於所接 應一事則止於所應
접일물즉지어소접 응일사즉지어소응
無間以他也則心能一 及事過物去而便收斂
무간이타야즉심능일 급사과물거이편수렴
湛然當如明鑑之空也
담연당여명감지공야

어떤 대상이 닿았거든 그 닿은 자리에서 더 나아가지 말고 멈추라
어떤 사태를 만났거든 그 만난 자리에서 더 나아가지 말고 멈추라
다른 무엇이 끼어들 사이가 없도록 해놓으면 마음은 한결같을 수 있다
사태는 끝나고 대상은 지나간다. 지나고 나면 쉽게 (마음을) 모을 수 있다

마치 깨끗한 거울 속이 텅 비어 있는 것같이 맑아지리라

황진이의 손이 내 손에 닿았거든 그걸 당겨 내 욕망으로 만들지 말고, 그 손이 닿은 상태에서 가만히 멈추기만 하라. 그녀가 내 옆에서 어떤 유혹을 해도, 그가 유혹하는 그 상태로 그냥 가만히 멈추기만 하라. 네 마음속에 그 접촉이나 유혹이 들어올 틈을 주지 않고 그 상태로 한결같이 있어라. 오래 있는 것도 아니다. 잠깐 그렇게 있노라면 그 대상과 사태는 저절로 지나간다. 지나가고 나면 다시 마음을 수습하기는 쉽다. 이렇게 친절한 '유혹을 인내하는 비방'을 들어본 적이 있는가. 마지막 구절은 숨이 턱 멎을 지경이다. 거울이란 외물을 비추지만 그 안에 외물을 들여다 넣지는 않는다. 거울 뒤편은 텅 비어 있다. 외물은 거울 속에 비치고는 지나간다. 네가 스스로 '거울'처럼 생각하고 있으면, 외물이 들어올 수 없지 않겠는가. 대체 화담은 어디서 이런 '스톱[止]'의 노하우를 익혔을까. 그는 이렇게 말한다. "군자가 공부를 귀하게 여기는 까닭은, 공부를 통해 그칠 줄 아는 법[知止]을 터득하기 때문이다." 그는 그의 공부를 통해 이걸 배웠다. '황신이 테스트'는 그가 홀로 성취한 공부를 평가받는 야심찬 수능시험이었다."

『옛 공부의 즐거움』 중에서

나는 서경덕의 지론止論을 보면서 미국 스탠퍼드 대학 월터 미셸 박사가 한 '마시멜로 실험'을 떠올린다. 네 살배기 아이들을 모아놓고 잠시 나가면서 "돌아올 때까지 방에 있는 마시멜로 과자를 먹지 않으면 한 봉지를

더 주겠다"고 말한다. 아이들 중의 3분의 1은 유혹을 참지 못하고 방에 있는 과자를 먹었고 3분의 2는 참았다. 참은 아이들에게는 약속대로 과자 한 봉지씩을 더 주었다. 미래의 더 큰 가치를 위해 당장의 욕구나 만족을 참는 능력을 실험한 이 연구는 '만족 지연 능력'이 뛰어난 아이들이 스트레스에 강하고 사회성과 학업 성취도가 뛰어나다는 사실을 밝혀낸다. 화담의 接一物則止於所接(접일물즉지어소접)은 바로 만족을 지연시킴으로써 삶의 가치를 늘리는 지혜이기도 하다.

송도 3절

황진이는 박연폭포와 화담 서경덕, 그리고 자신을 가리켜 송도 3절絕이라 일컬었다. 절絕이란 '더 이상 없는 것'으로서 베스트를 말한다. 박연폭포는 풍광이 기이하고 아름답고, 화담은 학문과 인격이 높았다면 자신은 무엇이 베스트라고 생각하였을까. 그것은 세상의 관행에 개의하지 않는 주체적인 삶과 자유로움이었을까. 천하의 남자들을 대적하고 농락한 일에 대한 자부심이었을까. 한양까지 떠들썩하게 한 명성을 만들어낸 '기생다움'을 스스로 그렇게 평가한 것일까. 애향심 또한 대단했던 것 같다. 그녀의 몇 안 되는 한시 중에서 절반은 고향 송도의 풍광을 읊은 것이다.

一派長天噴壑礱 龍湫百仞水潨潨
일파장천분학농 용추백인수종종
飛泉倒瀉疑銀漢 怒瀑橫垂宛白虹
비천도사의은한 노폭횡수완백홍

雹亂霆馳彌洞府 珠舂玉碎徹晴空

박란정치미동부 주춘옥쇄철청공
遊人莫道廬山勝 須識天磨冠海東
유인막도여산승 수식천마관해동

하늘이 뿜은 한 갈래 물길이 골짜기를 숫돌처럼 가는 듯
용이 사는 연못으로 백 길이나 되는 물이 모이고 모이네
날아온 샘물이 거꾸로 쏟아지니 은하수가 아닌가 싶고
성난 폭포가 가로로 드리우니 흰 무지개가 굽었다

우박이 튀고 천둥이 달리니 골짜기가 꽉 찼고
구슬 절구에 옥을 빻으니 맑은 하늘까지 환하다
풍류객들이여 (중국의) 여산이 낫다고 말하지 말라
누가 해동의 으뜸인 천마산을 알겠는가

朴淵(박연)

저 생생한 비유와 묘사들을 보라. 가히 조선을 꿰뚫어 일등의 경물시라고 말할 만하다. 황진이는 이런 감각적인 표현을 능란하게 할 수 있는 대시인이었다. 그녀가 송도 3절로 왜 박연폭포를 꼽았는지 설명이 필요 없게 하는 명시이다.

雪中前朝色 寒鐘故國聲
설중전조색 한종고국성
南樓愁獨立 殘廓暮煙生
남루수독립 잔곽모연생

눈 속에 지난 왕조(고려)의 빛깔이 숨어 있고
차가운 종소리에 옛 나라의 소리가 담겼네
남쪽 누대에 쓸쓸히 홀로 서 있노라니
허물어진 성곽에 저녁 안개가 피어나네

松都(송도)

황진이가 송도에 대해 자부심을 느끼는 부분은, 그것이 고려 왕조의 수도였던 점이다. 왕조가 바뀌어 한양이 나라의 중심이라며 들먹거리지만, 고색이 창연한 이곳은 역사적 자존심을 지닌 곳이라는 생각을 갖고 있다. 그녀는 한낱 '지방 기생'이 아니라, 송도라는 '문화중심지'를 기반으로 피어난 전국적인 스타가 되고 싶었을 것이다. 송도에 관한 그녀의 시에는 그러나 사라진 것들에 대한 비감이 서려 있다. 아무리 고려를 자랑해도 현실은 현실이 아닌가. 눈 속에 고려 빛깔이 서려 있다는 대목은 참 멋지다. 청자의 푸르스름한 기운과 응달의 눈이 지닌 색깔이 닮아 있지 않던가. 특히 눈을 시리게 하는 맑음이 닮았다. 차가운 종소리는 불교를 국교로 삼았던 시절에 대한 회억이 아닐까. 청자와 불교. 고려를 대표하는 문화적 자산을 열 글자에 아름답게 그려냈다. 남루南樓는 옛 선비들이 들끓던 곳인데, 이젠 아무도 없고 황진이 혼자 올라가 쓸쓸히 먼 산을 바라보고 있다. 산을 이은 성곽들은 최근엔 정비하지 않아 허물어진 상태이다. 그런데 마치 전성기의 옛 병영처럼 연기가 피어오른다. 사실은 연기가 아니라, 저녁답의 안개일 뿐이다. 군소리 하나 없이 깔끔한 시를 쓸 수 있었던 것은, 황진이가 너무도 개성을 잘 알고 또 깊이 사랑했기 때문이 아닐까.

여인, 무전여행을 떠나다

이제 우리는 가장 낯설고 가장 자유로운 황진이를 만나러 갈 때가 됐다. 이 기생에 관한 입담들은 대개 이 지점쯤에서 그치지만, 그래서 황진이의 진면목을 제대로 이해하지 못한 채 돌아서는 셈이다. 조선에서 가장 예쁜 여자 황진이는 행복하게 살았는가? 이 질문은 황진이에겐 더할 나위 없이 중요한 것이겠지만, 지금의 우리에게도 의미심장하다. 우리에게 붙들리는 에피소드들과 증언들을 취합해서 간결하게 말한다면, '아니다' 이다. 황진이는 행복하지 않았다. 500년 전 사람의 인생 전체를 그렇게 간단히 평가하는 것 자체가 지나치게 거친 방식이 아니냐고 생각할 수 있겠지만, 나는 '황진이의 유랑생활' 을 그 이유로 들고 싶다. 당대를 떠들썩하게 한 황진이의 명성은, 그녀의 출세 욕망에서 나온 것이 아니라, 남자에 대한 경멸과 경쟁심에서 나온 것이다. 그녀는 국색國色이란 소릴 들을 만큼 예뻤지만 별로 즐겁지 않았다. 몸뚱이란 것이 무상하며 사내들의 관심은 곧 돌아설 것임을 알았기 때문이다. 그녀는 육체를 아끼지 않았다. 마음이 동하면 서슴없이 동침했다. 기생들이 즐기는 화장을 삼간 까닭은 워낙 피부가 고와서이기도 하지만 그런 꾸밈이 그녀의 적성에 맞지 않기 때문이기도 했다. 황진이는 평생 버림받은 눈 먼 어머니에 대한 연민과 냉정한 아버지에 대한 콤플렉스를 안고 살았다. 여자의 운명을 동정하고 남자를 철저하게 불신했다. 그녀는 한 꺼풀만 벗기면 욕망으로 가득 찬 위선적인 인간들을 가차 없이 공격하고 조롱했다. 나는 이것이 황진이의 중요한 실체라고 생각한다. 이런 면모들이 '황진이 콤플렉스' 를 이룬다.

그렇지만 그녀는 그런 그림자만 지니고 있었던 것은 아니었다. 이 여인은 시와 예술을 뜨겁게 사랑했다. 소세양과 김경원을 사랑한 것은 시를 사랑한 것이며, 이언방과 이사종을 사랑한 것은 예술을 사랑한 것이다. 그리고 그녀는 학문을 좋아했다. 화담에게 바친 경배는, 물론 '사전 테스트' 가 있긴 했지만 깨우침을 갈구하는 그녀의 진심이 담긴 것이었다. 황진이가 지닌 특징 중에서 가장 눈에 띄는 것은 '주체성' 과 '자유' 였다. 그녀는 남성에게 의지하거나 기생하여 살기를 원하지 않았다. 남성은 철저히 '파트너' 였다. 좋은 남자가 있으면 스스로 찾아갔다. 사랑을 위해 자기 재산을 아낌없이 썼다. 그녀에게는 '경멸' 은 있되 '내숭' 은 없었다. 이런 측면에서 보자면 황진이는 기생 중에서 보기 드문, '자기 삶의 주체적 경영자' 였다. 그렇지만 그녀의 말대로 천하의 남자들을 위해 자신을 내놓다 보니, 안정적인 삶을 유지하지 못했다. 그녀의 주체성을 억누르는 시대의 공기에 괴로워하기도 했을 것이다. 황진이는 자유에 대한 끝없는 갈증을 느꼈다. 현실에서 불가능한 자유를 예술에서, 시에서, 학문에서, 사랑에서 찾으려고 나서기도 했다. 그러나 16세기 조선 기생이 누릴 수 있는 자유란 것이 황진이를 만족시킬 수는 없었다. 그래서 그녀는 안정적인 삶을 팽개치고 유랑을 떠난다.

그녀는 금강산과 태백산, 지리산을 거쳐 금성(나주)을 도는 무전여행을 감행한다. 시기는 언제인지 알 수 없으나 나이가 들어가는 서른 이후가 아닐까 짐작을 해본다. 여행길의 위험과 고독을 줄여줄 파트너가 필요했다. 황진이는 재상의 아들인 이생李生을 찍었다. 유몽인의 『어우야담』에 나온다. '사람됨이 호방하고도 맑아서 함께 외방에서 놀기를 일삼았' 던 친구였다. 말은 멋있게 대접해주고 있지만, 툭 까놓고 보면 방랑기가 좀 있는 부잣집 건달이다. 황진이는 데리고 다니기에 '딱' 이라고 생각하고 점잖게 제안을 한다.

"내가 들으니 중국 사람들도 우리나라에 와서 한 번 금강산 보기를 원한다고 합니다. 하물며 본국에서 자라나 선산仙山을 지척에 두고도 그 참모습을 보지 않을 수 있겠습니까. 이제 내가 우연히 선랑仙郎을 뵙게 되었으니 함께 산을 유람하시지요. 갈건야복葛巾野服 차림으로 승경勝景을 샅샅이 찾아본 뒤에 돌아오면 즐겁지 않겠습니까."

이생은 길이 고생스럽겠다 싶어서 하인을 대동하려 했다. 황진이가 말렸다. 여행을 사치스럽게 하면, 그 참맛을 느끼기 어렵다고 주장했다. 이생은 억센 베옷을 입고 삿갓을 쓰고 양식 보따리를 등짐으로 졌다. 그리고 황진이는 베적삼에 무명치마를 입었고 여승이 쓰는 소나무겨우살이로 만든 모자를 썼다. 대지팡이를 짚고 짚신을 신었다. 그런 차림으로 남녀는 금강산에 들어 갔다. 처음엔 차림도 우습고 해서 껄껄거리며 떠났을 것이나, 양식이 떨어지고 신발과 옷이 헤지면서 두 사람은 거지가 다 되었다. 그런데도 황진이는 금강산 곳곳을 하나도 남김없이 봐야 한다면서 누더기 차림으로 강행군을 했다. 마을이 보이면 이생은 걸식乞食을 하고 황진이는 아낌없이 몸을 팔았다. 어떤 사람도 이 지저분한 차림의 여자가 대스타 황진이인 줄 알아보지 못했다.

어느 계곡에서 나오는데, 시냇가의 솔밭에서 선비 열댓 명이 앉아 술판을 벌이고 있었다. 며칠 굶주렸던 두 사람은 거기로 다가갔다. 먼저 황진이가 선비들에게 큰 절을 했다. 그러자 한 사람이 묻는다.

"자네도 술을 마실 줄 아는가?"

그러자 황진이는 고개를 끄덕였다. 술잔을 잡은 뒤 그녀는 노래를 불렀다. 노랫소리가 금강산 자락을 메아리치니 곱고 맑았다. 선비들이 신기하게 생각해서 음식을 권했다. 그러자 진이는 고개 숙여 말한다.

"제가 데리고 다니는 하인이 있사온데 몹시 배가 고플 터이니 남은 음식을 나누어주시면 고맙겠습니다."

그때 엉거춤 서 있던 이생이 다가와 술과 고기를 먹는다. 이렇게 황진이는 자신이 지니고 있는 모든 것을 팔면서 산을 돌아다녔다. 아쉬운 것은 「박연폭포」를 짓는 그 솜씨로 금강산을 읊은 것들이 적지 않았을 텐데 모두 어디로 갔는지 알 수 없다는 점이다.

처음엔 금강산만 가려고 했던 것인데 다니다 보니 더 욕심이 생긴다. 남쪽으로 내려와 태백산을 오르고 더욱 내려와 지리산까지 다 돈다. 이 '황진이 루트'를 잘 연구해서 문화적 자산으로 활용할 수도 있겠다 싶다. 조선 기생이 이 땅의 산을 헤매며 진정한 자유와 삶의 의미를 모색했던 길이었다. 마을마다 구걸하고 때로는 매춘까지 해가면서 이 최고의 미녀가 찾은 것은 무엇이었을까. 태백산과 지리산에서 만난 위험과 감동들 또한 구구절절한 사연이며 감회일 것이지만 어떤 일이 일어났는지는 상상에 맡겨야 할 뿐이다. 금강산 길에선 이생과 동행을 했으나 그 이후 두 사람은 무슨 일인지 서로 헤어졌다. 황진이는 혼자서 전국을 일주하는 산행을 하고 다녔던 셈이다. 그런데 『성옹지소록』에 이 여행의 끝자락쯤 되는 듯한 기사가 하나 보인다.

지리산에서 나주로 왔을 때였다. 고을 원이 전라감사를 환영하는 연회를 베풀고 있었다. 많은 기생들이 줄을 지어 앉아 있었다. 황진이의 얼굴은 잔뜩 때가 끼어 있었고 옷은 너덜너덜하여 영락없는 거지 행색이었다. 그녀는 감사와 원이 앉은 자리 앞에 나와서 태연스럽게 적삼을 벗어 이를 잡고는 거문고를 받아 연주를 했다. 그리고 노래를 했다. 처음엔 잔뜩 찌푸리고 있던 기생들의 입이 벌어지고, 호기심을 가지고 보던 남자들이 무릎을 쳤다. 오호, 이곳에서 들어보지 못하던 현금弦琴이요, 절창이로다. 그날 주연酒宴은 거지 기생의 깜짝 리사이틀로 채워졌다.

황진이의 기행奇行은 기생 시절에 보여주었던 '남자에 대한 경멸'과 자기 식대로 삶을 선택하고자 하는 열망의 연장이었다. 예쁜 여자로서 늙은 관리의 귀여움을 받으며 사는 삶을 팽개치고, 생의 의미에 대한 진지한 물음을 품고 떠난 구도의 오딧세이였다. '예쁨'을 기반으로 구축해온 자기 삶을 해체한 용기 또한 놀랍지만 그녀가 선택한 고행苦行을 당당하게 자기 방식으로 걸어 나간 자신감 또한 인상적이다. 황진이는 세상이 말하는 안녕과 행복을 누리지는 않았지만, 조선에서 가장 자유로웠던 여자인지도 모른다. 전라감사 앞에서 적삼을 벗어 이를 잡는 기생 황진이. 인간이 지닌 '외형'에 대한 집착을, 이만큼 화끈하게 벗어젖힌 사람이, 남자에겐들 있었으랴?

끝으로, 황진이의 한시로 알려진 가곡의 가사에 관해 잠깐 살펴보자.

꿈길 밖에 길이 없어 꿈길로 가니
그 임은 나를 찾아 길 떠나셨네
이 뒤엘랑 밤마다 어긋나는 꿈
같이 떠나 노중에서 만나를 지고

꿈길 따라 그 임을 만나러 가니
길 떠났네 그 임은 나를 찾으러
밤마다 어긋나는 꿈일양이면
같이 떠나 노중에서 만나를 지고

김성태가 작곡하고 안서 김억이 번역한 것이라는 가곡 〈꿈〉의 원작자는 황진이로 알려져 있다.

相思相見只憑夢 儂訪歡時歡訪儂

상사상견지빙몽 농방환시환방농

願使遙遙他夜夢 一時同作路中逢

원사요요타야몽 일시동작노중봉

님 그리워 님 보려니 다만 꿈에서 뿐이네

내가 기쁨(님)을 찾아갔을 때 기쁨은 나를 찾아 갔네

원컨대 다른 날 밤 꿈에 (님과 나를) 걷고 걷게 하시려면

같은 때에 움직여 길 가다 만나기를

꿈을 꾸었는데, 꿈속에서 님을 찾아가고 있다. 깨어선 갈 수 없는 곳을 꿈으로나마 가게 되었으니 얼마나 기쁜 일인가. 그런데 내가 님을 찾아간 그때 님도 나를 찾아 떠나고 없다. 님 또한 꿈을 꾸면 나를 찾아 나서고 싶었으니, 지금 내 집에 도착해 있으리라. 꿈속에서나마 만날 줄 알았는데 꿈길마저 이렇게 엇갈리니 얄궂기도 하다. 다음에 꿈을 꿀 때는 딱 맞춰서 움직여서 서로 길 가는 도중에서 견우직녀처럼 상봉하게 해주소서. 기발하고 애틋한 시다. 「상사몽相思夢」이란 제목으로 알려진 이 한시가 황진이의 것인지는 확실치 않다. 『송도인물지』에는 황진이의 시가 4편밖에 남아 있지 않다고 말하고 있다. 「별김경원」「송별소판서」「만월대회고」「박연」「송도」만 황진이 작품으로 치더라도 5편이다. 「영반월」과 「소백주」「상사몽」까지 모두 친다면 8편이 된다. 5편 이외의 작품들은 황진이 작품으로 단정하기 어려운 점이 있다. 안서가 무엇을 근거로 저 작품을 황진이의 시로 보았는지는 알 수 없다. 한편 역사학자 이능화는 「조선해어화사」에서 이 한시가 구한 말 대한제국에서 세운 수학원의 교관으로 있던 안지정安之

亭이 황진이의 시조를 번역한 것이라고 한다.

그리운 님 만남은 꿈이 있을 뿐
내 님 찾으면 님도 날 찾는 것을
이 뒤엔 꿈마다 길 위에서 만났으면 하노라

학정헌이란 사람은 이 시를 평하여 '끝맺음이 절묘하다' 라고 했다. 내 생각엔 시조보다 한시가 훨씬 자연스럽고 '절묘' 해 보여서, 오히려 한시가 황진이의 작품이 아닌가 싶지만 더 이상 알 수 없다.

맹렬 치맛바람 사랑, 김삼의당

– 남편 출세 위한 눈물 프로젝트

님께 술을 권합니다

님께 술을 권하니 님은 또 마시시오

인생의 즐거움이 몇 번이나 되겠소

나는 님을 위해 칼춤을 추리다

첫날밤에 시를 나누다

김삼의당과 하립은 같은 해 한날한시에 같은 마을에서 태어나 똑같이 열여덟 살이 되는 해 봄날(1786년)에 결혼을 했다. 무대는 전라도 남원의 교룡방 기슭이다. 사주팔자가 같은 신랑신부는 둘 다 시를 좋아했다. 이도령과 성춘향 같은 열애를 꿈꾸기도 했을까. 삼의당은 놀랍게도 '첫날밤 스토리'를 세세하게 기록해놓고 있다.

"평생 남편을 어기면 안 된다고 했으니 남편에게 허물이 있더라도 따라야 한다는 말씀인가요?"

낭군이 물었을 때 나는 대답했다.

"명나라 사정옥이 부부지간의 도는 오륜을 다 겸비한다고 말하지 않았던가요. 아버지에게는 잘못을 간하는 아들이 있고, 임금에게는 잘못을 간

하는 신하가 있으며, 형제는 서로 올바름으로 권면하고, 벗 사이에는 착한 일을 하도록 서로 권하니 부부 사이에만 어찌 도가 없겠습니까? 제가 말씀드린 '지아비를 어기지 않는다'는 것이 어찌 지아비의 허물도 따른다는 뜻이겠습니까?"

낭군이 내가 옛 시를 조금 공부했음을 알고 옛 사람의 시 가운데 어떤 구절이 가장 아름다운지를 물었다. 나는 대답했다.

"배공이 베푼 자리에서 백낙천을 압도한 것은 양여사의 시였고, 악공들이 누대 위에 올라가 아름다운 기녀에게 노래한 것은 왕지환의 시였습니다만, 저는 그들의 시를 모두 취하지 않겠습니다. 그러나 두목이 '평생 오색실로 순임금의 의상을 깁고 싶구나.平生五色線 願補舜衣裳(평생오색선 고보순의상)'이라고 읊은 구절은 제가 평소에 좋아하는 것이지요."

낭군은 물었다.

"부인은 어찌 이 시를 고르시오? 시의詩意가 남자에게 있어서라면 그럴 듯하지만 부인에게는 불가능한 게 아니오?"

내가 말했다.

"임금에게 충성하고 나라를 사랑하는 것이 어찌 남자만의 일이겠습니까. 국가로 말하자면 부인이 불충하여 망하지 않은 곳이 거의 드물지요. 달기와 주희가 불충하여 하와 은이 망하였고, 서시와 양귀비가 불충하여 오나라와 당나라가 경국傾國을 하였습니다. 주나라의 흥함은 관저의 성인에서 기초하였고 사제의 창성함은 계명의 현명한 왕비에서 근본한 것이니 부녀자의 충성 또한 크지 않은가요? 국부國婦의 불충함은 한 나라를 좀먹고 가부家婦의 불충함은 한 집안을 좀먹지요. 하물며 부부가 서로 충성하고 사랑하지 않는다면 집안의 도가 이뤄지지 않고 그 집안은 반드시 망합니다. 전에 이르기를 '군자의 도는 그 실마리가 부부 사이에서 시작된다'는 것이 바로 이것입니다."

"사람의 도 가운데 효보다 앞서는 것은 없소. 그런데 사람들은 어찌 어버이에게 효도하는 방법을 늘 스스로 외우지 않고 임금에게 충성하는 도만 급급하는 겁니까."

"부자 사이는 천륜이니 어버이를 섬기는 도는 사람들이 쉽게 알 수 있지요. 그러나 군신 사이는 의로써 합하니 임금 섬기는 도를 사람들이 잘 하기는 어려운 것이지요. 그러니 쉽게 알 수 있는 것에는 노력을 더 하지 않아도 되지만 하기 어려운 것에는 더욱 힘을 들여야 합니다. 게다가 임금을 섬겨서 부모를 드러내는 것이 가장 큰 효이지요. 옛날 공자께서 증자에게 이르기를 "입신양명하여 부모를 드러내는 것이 효의 맺음이다"라고 하셨으니 효친의 도가 어찌 충군의 도를 앞서겠습니까?"

낭군이 말씀하기를,

"옛날 왕응의 아내 사씨는 길보가 지어부른 '평화롭기가 맑은 바람같다穆如淸風(목여청풍)' 는 구절로 모시毛詩에 관한 물음에 답했고, 허윤의 아내 간씨는 '색을 좋아하고 덕을 좋아하지 않는다好色不好德(호색불호덕)' 는 구절로 사덕四德에 관한 질문에 답했소. 지금 부인이 시를 취하는 법은 사씨의 대답과 다르지만 충효에 관한 말은 간씨의 풍諷보다 낫다고 할 만하오."

그리고 낭군은 절구 두 편을 지었다.

世間幾男兒 忠孝一婦子
세간기남아 충효일부자
吾東四百年 風化觀於此
오동사백년 풍화관어차

之子宜家法 須看取古詩

지자의가법 수간취고시

平生忠孝意 愧不及蛾眉

평생충효의 괴불급아미

세상의 사내 몇이나 될까, 부인 한 명의 충효에 맞설 자가?

이 나라 동국 400년, 세상의 흐름을 이것에서 살피라

이 사람이 집안의 법도를 지키는 것은, 모름지기 옛 시를 참고하네

평생 충효를 별러왔지만, 신부에게 못 미치니 부끄럽네

禮成夜記話(예성야기화)

몇 번의 긴장감 감도는 문답. 그러나 신랑이 두 손을 들었다. 동갑내기가 벌인 이 논쟁은 향후 두 사람이 걸어갈 생을 생각할 때 음미할 만하다. 하립은 효도의 중요성을 역설하는 쪽이다. 하립은 여자가 나라에 대한 충성을 생각한다는 것이 분에 맞지 않는다는 말을 했다가 여지없이 논박을 당하고, 충보다 효가 우선순위에서 앞선다는 얘기를 꺼냈다가 공자 말씀에 한방 먹었다. 이 첫날밤의 결투에서 삼의당은 KO승을 거뒀다. 그녀의 논리가 조목조목 딩찬 데에도 승인勝因이 있겠지만 무엇보다도 이 논쟁의 우열은 스케일에서 갈라진다. 삼의당의 말투를 따라가노라면 18세기 조선 땅에서 감돌던 슈퍼에고 같은 것이 느껴진다. 말하자면 신부는 정치적이고 거시적인 관점으로 세상을 읽고 있지만 신랑은 그런 측면에서 한 수 아래다. 하립이 '愧不及蛾眉(괴불급아미)' 를 말한 것은 십여 년 뒤 그의 선택에 대한 복선이 아니던가.

저 논쟁의 중간 중간에는 두 사람의 시가 끼어 있었다. 시를 주고받으며

첫날밤을 즐기는 신랑신부. 부부란 저렇듯 무현금無弦琴(줄없는 거문고)이 오가며 울어대는 평생의 지음이었으면 좋겠다고 나는 생각해왔다. 운韻을 고르며 뜻과 정취가 화음和音하는 거기에서 샘솟는 알뜰한 정의情誼보다 더 달콤한 것이 있을까.

相逢俱是廣寒仙 今夜分明續舊緣
상봉구시광한선 금야분명속구연
配合元來天所定 世間媒婆摠紛然
배합원래천소정 세간매파총분연

夫婦之道人倫始 所以萬福原於此
부부지도인륜시 소이만복원어차
試看桃夭詩一篇 宜室宜家在之子
시간도요시일편 의실의가재지자

함께 만난 우리 둘은 광한전(달)의 신선들일 겁니다
오늘밤은 틀림없이 옛 인연이 이어지는 것일 거예요
배필은 원래 하늘이 정해놓은 것인데
세상의 중매장이들이 괜히 바빴던 거예요

부부의 도는 인륜의 시작이니
만 가지 복이 여기에서 비롯되는 까닭입니다
시경의 도요시(복숭아나무 하늘거리네) 1편을 읽어보아도
침실에서 잘 하고 집안에서 잘 하는 것 그대에게 달렸어요

하립은 이렇게 써서 고개 숙인 신부에게 건넨다. 우리들이 천생연분이라는 것으로 운을 띄운 뒤 당신이 잘해줘야 집안이 편안해진다는 당부로 이어진다. 신부는 시를 받더니 잠깐 뒤에 차운次韻을 하여 넘겨준다.

十八仙郎十八仙 洞房華燭好因緣
십팔선랑십팔선 동방화촉호인연
生同年月居同閈 此夜相逢豈偶然
생동연월거동한 차야상봉기우연

配匹之除生民始 君子所以造端此
배필지제생민시 군자소이조단차
必敬必順惟婦道 終身不可違夫子
필경필순유부도 종신불가위부자

열여덟 살 신선 같은 남자와 열여덟 살 선녀
신방에 촛불 밝히니 아름다운 인연입니다
같은 해 같은 달 태어나 같은 마을에 살았으니
이 밤에 만난 것이 어찌 우연이리까

배필이 정해지면 아이 낳는 일이 시작되니
군자가 예법을 만든 까닭입니다
반드시 공경하고 반드시 순종하는 것이 아내의 도리이니
죽을 때까지 남편의 뜻을 거스르지 않겠습니다

아까 첫날밤 논쟁을 촉발한 대목이 바로 삼의당이 마지막으로 읊은 '終身不可違夫子(종신불가위부자)' 이다. 남편이 잘못해도 거스르지 않겠느냐, 이렇게 태클을 걸어본 것이다. 삼의당의 대답은 어땠는가? 잘못을 보면 바로잡는 것이 남편의 뜻을 거스르지 않는 도리란다. 말은 부드럽지만 '까불지 마라' 는 일갈이 숨어 있다. 그렇지만 서로 시와 정취로 토닥이며 즐기는 긴장감일 뿐, 부창부수夫唱婦隨하는 시어들은 서로를 향해 곱게 눕는다. 하립은 아내의 당호를 '삼의당(三宜堂, 세 가지를 지키는 집, 아마도 충성과 효도와 절개인 듯하다)' 이라 지어주며 시를 건넨다. '三宜堂外滿庭春(삼의당외만정춘. 삼의당 바깥에 온 뜨락이 봄날)' 이라는 남편. 즉 아내가 온 뒤에 우리 집안 모두가 봄날처럼 화평하다는 찬사를 보내자, 아내는 '一心忠義滿家春(일심충의만가춘. 마음에는 충의뿐인데도 온 집이 봄날)' 이라고 화답한다. 어느 달밤, 두 사람은 뜰을 거닌다. 隨月看花人又至(수월간화인우지. 달을 따라가며 꽃을 보는데 그대도 또한 따라왔네)/無雙光景在吾家(무쌍광경재오가. 어디에도 없는 광경이 우리 집에 있네). 이렇게 남편이 읊자, 如月如花人對坐(여월여화인대좌. 달과 같이 꽃과 같이 그대와 마주 앉았네)/世間榮辱屬誰家(세간영욕속수가. 세상의 좋고 나쁜 일이야 뉘 집 이야기일꼬), 아내가 살포시 걸친다.

벼슬이 뭐기에

어느 날 신랑이 한숨을 푹 쉰다. 그러면서 어깨 너머로 시를 쑥 내민다.

> 我是文孝公後裔 子又濯纓公之孫
> 아시문효공후예 자우탁영공지손
> 追想先世因感涕 一代零替兩家門

추상선세인감체 일대영체양가문

나는 문효공 후예이고 그대는 또 탁영공 자손이지요
선조를 생각하면 눈물이 흐르는데 한 시대 두 가문이 쇠락 했구려

문효공은 세종과 문종 대에 영의정을 지낸 하연(1376~1453)을 말하며 하립의 집안이 자랑으로 삼는 조상이다. 탁영은 『조의제문弔義帝文』을 지어 무오사화의 불씨를 지핀 교리 김일손(1464~1498)의 호인데 아내 김삼의당의 빛나는 선조이다. 그런데 두 집안은 400년 전, 혹은 300년 전 멋진 조상을 두고 있었지만 그 이후에는 별 볼일이 없었다. 이렇다 할 벼슬을 한 사람도 없었고 지방에 처박혀 반가班家의 행세를 하기도 숨찰 지경이었다. 하립의 아버지 하경천, 삼의당의 아버지 김인혁은 동병상련이었다. 무너져가는 집안을 일으키려 애를 써보지만 역부족이었다. 이제 갓 결혼한 남녀는 가문의 이런 비원悲願을 잘 알고 있었다. 어떻게 해서든지 당대에 벼슬을 꿰차 쇠문衰門을 타개해야 했다. 그런데 문제는 두 집안의 자손들이 무능하고 게을러서 벼슬을 못한 것이 아니라, 사회구조적으로 권력의 진입 장벽이 높아졌다는 데에 있었다. 과거시험 제도를 통해 지방의 궁벽한 선비들이 중앙 정계로 진출할 수 있던 조선의 신화는 조선 중기를 넘어서면서 차츰 무너졌다. 중앙에서 권세를 틀어쥔 가문들이 벼슬을 독점하는 시스템으로 바뀌어갔다. 당연히 시골에서 올라가 혈혈단신으로 승부를 펼치는 과거 고시생들에게는 상대적으로 크게 불리한 게임일 수밖에 없었다. 이런 게임 방식이 깊이 뿌리를 내릴수록, 지방의 가문들은 중앙의 관직에서 소외되어 몰락의 길을 걸을 수밖에 없었다. 하지만 하립과 삼의당은 이런 국가공채시스템을 개인적인 노력으로 극복하기로 결심하고 어마

어마한 극기克己의 스케줄을 짠다. 이것을 주도한 것은 하립보다 삼의당이었다. 아까 신랑의 한숨 섞인 시를 읽고 난 뒤 그녀는 이렇게 차운한다.

何患乎今零替久 積善先祖已高門
하환호금영체구 적선선조이고문

오랫동안 쇠락했다고 지금 어찌 걱정을 하십니까
선행을 쌓으신 윗대에서 이미 높은 가문이신데요

위로의 차원에서 하는 말 같아 보이지만, 이런 시를 읊으면서 삼의당은 이미 일생일대의 프로젝트를 계획하고 있었다. 진양하씨와 김해김씨 두 가문의 젊은 남녀는 손가락을 걸었다. 남편인 하립이 과거에 급제할 때까지는 서로 만나지 않기로 다짐을 했다. 열여덟 살이었던 두 사람은 딸이 열여섯 살이 될 때까지 치열한 별거를 계속하였다.

半夜山燈讀古書 榮親一誓宴新初
반야산등독고서 영친일서연신초
枕邊時有還家夢 磨鐵匡庵恐不如
침변시유환가몽 마철광암공불여

한밤중에 산사의 등불로 옛 책을 읽습니다
부모를 영예롭게 하자는 맹세를 신혼 초에 했었지요
베갯머리에서 때로 집으로 돌아가는 꿈을 꿉니다
쇠절구로 바늘을 갈던 옛 사람처럼 되지 못할까 걱정이오 공부하러 간 하립이 쓴 시다. 남자는 자꾸 마음이 약해지고 결심이 흐려진다. 이태백이 상이산象耳山에서 독서하다가 지쳐 포기하려고 내려가다가 한 노파를 만난다. 노파는 쇠절구를 갈고 있다. 무엇을 하느냐고 물으니 이것을 갈아 바늘로 만들려고 한다고 대답한다. 이태백은 이 말을 듣고 크게 깨우쳐 다시 산 속으로 들어가 공부를 계속 한다. 하지만 하립은 마침磨針의 계곡에서 자꾸 내려오고 싶어진다.

古人好讀澗投書 此意嘗陳送子初
고인호독간투서 차의상진송자초
機上吾絲未成匹 願君無復樂羊如
기상오사미성필 원군무복악양여

옛 사람은 글 읽다 편지가 오면 시냇물에 던져버렸지요
그대를 처음 보내며 이런 뜻을 이미 말씀 드렸습니다
베틀 위에서 짜던 실이 아직 베가 되지 못했으니
그대 다시는 악양자의 아내가 베를 자르는 것같이 하지는 마소서

삼의당은 투서간投書澗 고사와 악양자의 단기斷機 고사를 인용해 흔들리는 남편을 다잡는다. 태산으로 책을 읽으러 들어간 호원과 손복은 집에서 편지가 오면 '평안'이라는 두 글자만 확인한 뒤에 냇물에 던져버렸다. 그 냇물을 투서간이라 불렀다 한다. 『후한서』에 나오는 악양자는 공부를 하다가 1년 만에 집으로 돌아와 버린다. 그때 아내가 베틀에 칼을 들이대며 말한다. 학문을 중단하는 일이 이와 무엇이 다르겠습니까?

그러나 한 해 두 해 지나가면서 남편의 눈빛은 흐려진다. 자꾸 아내가 그

립다. 공부를 하는 게 아니라 아내의 시와 편지만 읽고 있다.

死當乃已是吾心 手裏詩書不絕吟
사당내이시오심 수리시서부절음
夜夜相思何處在 美人端坐五雲深
야야상사하처재 미인단좌오운심

죽기로 결심한 내 마음인데
손에 든 시와 편지가 끊임없이 중얼거리네
밤마다 그리운 생각 어디에 있나
미인은 단정히 오색구름 속에 앉아 있네

아내 삼의당은 남편의 시를 받고는 매몰차게 답을 보낸다.

女兒柔質易傷心 所以相思每發吟
여아유질이상심 소이상사매발음
大丈夫當身在外 回頭莫念洞房深
대장부당신재외 회두막념동방심

여자들이란 여려서 흔히 마음이 상하지요
그래서 그리우면 늘 시를 읊는 답니다
대장부라면 당연히 몸이 바깥에 있어야 하니
고개를 돌려서 집안 깊숙한 곳을 생각하지 마소서

잡생각하지 말란 얘기다. 情書一面相思字 惟在閨中婦子宜(정서일면상사자 유재규중부자의)라고도 한다. 편지 속에 '그리움相思' 이라는 말을 쓰시다니요. 그건 오직 집안의 여자들에게나 있는 것입니다. 상사 금지! 고시 합격해서 올 때까지는 '그리움' 도 사절입니다.

그런데 세상의 일이란 것이 뜻대로 되는 건 아니다. 이를 악물고 공부하고 또 공부해도, 하립은 도무지 시험에 붙을 기미가 없다. 재수하고 삼수하고 또 틀어박혀 공부하고, 이윽고 고시병考試病이 깊이 들어 자책과 절망, 그리고 울분이 번갈아 찾아오는 지옥을 경험한다. 문득 붓을 들어 아내에게 편지를 쓴다.

"여보, 나는 시험 체질이 아닌가 보오. 그냥 낙향하여 농사나 짓고 살면 안 되겠소? 고생하는 부모나 잘 봉양하고 사는 게 낫지 않을까요?"

그때 삼의당은 답장을 보낸다.

"서울에 객지살이를 하면서 부모와 헤어져 있는 이들이 몇 명이겠습니까. 아내와 이별한 사람은 또 몇이겠습니까. 그래도 당신 부모와 아내같이 기다리고 그리워하지는 않을 것입니다. 당신도 그렇겠지요? 그러나 당신이 그리움으로 공연히 마음이 약해져서 입신양명하는데 매진하지 않으신다면 어떻게 부모님의 기대와 아내의 소망을 들어주시겠습니까?"

이렇게 말한 뒤 엄포에 가깝게 못을 박는다.

"위로는 부모님을 영화롭게 해드리고 아래로는 아내를 기쁘게 해주시지 못한다면, 저는 짜고 있던 베를 끊어버리고 밤에 가까이 오지 못하도록 하는 정도로 끝내지 않을 것입니다."

대체 이 여인은 왜 이토록 지독하게 남편의 입신을 추진하고 있을까. 그녀는 하립을 자신의 분신이나 대리인으로 생각하지 않았을까. 동년 동월 동일에 태어난 사람인만큼, 하립이야 말로 '남자 삼의당' 이다. 여자인 자신이 사회적인 질곡 때문에 할 수 없는 일을 대신 해줘야 하는 건 그 때문이다. 스스로 할 수 없는 일이니 남자를 움직일 수밖에 없다. 남편을 독려하는 조선 여자의 내면에는 자아분열의 심리와 타자를 동일시하는 원망願望이 동시에 숨어 있다는 생각을 하게 된다. 남편을 추스르는 일의 대부분은 자신을 학대하는 일이기도 하다. 가만히 생각하면 한편으로 남편이 측은하기도 하다. 집안을 일으켜야 한다는 절대명제를 잊지는 않았지만, 그게 바란다고 다 되는 건 아니지 않는가. 과거에 실패한 뒤 낙향했던 하립이 다시 시험을 보러 한양으로 떠나는 날, 삼의당은 술상을 차려놓고 마치 기생처럼 권주가를 부른다.

勸君酒 勸君君莫辭 劉怜李白皆墳土 一杯一杯勸者誰
권군주 권군군막사 유령이백개분토 일배일배권자수
勸君酒 勸君君且飮 人生行樂能幾時 我欲爲君舞長劍
권군주 권군군차음 인생행락능기시 아욕위군무장검

님께 술을 권합니다, 님께 술을 권하니 님은 사양하지 마오, 유령과 이백도 모두 무덤의 흙이 되었으니, 한 잔 한 잔 권할 자 누구겠소
님께 술을 권합니다. 님께 술을 권하니 님은 또 마시시오. 인생의 즐거움이 몇 번이나 되겠소. 나는 님을 위해 칼춤을 추리다

하립은 이 시를 들으며 그저 말없이 술만 벌컥벌컥 마셨을까. 참았던 눈물을 주르르 흘렸을까. 여인의 마음속에 깃든 깊고 처연한 동정同情이 사무치게 전해왔으리라. 이번엔 기어코 해내고야 말리라. 여보 미안하오.

이렇게 남편을 보내놓고 삼의당은 조바심을 낸다. 시험날이 지났는데,

어떻게 되었을까.

門前歸白馬 應踏洛陽雲
문전귀백마 응답낙양운
呼兒問消息 誰遇堯舜君
호아문소식 수우요순군

문 앞에 백마가 돌아왔네,
당연히 서울의 구름을 밟고 왔겠지
아이를 불러 소식을 물어볼까,
요순임금을 만난 이 누구냐고.

답답한데 1년이 지나도 감감무소식이다. 어떻게 되었을까. 다시 삼의당은 시를 쓴다.

相思苦相思苦 鷄三唱夜五鼓
상사고상사고 계삼창야오고
脈脈無眠對鴛鴦 淚如雨淚如雨
영영무면대원앙 누여우누여우

그리워 죽겠어 그리워 죽겠어,
닭이 세 번 울고 북은 오경을 알리는데
또록또록 잠이 안와 원앙베개만 바라보네,
비 오듯 눈물이 비 오듯 눈물이.

서럽다. 그녀는 또 시를 쓴다.

人靜紗窓日色昏 落火滿地掩重門
인정사창일색혼 낙화만지엄중문
欲知一夜相思苦 試把羅衾撿淚痕
욕지일야상사고 시파나금검누흔

인기척 고요한 창에 햇살이 저무네
떨어진 꽃이 땅에 가득한데 문은 꼭 닫혔네
하룻밤 그리움의 고통에 대해 알고 싶으세요?
비단 이불 잡고 눈물자국 살펴보오

고독하다. 그녀는 또 시를 쓴다.

從容步窓外 窓外日遲遲
종용창외보 창외일지지
折花揷玉鬢 蜂蝶過相窺
절화삽옥빈 봉접과상규

창 밖에서 살포시 걷네,
창 밖에 해는 느릿느릿 지고
꽃을 꺾어 옥 같은 머릿결에 꽂았네,
벌과 나비 지나가다 슬쩍 훔쳐보네

하릴없이 지나가는 청춘이 아쉽고 슬펐다. 머릿결에 꽃을 꽂는 건 그런 마음이렷다. 남편은 멀리 가고 소식도 없는데, 벌과 나비는 내가 꽃인 줄 알고 슬쩍 훔쳐보지 않는가. 기막힌 일이다. 가을이 되었다. 비마저 추적추적 내리는 밤이다. 어찌 할꼬?

天涯芳信隔 寂寂掩深戶
천애방신격 적적엄심호
永夜鳴梧葉 簷端有疎雨
영야명오엽 첨단유소우

하늘 끝 소식은 멀어지고,
적막한 가운데 문은 꼭 닫혀 있네
긴긴 밤 오동잎 우는데,
처마 끝엔 성긴 빗소리.

다시 봄날. 세월이 흐르니 마음의 여유가 생겼다. 가만히 세상의 춘사春思를 지켜보기도 한다.

採桑城南陌 纖纖映素手
채상성남맥 섬섬영소수
少年飜驚目 相看住故久
소년번경목 상간주고구
뽕 따는 성의 남쪽 언덕,
가늘가늘한 흰 손이 살짝 나왔네

소년이 눈을 휘둥그레 뜨고는,

훔쳐보네 일부러 오래 머물며

삼의당의 시 중에서 최고의 절창이 아닐까 한다. 옛 노래 '맥상상(陌上桑, 언덕 위 뽕나무 : 진나라의 여인이 뽕을 따다가 지나가던 조나라 왕의 유혹을 받고 거절하기 위해 부른 노래)'의 조선 버전일 텐데, 상황 묘사가 섬세하고 리얼하다. 소녀가 뽕 따는 일에 열중하다보니 무심코 흰 손이 드러났다. 온몸을 꽁꽁 처매고 가리며 다니던 내외內外의 시절엔 저렇듯 손가락이 드러나는 것조차도 야하고 놀랍다. 가늘가늘한 손가락이 조물조물 움직이는 모습이 마치 흰 빛이 아른거리는 것 같다. 그게 영映이란 표현의 맛이다. 지나가면 곧 사라지고 말 것 같은 빛의 그림자. 그 찰나의 동영상이 바로 '纖纖映素手(섬섬영소수)'이리라. 그런데 그걸 한 소년이 보았다. 깜짝 놀란다. 흰 손이 눈에 들어오는 순간 가슴이 뛰었다. 문득 죄책감이 생겨난다. 저걸 내가 보아도 되는 걸까. 얼른 눈을 떼지만 다시 눈이 그리로 간다. 남들이 알아채지 못하게 무슨 일이라도 있는 것처럼 그 자리에 서서 쭈뼛거리며 가능한 한 오래도록 그 손을 훔쳐본다. 조선 여자 삼의당은 이 귀엽고 생기발랄한 사랑의 낌새들을 스무 글자에 화려하게 붙잡아 올린다. 신랑 보내놓고 뒤숭숭하던 마음이 시간이라는 진정제로 가라앉을 무렵이었던가.

벼슬이 안 되면 효자라도

聞道京華屋 方今學士多

문도경성옥 방금학사다

文詞粧錦繡 風化蔚菁莪

문사장금수 풍화울청아

才敵歐蘇否 詩如李杜何

재적구소부 시여이두하

聊將五老筆 掀挽漢江波

료장오로필 흔만한강파

듣자니 서울의 화려한 집에는

요즘 선비들도 많고

문장은 비단에 수놓은 듯

곱고 세련된 것들이 무성한 쑥처럼 가득하다면서요

글 솜씨는 구양수와 소동파에 필적하고

시는 이백과 두보와 어깨를 겨룬다고요

여산의 오로봉 붓을 빌리고

한강의 파도를 끌어 글을 쓴다지요

남편이 낙방하고 돌아왔다. 삼의당은 조용히 말한다.

"부귀는 하늘에 있으니 한 번에 과거 급제를 할 수는 없습니다. 궁달도 때가 있으니 학업에 뜻을 두었다고 한 번에 이뤄지지는 않습니다. 그래도 계속해나가면 반드시 이뤄지는 법이니 학업을 더욱 부지런히 하셔서 다시 응시해보세요."

그렇게 말할 때 남편은 이렇게 말한다.

"여보. 지방에 있으니 잘 모르겠지만 서울에는 글 잘 쓰고 시 잘 짓는 선비가 천지에 널렸소. 나는 그들의 상대가 되지 않는 것 같소."

이렇게 말했을 때, 삼의당은 가만히 위의 시를 지어 읊었다. 남편의 말에 장단을 맞춰준 것이리라. 그 또한 얼마나 스트레스를 받으랴? 서울에 날고 기는 학사學士들이 있다는 걸 강조함으로써 신랑의 낙방에 슬쩍 면죄부를 던져준 셈이다. 이렇게 신혼 방에서의 맹세와 야심은 조금씩 바람이 빠지고 김이 새나갔다. 삼의당도 '트라이 어게인'을 외치지만 예전처럼 그리 단호하지는 못하다. 그들이 서른세 살이 되던 1801년 드디어 하립은 과거 응시를 그만두기로 한다. 부부는 가망 없는 일에 더 이상 인생을 소모하느니 차라리 깨끗이 야망을 접고 새로운 삶을 살자는 데에 합의한다. 그들은 땅값이 비싼 남원을 떠나 진안으로 이사를 간다. 그런데 이 무렵 집안에서는 초상이 이어진다. 1803년 맏딸이 돌아간데 이어 조카딸, 시아버지 하경천, 넷째 동서가 연달아 세상을 뜬다. 하립을 바라보며 집안의 재기를 갈구하던 식구들이, 그가 벼슬을 포기한 순간 약속이나 한 것처럼 이승의 삶을 저버린 것은 우연이었을까. 워낙 희망의 낙차落差가 컸기 때문은 아닐까. 혹은 '하립 출세 프로젝트' 기간 동안에 온 식구가 받았을 내밀한 스트레스를 표현하는 것일 수도 있으리라. 열여섯 살 맏딸을 잃은 뒤 쓴 삼의당의 제문에는 그런 게 묻어난다.

> "우리 집에는 심부름하는 아이도 없어 밥 짓는 일도 네가 맡아야 했고, 길쌈하는 일도 네가 해야 했다. 일이 아무리 힘들어도 너는 마다하지 않았고, 아무리 어려워도 피하지 않았다. 네가 죽은 지 한 달이 지나 서울에서 청혼서가 왔으니, 미처 다 펴보지도 못하고 정신을 잃고 말았다."

하립의 아버지가 돌아갔을 때의 풍경은 뜻밖에 민담에서 찾을 수 있다. 효자 이야기로 각색이 되어 당시 조선 사회를 떠돌았던 것이다.

"아버지의 상을 당하였으나 집안이 가난하여 상례를 치를 비용을 마련할 길이 없어서 남에게 빚을 내 장례를 치렀다. 논을 팔아 갚으려고 했지만 산간의 박토라 사는 사람이 없었다. 그릇 따위도 집에는 더 이상 남은 게 없었다. 아버지가 진 빚에다 장례 때 낸 빚이 더해져 빚쟁이들이 독촉하러 몰려들고 또 관청에 고발하기도 했다. 하립은 밥도 먹지 못하고 잠도 자지 못한 채 피눈물을 흘리며 말했다. '아들이 있어도 불초하여 지하에서까지 욕을 보시는구나.' 하루는 어머니에게 하직하고는 처자와 이별하면서 '빚 갚을 돈을 얻지 못하면 죽어도 돌아오지 않겠소.' 하고 맹세하였다. 비바람에 서리치는 날 통곡하며 영남으로 떠났으니 을축년 정월 초닷새였다."

이렇게 떠난 하립은 뜻밖에 가야산에서 산삼 몇 십 뿌리를 얻어 돈을 마련해 왔다고 민담은 전한다.

(『진안군지鎭安郡誌』의 「하씨오효자전河氏五孝子傳」)

이 이야기를 중심으로 하립의 형제들의 '효행기'가 민간에 떠돌게 되는데 여기엔 삼의당의 입김이 느껴진다. 그녀는 남편을 출세시키는 데는 실패했지만 향촌에서 효자 명성을 얻게 함으로써 도덕적인 권력을 얻게 하려는 꿈을 가졌던 것 같다. 그녀는 '담락당(하립) 다섯 형제의 효행을 삼가 기록함'이란 연작시를 짓기도 한다. 그런데 거기에는 현실적인 이익도 있었다. 관가에 모범적인 효자로 인정을 받으면 세금이나 부역이 면제되기도 했다. 삼의당의 문학적 상상력과 탁월한 문재文才는 이렇게 엉뚱하게도 효자집안 만들기에 쓰였을 가능성이 있다. 진안의 농사꾼이 되면서 한 여인의 심장을 벌떡이게 하던 정치적 야심의 일단은 접었겠지만, 그래도 집안의 위신을 세우기 위한 그녀의 에너지는 계속 작동하고 있었다.

하지만 삼의당은 자신에게 주어진 새 삶에 대해 낯설어하거나 괴로워하지 않았다. 오히려 담담하게 농사꾼 시인의 입장을 즐겼다.

彩霞成綺柳如烟 非是人間別有天
채하성기류여연 비시인간별유천
洛下十年奔走客 草堂今日坐如仙
낙하십년분주객 초당금일좌여선

고운 노을 비단 같고 버들은 연기 같으니,
사람 사는 곳 아니라 천국이로다
서울서 10년 바삐 뛰어다닌 그대,
오늘 초가집에 신선처럼 앉으셨네요

아름다운 풍광 속에 들어앉은 작은 초가집 하나로 그들은 살림을 다시 시작했다. 초라해 보이는 남편을 그는 이렇게 신선으로 만들어준다. 신혼 첫날밤 광한전에서 온 두 신선으로 서로를 은유했던 기억을 떠올리며 말이다. 그러자 남편도 옛 흥이 일어났는지 답시로 차운한다.

草堂四面好風烟 晩境詩書自樂天
초당사면호풍연 만경시서자락천

何必區區求所欲 吾身安處是神仙
하필구구구소욕 오신안처시신선

초가집 사방으로 풍경이 좋으니,
저녁나절 시집을 펼치며 스스로 즐거워한다
구태여 구구하게 하고 싶은 것을 구하리?
내 몸이 편안한 곳이 바로 신선이네

아내가 洛下十年奔走客(낙하십년분주객)이라며 신랑의 낙방인생을 '젊은 날의 비즈니스' 쯤으로 미화해주니, 남편도 기가 조금 살아났다. 욕심나는 대로 다 구하고 어떻게 살겠는가. 그건 구구한 일이라고 치부한다. 평생을 시험 스트레스에 시달렸는데 그거 떨치고 이렇게 편안하게 앉으니 정말 신선이 아닌가. 그런데 아내의 '신선'과 남편의 '신선'이 뉘앙스가 조금 다르긴 하다. 삼의당은 시골벽지라도 풍경 좋은 곳이니 신선이라 할 만하다는 얘기고, 하립은 그 놈의 지긋지긋한 과거시험을 포기했으니 이 기분이 바로 신선이라는 얘기다. 그들은 햇살이 잘 드는 산의 모퉁이에 밭을 사서 농사를 짓는다. 삼의당은 농사일도 하립보다는 한 수 위였던 것 같다.

君苗不盈尺 我苗平如掌
군묘불영척 아묘평여장
非苗不齊力 不齊莫流湯
비묘부제력 부제막유탕

당신이 잡은 모는 한 자도 못 되는데
내가 잡은 모는 손바닥같이 평평하네요
모 싹의 힘이 고르지 않은 게 아니니
고르지 않다고 물에 버리지 마세요

1810년 9월 마흔두 살이 된 하립은 향시鄕試에 합격했다. 그리고는 본시험인 회시會試를 보기 위해 서울로 간다. 잠복하고 있던 야심은 이때도 아직 꺼지지 않았던 모양이다.

螢窓立志此何遲 四十光陰撫鬢絲
형창입지차하지 사십광음무빈사
又向長安先笑去 旅床莫作後咷歸
우향장안선소거 여상막작후도귀

반딧불 어린 창에서 뜻 세우는 일이 어찌 이리 더딘지,
사십 년 동안 귀밑머리를 쓰다 듬었네
다시 서울을 향해 웃음을 지으며 가는데,
여관에서 나중에 눈물 만들며 돌아오지 않기를

하립은 이 시험을 본 뒤 웃고 왔을까, 울고 왔을까. 운명은 이 남자의 손을 들어주지 않았다. 이후 삼의당의 시는 보이지 않는다. 그녀는 마흔이 넘어 늦둥이 아들을 얻었고 끝까지 농사꾼의 아내로 살다가 1823년에 생을 마감했다.

우리 집안이 두실어른을 좀 압니다

두실 심상규(1766년~1838년)는 초명初名이 상여였는데, 정조가 그를 사랑하여 '상규' 라는 이름을 하사했다. 집 안에 있는 만 권의 책 속에서 자란 그는 책을 읽을 때 한번에 다섯줄씩 한꺼번에 읽을 만큼 총명했다 한다. 그리고 서예도 일가를 이뤘는데, 그런 그가 스무 살 아래인 추사 김정희(1786년~1856년)에게 「이위정기以威亭記」를 써달라고 부탁한 것을 보면 추사에 대해 한때 큰 호감을 지니고 있었던 듯하다. 그러나 정파로 보면 추사집안과는 라이벌의 자리에 있었다. 심상규는 안동김씨의 세도시절에 권력 노른자위에 있었던 사람이다. 몇 차례 곤경을 겪기는 하지만 그는 정조 이후 3대에 걸쳐 높은 벼슬을 누렸다. 삼의당은 남편 하립을 출세시키기 위해 친정 집안과 세교가 있던 집안인 심상규를 찾아가게 한다. 하립은, 어떻게 해서든지 심상규에게 끈을 대려고 애를 쓴다. 1796년 심상규가 충남 웅천의 현감으로 좌천되었을 때도 삼의당은 남편을 그의 집으로 보낸다. 남편에게 그곳의 문중사람을 동원해 웅천현감에 대한 좋은 여론을 만들어 심상규의 마음을 사라는 코치까지 한다.

그러나 막상 하립이 다가갈 무렵 심상규는 정치적 곤경을 겪고 있었다. 1801년에는 남원에 유배된다. 이 무렵 하립은 16년간의 과거 준비를 포기하고 만다. 이듬해 겨울 하립은 심상규가 지은 「대나무를 심다種竹」 시 한 편을 외워 아내에게 들려준다. (두실이 쓴 「종죽」 시의 원문은 찾지 못했다.) 삼의당은 이 시에 차운하여 시를 짓는다.

紅紅白白愛渾癡 獨自靑靑獨自知
홍홍백백애혼치 독자청청독자지
月正明時竿始好 風方勁處節尤奇

월정명시간시호 풍방경처절우기

令人無此終爲俗 使我看之不覺飢
영인무차종위속 사아간지불각기
最是淸陰濃滿地 也宜詩酒也宜碁
최시청음농만지 야의시주야의기

붉으면 붉다 희면 희디 어리석은 사람들은 헷갈리며 좋아하지만
홀로 스스로 푸르고 푸른 것을 나만은 알고 있노라
달이 가장 환할 때 줄기가 비로소 볼 만하고
바람이 모질게 불 때 마디는 더욱 기이해지네

사람들이 이것이 없으면 결국 속되어지고
내가 이것을 보면 배고픔을 잊어버리네
맑은 그늘이 땅에 짙게 가득히 깔리니
시와 술이 생각나고 바둑 두기 딱 좋다네

겉으론 대나무를 읊은 시이지만, 지방으로 밀려난 심상규의 곤고한 처지를 위로하며 그의 강직함과 풍류를 예찬하고 있다. 심상규는 이들 부부의 짝사랑을 아는지 모르는지 하립이 그토록 간절히 꿈꾸던 벼슬자리를 포기할 때까지도 별 도움이 되어주지 못한다. 해배되어 서울로 돌아갔던 심상규는 1805년에 전라감사가 되어 다시 돌아온다. 이해 봄 그는 하립에게 환약을 선물하는데, 삼의당이 기뻐하는 시가 남아 있다. 그녀에게 심상규는 쇠락한 집안의 자부심을 채워주는 상징적인 존재였던 듯하다. 심지

어 둘째딸을 시집보내면서 적어준 글에도 심상규 이야기를 하고 있다.

> "지금 우리 순찰사가 임금님의 명을 받고 와서 호남에 교화를 편 지 2년 만에 이 고을에는 좋은 다스림의 유풍이 퍼져 있고 시골에도 세상살이에 대한 탄식이 없으니, 소남召南의 교화를 오늘날 다시 볼 수 있게 되었다. 나는 더욱이 그 은혜를 많이 입고 또 너를 순찰사가 가까이 계신 곳으로 보내게 되었구나."

딸이 시집에서 행할 행실과 도리를 적어야 할 글 속에, 굳이 중앙 실세의 이름을 들먹이는 것은 어찌 보면 우습지만, 거기엔 딸의 시가에 시위하는 삼의당의 계산이 숨어 있다. 계녀서戒女書를 활용해서라도 집안의 초라한 입신立身을 가리면서 자부심을 과시하려는 안간힘이 느껴지는 대목이다. 여하튼 삼의당에게 두실은 미처 채우지 못한 권력욕망의 광휘 그 자체였다. 당시 중앙의 핵심 권력 중의 하나였던 두실을 별처럼 우러르며 살아간 시골의 보통여자를 생각하노라면, 사람은 사람에게 저마다 다른 의미로 각인된다는 걸 실감한다.

끝내 쟁취하는 사랑, 김부용

– 한강변 〈조선한시살롱〉 왕마담

사람들은 부용꽃을 부용보다 낫다 하네
그렇대도 아침 나절 내가 둑 위를 걸을 때
어찌하여 그들은 부용꽃을 안 쳐다보고
나만 쳐다보는 건가요

"전직 부총리인 김이양(77세) 씨는 최근 서울 한강이 보이는 남산의 초호화빌라 '녹천정'에서 속칭 '강남 룸살롱의 1%' 출신인 미모의 여종업원 김부용(19세) 씨와 동거를 시작한 것으로 알려졌다."

2009년 이 기사가 네이버에 실렸다면 클릭 수 깨나 올렸을 것이다. 이 기사는 세인들의 관심을 끄는 매력적인 요소들을 갖추고 있다. 첫째는 동거를 시작한 두 남녀의 어마어마한 나이 차이이다. 도대체 58년 차이를 어떻게 뛰어넘을까. 그들의 침실 풍경에 대한 야하고 낯선 상상들이 퐁퐁 솟아오름직하다. 둘째는 전직 부총리라는 공적인 타이틀을 지닌 사람의 사생활을 엿보고 싶은 마음을 건드릴 것이다. 엿보고 난 다음의 반응들은 대개 비난이리라. 나라 세금으로 누린 부와 권력을 이용해 어린 여자를 탐하는 노욕을 개탄하는 사람이 많으리라. 셋째는 강남의 특급 호스티스의 출세와 화려한 사생활에 대한 관심 또한 만만찮게 일어날 것이다. 오직 미모와 접대술 만으로 벼락출세한 여인에 대해 네티즌들은 악플을 붙이고 싶어질지도 모른다. 넷째, 녹천정이란 곳에 대한 궁금증 또한 폭발할 것이다. 대체 어떤 곳일까. 마치 아방궁을 방불케 하는 풍요와 음란의 상상화들을 그려내기 시작할 것이다. 다섯째는 조금 고급 독자들의 센서에 걸리는 것들이겠지만, 그 두 사람이 모두 시에 뛰어나 서로 문학적 교감을 나누는 사이라는 점이다.

그런데 이 사건의 발생연도는 1832년으로 되어 있다. 지금으로부터 177년 전의 기사인 셈이다. 그러나 조선 순조 대에 일어난 이 사건은 당시에는 어떤 스캔들로도 보도되지 않았다. 누가 굳이 숨기거나 뉴스의 전파를 통제한 것은 물론 아니었다. 그런 일이 지금 우리가 느끼는 '비상한 스캔들'로 여겨지지 않는 사회적 관점이 형성되어 있었기 때문이라고 보는 것이 좋으리라. 여성에 대한 관점이나 여성의 사회적 지위와 역할이 상당히 달랐고, 또 성에 대한 잣대들도 지금과는 같지 않았다. 조선시대의 섹스와 사랑에 관한 인식틀을 이해하지 못한다면 '김부용 문제'는 제대로 읽혀지기 어렵다는 게 내 생각이다.

이 기사를 쓴 사람은 당대의 사관史官들이 아니라, 소설가 정비석(鄭飛石, 1911~1991)선생이며, 기사를 보도한 때는 1974년이었다. 정비석은 이해에 『조선역대여류문집』 450쪽 부용시집에서 "천안 광덕에 김대감 본부인(원산 이씨) 묘소가 있다"는 구절을, 그리고 『호암전집』 340쪽 「부용시화」편에 "부용이 마흔 살 무렵 죽으면서 김대감 곁에 묻게 해달라는 유언에 따라 광덕리에 묻혔다'는 대목을 찾아내고는 기생 부용의 무덤을 찾아나선다. 정비석은 천안 광덕산을 세 번 답사해서 주민들의 증언을 토대로 김이양 묘와 김부용 묘를 확인한다. 정비석은 두번째 답사 때 만난 광덕마을 주민 서상욱 씨와 나눈 대화를 기록으로 남겼다. 서씨는 한문을 독학한 사람으로 길게 늘어뜨린 흰 수염이 인상적이었다 한다. 광덕에서 여러 대째를 살아온 분으로 지금은 고인이 됐다. 서씨의 사랑채에서 인삼주를 기울이며 두 사람은 얘기를 나눴다.

"산 밑에 김판서 대감 묘소를 어떻게 해서 아십니까. 유래를 아시면 얘기해주십시오."

"내가 어려서부터 우리 할아버지를 모시고 있었는디…… 우리 할아버님이 충의 참봉으로 계셨는데, 그 양반이 말단의 명예직이었지만, 그 양반이 김대감 묘소에 가서 제사 지내고 하는데, 내가 계속 쫓아가서 보고, 그런 예가 있다니께."

"아, 그러십니까. 그러면 장소가 어딘지 확실히 아시는지요?"

"그 절 뒤에 그 산소가 있다고."

"그 묘에 묻힌 사람이 누군지, 이름을 아십니까."

"그 이름은 모른다고. 단지 김판서 대감이라는 것만 안다고. 그래 김판서 대감 묘라고만 안다고. 그래 묘도 알고…… 그 양반 호자가 뭐라고 하는지는 몰라도 봉조하 대감이라고 합디다."

이때 정비석 선생이 무릎을 탁 쳤다.

"그거 어떻게 아십니까?"

"그냥 들어서 알지. 그래 보통은 김판서 대감이라고 했는데, 그 역사책을 보면 봉조하를 지냈대요. 그런 얘기들을 하는 걸 들었어요."

"그러면 거기 묘가 또 하나 있지 않습니까?"

"글쎄요. 거기…… 또 하나 있긴 하네."

"그분 산소가 어디 있죠?"

"그것은 거기서 떨어져서 이쪽 길옆이라고…… 꼭대기에 올라가면 거기 묘가 있으니께, 거기 가면 찾을 건디, 지금 찾을 똥 말똥 합니다."

"아, 그래요? 그럼 그분이 여자요, 남자요?"

"글쎄요, 초댕이 뭔지, 초당마마라고 합디다."

이때 정비석이 다시 무릎을 탁 친다.

"옳다. 여자요."

산이 너무 울창하고 길이 끊어져 정비석은 그때 답사하는 것을 포기했다. 20일 후에 다시 천안으로 왔다. 산을 관리하는 사람에게 벌초를 부탁했으나 엄두를 못 내서 도망을 가버렸다. 다시 산길을 내달라고 부탁한 뒤 그는 올라갔다. 이번에는 조선일보 기자 두 명과 같이 왔다. 서상욱 씨는 세 사람을 데리고 김부용 묘를 찾았다.

"여기가 묘입니다."

"묘 같지도 않네요."

평토화 되어서 평평한 땅이었다. 풀도 듬성듬성 자라 묘라고 보기 어려웠다.

"여기가 묘이긴 묘입니다. 우리가 어려서, 내가 여기 와서 벌초를 하고…… 벌초한 것을 아니께 여기가 묘입니다."

이렇게 찾은 김부용 묘는 조선일보에 실렸다. 〈잡초만 무성한 운초 묘〉라는 제목으로 나갔다. "그녀의 무덤은 긴 풍마로 흔적조차 찾기 힘들 정도로 밀려나가고 평토화가 다 될 정도로 무덤의 자취만 남았다"고 보도됐다. 정비석은 이해 조선일보에 『명기열전』을 연재하기 시작한다. 그후 천안산악회, 한국문인협회 천안지부에서 현장 답사를 하고 동네 주민들의 증언을 참고하여 부용 묘 자리를 확인하고 봉분 작업을 한다. 소설가 정비석은 사라질 뻔한 기생시인의 흔적을 특유의 열정과 감각으로 붙잡아내서 되살려낸 공로가 적지 않다. 생전에 그는 이런 말을 했다.

"나는 살아생전 많은 기생들을 찾아내 세상에 알리고 절개를 칭송했다. 그러니 죽어 저승에 가면 그녀들이 주안상을 차리고 찾아올 것이다."

그는 이런 말을 할 만하다. 그가 조선일보에 『명기열전』을 연재하기 시작한 것이 부용 묘를 찾던 1974년이었는지, 혹은 1974년에 『명기열전 운초雲楚전』을 따로 쓰다가 다시 2년 뒤 『명기열전』을 새롭게 연재하게 되었는지는 확실하지 않다. 1976년부터 4년간 그는 이 소설을 연재해서 장안의 화제를 불러일으켰다. 『명기열전』에는 29명의 기생이 소개되고 있는데 1977년 이우출판사에서 7권의 책으로 나왔고, 1981년 신정사에서 1982년에는 한국출판사에서 10권의 전집으로 출간됐다. 또 1996년에 고려원에서 『미인별곡』이란 이름으로 바꿔 10권으로 재출간하기도 했다. 그는 주안상을 차리고 찾아올 기생 제1호로 부용을 생각했을까. 천안이 고향인 정비석은 부용 묘가 있는 광덕산 기슭에 묻혔다. (천안 공원묘지 광덕지구 G8-61호)

출생의 미스터리

이제 김부용의 생년 미스터리에 대해 생각해보자. 많은 기생들이 그렇지만 부용도 생몰 연대가 불분명하다. 그녀는 1813년 평안도 성천에서 태어난 것으로 알려져 있다. 1813년이란 연도가 나온 것은 이렇다. 정비석의 『명기열전』에서는 그녀가 19세의 나이로 당시 77세인 평양감사 김이양을 만났다고 전하고 있다. 김이양이 1755년생이니 77세이면 두 사람이 만났을 때는 1832년이다. 이때 부용의 나이가 19세였다면 부용은 1813년생이 된다. 그런데 이렇게 잡을 경우 그녀의 시들 중에서 연도가 표시되어 있는 몇 편이 아리송해진다.

「구호득탈口號得脫」이란 시가 있다. 부용이 성천에서 이름을 날릴 적에 쓴 것이다. 갈촌이란 마을을 지나는데 불량배처럼 보이는 사내 몇 명이 그녀가 탄 말을 붙잡아 세웠다. 그리고는 "어이, 우리와 시를 대운對韻하며 좀 놀자"고 장난을 걸었다. 그때 그녀는 그들 중 하나가 읊는 시를 재빨리 차운하여 한 수를 읊어준다. 사내들이 깜짝 놀라는 사이 그녀는 말을 재촉해 일행을 빠져나왔다. 그것이 '읊어주며 탈출하다'의 사연이다. 그런데 이 사건이 갑술년 봄에 일어났다고 부용은 말하고 있다. 갑술년은 1814년이다. 앞에서 계산한 연도로 친다면 부용은 한 살배기여야 한다. 한 살배기가 말을 타고 지나가다 사내들에게 희롱당하면서 눈 깜짝할 사이에 이런 시를 썼다는 게 말이 되는가.

白雲峰下望西南 流水蒼松鷺數三
백운봉하망서남 유수창송노수삼
征馬蕭蕭催上路 斜陽一抹遠山含
정마소소최상로 사양일말원산함

백운봉 아래서 서남쪽을 보니
흐르는 물 푸른 소나무 백로 세 마리
싸움터로 가는 말은 쓸쓸히 길을 재촉하며 오르는데
저녁 햇살 한 줄기가 먼 산을 머금었네

「구고대 아래에서九皐臺下」라는 시를 쓴 것은 을유년이다. 1825년이다. 아홉 명의 풍류객이 오래 전에 구고대 모임을 만들어 시회를 즐겼는데 부용은 그 모임에 열심히 따라다녔다고 말한다. 그런데 부용이 서울에 있다가 성천으로 돌아와 보니 아홉 명 중에서 두 명이 세상을 떠나 비감한 마음으로 서로 시를 나눴다고 말한다. 1813년생이라면 이 시를 쓸 때는 12살이며 그보다 훨씬 어릴 때에 구고대 모임에 참석했고, 또 서울에도 갔다는 얘기가 된다.

1813년 출생설이 엉터리라면, 대체 부용은 언제 태어난 걸까? 시에서 나타난 연도들을 살펴보면 1790년경이 설득력이 있다고 한다. 이렇게 잡을 경우, 77세와 19세의 드라마틱한 로맨스는 약간 어그러지게 된다. 35세의 차이가 난다고 보면 부용이 19세일 때 영감은 54세였다. 연천이 77세인 것을 기준으로 잡으면 부용은 42세. 두 사람의 나이 차이에 대한 과장이 생겨난 것은 당대의 소문들이 만든 것일 수도 있고, 근대 이후 그녀의 삶을 발굴하고 재조명할 때에 재미를 위하여 좀더 드라마틱하게 각색된 것일 수도 있다. 그렇지만 나이 차이가 좁혀진다고 해서 그녀가 받아야 할 시선이 더 성기어지는 건 결코 아니다. 오히려, 흥미 위주로 왜곡된 혐의가 있는 그녀의 삶을 현실감 있게 복원하는 일은 부용의 진짜 매력에 다가가게 할 것이다.

흐르는 유년

자, 이제 그녀의 어린 시절로 가보자. 가난한 선비 집안의 외동딸이었던 그녀는, 10살이 되던 무렵에 부모를 모두 잃었던 것으로 전해진다. 부용에게는 숙부와 오빠가 있었다. 「둘째 큰 아버지 일화당을 애도함哀仲父一和堂」이란 시에서 그녀는 가족사에 대해 간략하게 술회한다.

我家本治儒 綿世宅鄉里
아가본치유 면세택향리
先君晩爲貧 黽勉從府史
선군만위빈 구면종부사

우리집은 본래 유학을 닦아 대대로 고향마을집에서 살아왔다
아버지께서 늘그막에 가난해져서 관아의 아전을 하며 지냈다

시에는 둘째아버지에 대한 얘기도 나온다. 그는 30년 동안 병을 앓으면서도 책을 읽고 시를 지었다 한다. 집안의 취향과 분위기를 느끼게 하는 대목이다. 이런 기질이 부용에게도 전해 내려왔을 것이다. 일찍 부모를 여읜 부용이 그를 아버지처럼 섬겨온 사실도 말하고 있다. 그녀의 패트런이 된 김이양은 부용의 중부仲父가 죽자 선비의 예를 갖춰 장사 지냈다.

한편 「청수동을 나오며 오빠를 생각함出清水洞思兄」이란 시에서 또 다른 가족사를 비친다.

一自天倫成遠別 每逢風物倍傷神
일자천륜성원별 매봉풍물배상신
今宵淡月何山店 獨對殘燈掩手巾
금소담월하산점 독대잔등엄수건

하나 뿐인 나의 천륜과 멀리 헤어지고 물건들 볼 때마다 더욱 마음이 아프네
오늘밤 희미한 달은 어느 산장에 뜰꼬 홀로 깜박이는 등불을 수

건으로 가려 보네

또 부용은 아버지를 그리워하는 시를 남기기도 한다.

一蟬鳴過雨晴初 庭樹凉風點薄餘
일선명과우청초 정수양풍점박여
鈴鐸稀聞山氣爽 吏人公退柳陰疎
영탁희문산기상 이인공퇴류음소

榴花細綻三庚雨 藤榻閑繙二酉書
유화세탄삼경우 등탑한번이유서
非必東明遺俗在 仙家本自好樓居
비필동명유속재 선가본자호루거

한 마리 매미가 울고 지나가면 비가 비로소 개고
뜨락의 나무들 서늘한 바람에 점점이 떨어져 남은 잎 몇 개 없다
절에서 풍경소리가 가끔 들리면 산기운이 상쾌하고
아전 벼슬 물러나니 버드나무 그늘이 성기어지네

석류가 살짝 벌어진 건 삼경에 내린 비 때문이고
등나무 아래 책상엔 책들이 가득하네(二酉書는 중국 호남성에 있는 대유大酉와 소유 두 산의 동굴에 책 일천 권을 감추었다는 고사에서 왔다.)
고구려 동명왕이 남긴 풍속이 꼭 남아 있지는 않다 하더라도

선인仙人은 본래 다락에 살기를 좋아하는 법

謹次先考秋堂韻(근차선고추당운). 그녀는 이 시의 제목에서 아버지의 당호가 추당秋堂이었음을 밝힌다. 퇴직한 아버지가 누워 있는 마루 부근 풍경은 아마도 부용의 마음속에 깊이 남은 것 같다. 책을 가까이한 아버지, 그리고 가난하지만 자족하는 아버지의 이미지가 향후 그녀의 삶에 내밀하게 간섭을 하지 않았을까.

혈육에 대한 마음이 각별하고 집안이 청빈하게 살았던 것에 대해 자부심을 지녔던 그녀가 기생이 되어야 했던 사연에 대해선 자세히 알 수 없다. 아마도 양아버지였던 중부仲父 또한 오랜 병으로 살이에 허덕이자 가족들이 뿔뿔이 흩어진 게 아닌가 싶다. 그녀는 어느 퇴기退妓의 수양딸로 들어갔다고 한다. 미모가 워낙 뛰어난데다 가무음률에 시문까지 능해 열여섯 살 무렵에는 이 고장의 명기名妓가 되어 있었다. 기생이라고는 하지만 아가본치유我家本治儒의 긍지를 잊지 않았던 듯하다. 힘 있고 돈 있는 많은 남자들이 그녀에게 반해 달려들었으나 초저녁 밤은 행복하게 해주되 특유의 재치로 절개를 지켜 오연傲然한 명성을 쌓았다.

성천의 신성강新成江변에 있는 사절정四絕亭에서 그녀는 이렇게 읊는다.

亭名四絕却然疑 四絕非宜五絕宜
정명사절각연의 사절비의오절의
山風水月相隨處 更有佳人絕世奇
산풍수월상수처 갱유가인절세기

정자 이름을 사절이라 하니 아니다 싶네

사절이 아니라 오절이라야지
산과 바람과 물과 달이 모두 함께 있는 곳이라면
거기다 절세의 가인이 있어야지요

대단한 프라이드라고 나는 생각한다. 황진이, 매창과 더불어 조선 3대 시기詩妓라는 찬사가 그냥 나온 것은 아니다. 부용의 이 자아관념이야 말로 그녀의 평생을 추동해가는 강력한 힘이다.

숨막힐 만큼 생생한 부용의 시

殘日掛巫峽 羣陰盡向東
잔일괘무협 군음진향동
欄邊移酒席 身在碧波中
난변이주석 신재벽파중

倒景軒(도영헌)

부용은 미모와 스캔들이 그녀의 시를 가린 케이스라고 생각한다. 송시宋詩의 사변과 전고典故에 매몰되어 있던 시풍을 일신하고 이른 바 당풍唐風을 부활시킨 그녀는 풍경과 자아가 어우러지는 감각적 통찰을 환하게 꿰고 있었다. 이 시는 그런 명성에 값한다. 해거름에 도영헌에서 시회를 벌였다. 도영헌은 그림자가 뒤집어지는 다락이다. 부용은 그 호칭의 뉘앙스를 곱씹어 살려낸다.

殘日掛巫峽(잔일괘무협). 해의 반쪽이 무협에 걸렸다. 무협은 부용의 고향 성천에 있는 무산巫山12봉을 가리킨다. 원래 산 이름은 흘골산紇骨山이다. 무산12봉은 중국 초나라 지역에도 있다. 부용이 자신의 호를 운초雲楚라고 지은 건 '구름다발' 이라는 의미도 있지만 고향의 산인 무산이 초나라의 산과 같은 이름인 인연을 담은 것이라 한다. 초나라의 구름이란 얘기다. 부용은 성천지역의 명승 중에서 읊지 않은 것이 없을 정도로, 고향의 풍광을 아끼고 좋아했다.

羣陰盡向東(군음진향동). 군음羣陰이란 말이 멋지다. 산봉우리가 12개이니 그 그림자도 한 무리를 이룬다. 해가 서쪽에 걸렸으니, 산 그림자들이 동쪽을 향해서 죽어간다. 다할 진盡은 앞 행에서 잔殘과 괘掛와 의미가 닿아 있다. 해가 죽어가니 그림자도 죽어가는 것이다. 삶과 죽음의 경계와 빛과 그림자의 대비가 극적인 순간이다. 도영헌은 이때를 봐야 맛이다. 그림자가 뒤집어지는 때이다. 그런데 이렇게 눈을 잡아끈 뒤 부용은 갑자기 카메라를 확 당겨 도영헌 안에 있는 사람들을 비춘다.

欄邊移酒席(난변이주석). 독자들만 이 풍경을 보고 감탄하는 게 아니라, 부용 곁에서 술판을 벌이고 있는 그들도 마찬가지다. 모두 이 뒤집힌 그림자를 보러 난간으로 옮겨 앉았다. 그런데 부용은 거기서 문제의 핵심을 발견한다.

身在碧波中(신재벽파중). 무산의 그림자들만 물에 누운 것이 아니라, 난간에 붙어 앉은 사람들의 그림자 또한 푸른 물결 속에 있는 게 아닌가. 시간이 가면 뒤집어지는 것, 빛이 다하면 그림자가 번지는 것, 그것은 저 무산의 노을 경치만이 아닌 인간의 일이다. 당신 또한 뒤집힌 그림자일세.

재기가 번득이고 언어가 살아 움직이는 시들이 한 둘이 아니지만, 특히 좋아하는 서너 편은 그냥 지나가기 어렵다.

絶壑陰森古岸崩 撑空浮碧玉層層

절학음삼고안붕 탱공부벽옥층층
林間有路三兮石 洞裏逢人一半僧
임간유로삼혜석 동리봉인일반승

香楓洞口(향풍동 어귀에서)

絶壑陰森古岸崩(절학음삼고안붕)과 撑空浮碧玉層層(탱공부벽옥층층)은 절벽을 묘사한 것이다. 고안붕古岸崩은 깎여서 움푹 들어간 절벽이요, 옥층층玉層層은 올록볼록 튀어나온 절벽이다. 끊어진 골짜기 그늘진 숲에 옛 절벽이 무너져 있고, 허공에 걸려 떠 있는 절벽은 옥이 층층이 쌓인 것 같네. 눈에 잡힐 듯 선하다. 이 꿈틀거리는 풍광 아래에서 부용은 두 가지의 숫자로 현실을 붙잡는다. 숲으로 난 길에는 3분의 1이 돌이오, 마을에서 만나는 사람은 절반이 중일세. 해학적이기도 한데, 그녀가 보았던 그대로이리라. 돌이 많고 스님이 많은 동네라면 산골 깊숙한 곳의 사하촌寺下村일듯 싶다. 이젠 그네 뛰는 곳으로 가보자.

五月黃梅雨後天 西京遺俗重秋千
오월황매우후천 서경유속중추천
芳羞霧列傾三市 珠翠星羅擲萬錢
방수무열경삼시 주취성라척만전

雲外桂花驚墜月 風中飛燕怕昇仙
운외계화경추월 풍중비연파승선
遨頭俠少爭偷眼 垂柳陰邊坐惘然
요두협소쟁투안 수류음변좌망연

오월 황매화 꽃비가 내린 뒤의 하늘
서경(평양)에는 그네를 좋아하는 풍속이 있다네
(꽃이 부끄러워할 만큼 곱게 차려입은)
사람들이 줄을 서느라 장터가 뒤집어지고
구슬 비취와 별빛 비단엔 큰돈도 내던지네

구름 밖 계수나무 꽃은 달이 떨어졌나 놀라고
바람 속에 나는 제비는 신선이 승천하나 겁을 집어먹네
머리를 맞댄 소년들은 서로 몰래 보려고 싸우다
늘어진 수양버들 그늘 가에 망연히 앉아 있네

鞦韆(그네)

첫 네 행은 그네 뛰는 시절의 평양 풍경을 그린 것이다. 경삼시 척만전의 북적임 속에 설레는 마음이 담겨 있다. 뒷 네 행은 그네 뛰는 모습을 멋지게 표현해놨다. 두 행은 계수나무 꽃과 제비를 데려와 애교어린 과장법을 쓰고 있고, 두 행은 그네 타는 여인들을 보는 소년들의 행동을 보여줌으로써 그들의 망막 속에 맺히는 아름다운 동선動線들을 상상하도록 해놨다. 여인들을 직접 묘사하지 않고 주변의 시선을 통해 상상력을 극대화하는 기법을 쓰고 있다. 이런 시인의 기획을 읽어내는 일이 맛있기 그지없다.

細馬綠崖得穿松 小橋西畔立寒鐘
세마녹애득천송 소교서반입한종
雲霞洞裡開香殿 錦繡叢中標碧峰
운하동리개향전 금수총중표벽봉

僧歸落葉蕭蕭步 妓插秋花澹澹容
승귀낙엽소소보 기삽추화담담용
萬疊溪山迷去路 玆行還似訪仙蹤
만첩계산미거로 자행환사방선종

入妙香山(묘향산에 들다)

이 시가 아마 부용의 최고 절창이 아닐까 하는 생각을 한다. 말을 타고 묘향산에 가는 길이다. 細馬綠崖得穿松(세마녹애득천송). 야윈 말이라 평지에선 좀 걱정스러운데 산에 오니 오히려 다행스러운 점이 있다. 온 산이 녹색 절벽으로 꽉 막힌 것 같아 막막해하고 있는데 말이 소나무 사이를 뚫고 쑥 들어간다.

小橋西畔立寒鐘(소교서반입한종). 작은 다리가 하나 나왔다. 그 서쪽 언덕배기에 서늘한 종이 매달린 종루가 서 있다.

雲霞洞裡開香殿(운하동리개향전). 구름과 노을이 거주하는 마을 속에 향전이 열려 있다고 한다. 마을은 인가가 있는 마을이 아니라 은유이다. 향전은 향기 나는 궁전을 말하는데, 바로 향을 피워놓은 대웅전을 말하는 것이리라. 마침 산이 묘향이 있는 산이니 향기의 궁전과 잘 어울린다. 부용은 지금 절을 찾아가는 중이다.

錦繡叢中標碧峰(금수총중표벽봉). 금수는 온갖 비단을 말하고 나무들의 빛깔을 은유한 것이다. 온갖 비단이 다 모인 가운데 푸른 산봉우리가 푯대처럼 서 있다는 얘기다. 단풍이 고운 숲과 우뚝 솟은 푸른 봉우리가 그림처럼 그려진다. 총중叢中은 그 자체가 절을 가리키기도 한다. 나무들이 늘 비슷비슷해서 혼란스러운데 산봉우리를 표지 삼아서 그쪽으로 나아가고 있는 중이다.

풍경의 묘사가 사람 묘사로 내려온다. 僧歸落葉蕭蕭步(승귀낙엽소소보). 마침 스님을 한 분 만났는데, 절로 돌아가는 길이라 한다. 참 다행이 아닌가. 그를 따라서 가기로 한다. 그런데 스님 입장에서 생각해보면 호젓하고 깊은 산길을 예쁜 기생과 함께 가야 하는 판이니 괜히 긴장되지 않을 수 없다. 부용은 그 장면을 멋지게 표현해놨다. 산길에 깔려 있는 낙엽을 밟으면 스락스락 소리가 난다. 그런데 스님은 낙엽 밟는 제 발자국 소리에 괜히 놀라 조심조심 밟는다. 그것이 소소보이다. 뒤에 따라오는 기생이 혹여 놀랄까봐 살금살금 밟으며 걷는다.

妓插秋花澹澹容(기삽추화담담용). 그런데 막상 기생은 딴 짓을 하고 있다. 곁에 있는 꽃을 꺾어 머리에 꽂고는 예쁜 티를 한껏 내고 있다. 무섭기는커녕 얼굴은 해사하고 밝다. 스님, 뭔가 불편한 게 있소? 이렇게 물을 판이다.

萬疊溪山迷去路(만첩계산미거로). 계곡과 산이 첩첩이라 가는 길이 미로이다.

玆行還似訪仙蹤(자행환사방선종). 가만히 생각해보니 돌아올 일이 걱정이다. 어휴. 이 길 돌아올 때는 신선 미행하는 숨바꼭질 같겠구나. 마음을 드러내는 직설이 전혀 보이지 않는데도, 산중에서 일어나는 마음의 속살들이 풍성반큼이나 리얼하게 삽힌다. 이게 부용의 솜씨다.

안동김씨 세도가문의 첩실

이제 연천공 김이양(金履陽, 1755~1845)에 대해 살펴볼 차례다. 그는 김헌행의 아들로 원래 이름은 이영이었으나 예종의 이름과 비슷하다 하여 개명을 했다. 정조 19년인 1795년에 생원 정시문과로 급제하여 출세가도를 달렸다. 1812년 함경도 관찰사를 지내고 1815년에 예조, 이조, 호조, 병조 등 판서를 고루 거친다. 이 중간에 한성판윤을 무려 네 번이나 역임한다. 1819년에는 홍문관 제학이 되고 1820년에 판의금부사, 좌참찬을 역임한다. 1824년에 수원부 유수를 하다가 이듬해 헌릉 벌목사건과 관련해 전 호조판서로서의 책임을 물어 문외출송門外黜送을 당한다. 1826년 죄명이 탕척되고 2월에 예조판서에 오른다. 이 해 여름에 김이양은 퇴휴退休를 신청하나 허락되지 않아 거듭 신청한다. 마침내 은퇴를 승인받고 이 해 7월에 '봉조하奉朝賀' 라는 명예직을 제수 받는다. 국가 의식이 있을 때 조복을 입고 참여할 수 있도록 국가 원로로 예우한 것이다. 1843년 회방연을 치르고 나서 1년 뒤 10월에 그는 감기에 걸렸다. 고령인지라 병을 이기지 모하고 이듬해 5월에 90세로 부용의 손을 잡은 채 세상을 떠난다.

안동김씨 세도 집안으로 김조순의 숙부뻘인 그는 정조, 순조, 헌종 3대에 걸쳐 권력의 노른자위에 머문다. 잠깐의 '추방' 만 빼면 그는 그다지 큰 정치적 곤경 없이 벼슬을 누렸다. 그는 아들이 없어 김이고의 아들인 김한순을 양자로 데려왔다. 그의 둘째 아들(김이양의 둘째 손자)인 김현근이 순조의 딸인 명온공주와 결혼함으로써 동녕위가 된다. 그의 아내 원산 이씨는 1843년 2월 이전에 돌아간 것이 확실하다. 1843년은 김이양이 과거에 급제한지 60년이 되는 사마급제의 해로, 회방回榜 잔치를 벌인다. 이때 부용은 시를 읊는데 그 배경을 밝혀놓았다.

"지난 신묘년(1831)에 소첩이 일흔일곱 살이었던 연천 노인(김이양)의 소실이 되었고 지금 어언 13년이 되었다. 올 봄 계묘년(1843)에 연천공이 회방연이라는 아주 드문 경사를 맞으셔서 성묘를 가시게 되었는데 소첩이 부인의 예로써 연천공의 가마를 따라 홍주, 결성, 천안에 갔다. 이 세 군 중에서 천안 광덕은 연천공의 부인이신 정경부인 이씨의 선영이 있는 곳인데 만약 정경부인께서 몇 년을 더 살아생전에 모셨더라면 어찌 감흥의 일단이 없을 것인가."

아마도 정비석이 참조한 대목도 부용이 말한 저 부분이리라. 저 발언을 참조하면 원산 이씨는 김이양과 해로하다가 1840년 언저리에 돌아간 듯하다. 자식이 없었던지라 기생을 소실로 두는 문제에 있어서도 본부인이 꾹 참고 눈을 감아줬을 것이다. 그러나 내색하지는 않았다 하더라도 세상 사람들의 수군거림이 어찌 귀에 들리지 않았으랴. 남산에 50칸 별장을 지어 기생과 더불어 새 삶을 시작한 남편을 남의 일처럼 바라보며 살았을 한 여인의 또다른 생이 가슴 아프게 짚인다. 문득 눈을 감고 묻힌 광덕산에 기생 첩실이 남편과 가마를 타고 와서 "몇 년 더 사셨으면 얼마나 좋았을까요"라고 시를 읊는다. 땅 밑에서 가슴을 치고 통곡할 일일지도 모르겠다. 살아 10년 동안도 내가 얼마나 환장할 지경이었는지 아느냐, 이년아. 그 소리가 쟁쟁거린다.

인연

이제 두 사람의 인연에 대해 살펴보는 게 순서이리라. 김이양이 부용을 만나는 것은 함경감사 시절로 보인다. 소설로 쓰인 부용 이야기에는 김이양이 평안감사로 나온다. 그러나 김이양은 평안감사를 한 기록이 없다. 평양 부근의 성천부에 속한 기생인 부용에 대해 김이양은 소문을 들어 알고 있었을 것이다. 시를 잘 쓰는 그녀에 대해 관심이 적지 않았기에 그녀를 불러 연회를 즐기기도 했던 흔적이 보인다. 요컨대 이 러브스토리는 평안감사와 성천기생의 이야기가 아니라, 함경감사와 성천기생의 이야기이다.

이건 상당히 다른 뉘앙스를 지니고 있다. 함경감사와 성천기생은 자주 만나기도 어렵고 또 사랑이 진행되는 일은 더욱 어렵다.

김이양이 함경감사가 된 것은 1812년이며 예조판서가 되어 서울로 호출되는 것은 1815년 3월이다. 김이양의 나이로 보면 57세부터 60세까지이다. 부용의 나이는 22세부터 25세이다. 사랑은 이때 일어난다. 당시 이조참의를 역임하고 함경감사로 온 김이양은 점차 떠오르는 세도 집안의 잘나가는 관리였다. 1813년에 경성과 회령의 수해 구제에 대한 상소를 올려 관철시키기도 한다. 평양 동쪽의 성천 기생인 부용은 뭇 남자의 간장을 녹이던 절세의 명기였다. 도도하고 기품이 높아 건더기 없는 사내들이 감히 범접하지 못하는 '그림 속의 꽃' 이었다. 소설가 정비석이 만들어놓은 성천부사 유관준은 아니라 하더라도, 지방 관리 중 누군가가 권세등등한 도백道伯인 김이양에게 부용을 슬쩍 천거하였을 가능성이 있다. 당연히 그는 부용의 장점과 김이양의 니즈를 분석하였을 것이다. 함경도의 관찰사는 여색을 거부하지 않는 사람이었음에 분명하다. 거기다가 시문詩文을 좋아하고 성격이 호방하고 관대했을 것이다. 김이양을 미화하는 에피소드 하나가 있다.

젊은 시절 몹시 가난했던 그의 집에 도둑이 들었다. 아무리 뒤져도 쌀이 안 보이자 도둑은 부뚜막에 걸린 솥을 떼어가려 했다. 부인이 남편을 깨우자, 그는 말한다. "오죽 가난하면 남의 집 솥을 떼가겠소? 우리보다 더 가난한 게 분명하니 솥을 줍시다." 이 소리를 들은 도둑이 슬그머니 솥을 내려놓고 갔다. 김이양은 성정이 너그럽고 타인에 대해 따뜻한 배려를 할 줄 아는 사람임을 보여주는 대목이다.

비록 세도가의 집안이지만 그리 모나지 않고 모질지 않은 그의 성격은 인품으로 칭송되었을 것이다. 그러나 그의 부용 작첩作妾이 보통사람들의 눈에 어떻게 비쳤을지를 짐작하게 하는 민간소설 하나가 있다. 부용의 시제를 풍자하여 제목도 『부용상사곡』이다. 작자 연대가 미상이나 1910년대의 활자본이 남아 있다. 이 소설에는 평양 기생 부용이 등장하는데 그녀의 애인이 다르다. 서울 사는 김유성이란 보통 선비이다. 이 사람이 평양에 놀러갔다가 부용이라는 기생을 사귀게 되고 그 기생이 상사곡을 지어준다. 그런데 그녀를 좋아하지만 늘 따돌림을 받던 최만홍이라는 관리가 자객을 보내 서울로 돌아가는 김유성을 죽이려 한다. 마침 호랑이가 나타나는 바람에 유성은 간신히 목숨을 구한다. 이 소설에는 악질 평안감사가 나오는데, 최만홍이 감사에게 부용을 소개한다. 대동강 뱃놀이를 벌이는 가운데 부용은 감사를 피하여 강으로 뛰어내려 자살을 시도한다. 그러다가 어부에게 극적으로 구조된다. 나중에 유성이 과거에 급제하여 그녀와 혼인을 하게 된다.

이 소설을 들여다보고 있노라면, 김이양에 대한 풍자와 분노가 느껴진다. 세간에서는 부용이 김이양을 진짜 사랑한 게 아니라, 권력의 압력에 못 견뎌 억지결합을 했다고 보는 시선이 있었다는 증거이다. 말년의 아름다운 사랑으로 묘사한 관점에도 근거가 없지 않겠으나, 늙은 권력이 한 기생의 삶을 탈취하는 사건으로 보는 관점 또한 아주 무시하기는 어려운 게 아닐까 싶다. 하지만 부용은 자기에게 주어진 삶을 시혜롭게 잘 활용할 줄 알았던 듯싶다. 부용을 천거 받은 김이양은 소설의 색탐가 도백道伯과는 달리, 아주 부드럽고 느긋하게 부용의 마음을 사로잡지 않았을까 싶다. 우선 시를 주고받으며 공감의 폭을 넓혔고, 기생으로서가 아니라 인간으로서 친밀과 호의를 보여주었을 것이다. 35년이 넘는 나이 차이에 대해 거부감을 가지고 있었던 부용도, '시인 김이양'의 감수성과 우정에 차츰 호감을 느끼기 시작했을 것이다. 아버지 추당과 숙부 일화당이 생각났을 것이다.

그들처럼 의지하고 싶은 사람이었다. 3년간의 지적知的인 연애가 그들의 관계를 도탑게 한 비밀이 아닐까 생각한다.

김이양은 본부인에게도 자식이 없었지만 김부용과의 관계에서도 사랑의 결실이 있었다는 얘기는 없다. 칠순에 가까운 이 노인은 에로스의 사랑을 한 것이 아니라, 우정에 가까운 사랑을 했을 가능성이 높다. 이 빼어난 천재 시인을 가까이 두고 세상과 자연을 음미하면서 살고 싶은 진솔한 마음이 있었을 것이다. 세상의 남자들에게 환멸을 느끼고 있던 부용은 연천공의 이런 점이 마음에 들었을 것이다. 물론 부용의 시각에서 본 이 남자의 면모와 당쟁의 역학 구도 속에서 그가 담당했을 사납고 가차 없는 역할들에 대한 평가는 분리해서 생각할 필요가 있을 것이다. 이런 얘기를 하는 이유는, 애틋한 로맨스의 한 축이라고 하더라도, 지나치게 미화를 하는 것은 진상을 들여다보지 못하게 하는 것이라고 믿기 때문이다.

1813년 성천의 사또가 강선대로 그녀를 부른다. 뜻밖에 함경감사가 행차를 했다고 한다. 연꽃들이 연못에 가득 피어 있던 봄날이었다. 좌중에서 한 사람이 우스개 삼아 말한다.

"오늘은 여기 앉은 부용보다 저기 피어난 부용들이 훨씬 곱소이다."

일순간 웃음이 터져 나온다. 사또가 웃으며 부용에게 말을 건넨다.

"저런…… 안 되겠다. 무어화無語花가 어찌 감히 해어화解語花를 이기겠느냐. 멋진 시로 꽃들의 코를 납작하게 해줘라."

"알겠사옵니다. 사또 나리."

부용이 눈을 깔고 일어서면서 나즉히 고개 숙여 말한다. 그리고는 마루를 몇 발짝 옮겨 걸으며 시를 읊는다.

芙蓉花發滿池紅 人道芙蓉勝芙蓉

부용화발만지홍 인도부용승부용
朝日妾從堤上過 如何人不看芙蓉
금일첩종제상과 여하인불간부용

부용화(연꽃)가 피어 연못 가득히 붉네
사람들은 부용꽃을 가리켜 부용보다 낫다 하네
아침나절 내가 둑 위를 따라 걸을 때
어찌하여 사람들은 부용꽃을 보지 않나요(나만 쳐다보고 있나요)

戱題(우스개로 짓다)

부용 앞에서 부용꽃이 더 예쁘다는 헛소리를 하지 말라고 눈을 흘기며 일갈한다. 시를 듣고 김이양은 껄껄껄 웃는다. 과연 승부용勝芙蓉이로다. 은근히 서로 눈이 오간다. 부용이 자신의 이름을 부용으로 지은 것은 열여섯 살 이후가 아닌가 싶다. 해주에 있는 누각인 부용당에서 치른 백일장이었기에 그녀는 그 영광을 기억하려고 '부용'이라 스스로 이름했다. 연꽃은 자신의 추한 모습을 숨기기 위해 흐린 날이나 꽃지는 날에는 살그머니 꽃잎을 오그리고는 수면 밑으로 잠수해버린다. 그런 도도한 자기 관리가 부용의 마음에 들었으리라. 함경감사는 부용이 평안도 최고의 꽃이라고 칭찬한 뒤에 시회 장소인 강선루를 소재로 운을 띄운다. 그녀가 차운한다.

成都美妓玉羅裳 幅幅春風步步香
성도미기옥라상 폭폭춘풍보보향
黃鶴金獅迎相舞 降仙樓上降仙娘
황학금사영상무 강선루상강선낭

성천 도읍의 아름다운 기생 옥비단 치마
한 폭 한 폭에 봄바람 일고 걸음걸음에 향기 나네
황학무 금사무 서로 마주 보며 춤추니
강선루 위에 선녀가 내려왔네

강선루와 강선랑을 맞춘 멋진 노래다. '幅幅春風步步香(폭폭춘풍보보향)'의 의태擬態가 그림처럼 붙들린다.

한편 정비석은 소설가답게 김이양과 김부용의 첫 만남을 멋지고도 야하게 만들어냈다. 내가 그 취지를 살려 나름대로 간소하게 각색을 해서 보일까 한다.

평양 연광정에서 일흔일곱의 남자와 열아홉의 여자가 만났다는 이야기는 없었던 걸로 하는 게 옳다. 함경감사는 쉰여덟이었고 기생 부용은 스물셋이었다. 그렇다고 36년 차이가 작은 것은 아니다. 초로의 사내는 흰 수염을 쓸어내리며 앉았고, 햇살에 막 피어난 부용처럼 새초롬한 얼굴로 눈을 아래로 깔고 있는 홍안의 여류시인은 거문고 줄을 고르고 있었다. 그러면서 서로에 대한 탐색전을 벌인다.

선한 눈매에 요즘식으로 말하면 동안童顔이 남아 있는 얼굴. 풍채는 당당하고 웃음이 사람을 편안하게 하는 매력이 있구나. 정말 듣던 대로 천하의 선비로고. 목소리는 나직하되 힘이 있다.

얼굴이 작고 갸름하지만 하관이 느려지며 연꽃잎처럼 벙근 얼굴. 가히 절세의 미색이로다. 입술은 부드럽게 다물었는데 콧날과 인중에서 고집이 느껴지는군. 술잔이 몇 순배 돈 뒤 평양감사가 따뜻한 목소리로 묻는다.

"혹시 「노랑유부老郎幼婦」라는 노래를 아느냐?"
"예. 패설(성수패설)에 나오는 유행가인 줄로 아옵니다."
"한번 불러줄 수 있겠느냐?"
"예. 나으리."

二八佳人八九郎 蕭蕭白髮對紅粧
이팔가인팔구랑 소소백발대홍장
忽然一夜春風起 吹送梨花壓海棠
홀연일야춘풍기 취송이화압해당

열여섯 살 신부에 일흔두 살 신랑 쑥대머리 백발이 붉은 화장과 마주 앉았네
갑자기 하룻밤에 봄바람이 일어나니 배꽃을 휘익 날려 해당화를 누르네

노래가 끝나자 김이양은 웃으며 말한다.
"나는 말이다. 저 노랑보다도 열네 살이나 젊도다."
그러자 부용이 말을 받는다.
"어머나, 소첩은 이팔가인보다 일곱 살이나 더 많사옵니다."
"허어. 붉은 꽃이 흰 꽃의 부끄러움을 잊게 하는도다."
"대감님. 붉은 꽃이나 흰 꽃이나 춘화는 다 같은 꽃이 아닌지요."
"허허. 부질없는 노욕老慾을 세인들이 웃지 않겠느냐?"
"마음이 하나라면 나이가 무슨 벽이겠습니까. 세상에는 삼십객 노인도 있고 팔십객 청년도 있사옵니다. 저를 거두어 주십시오."

"허허."

이날 밤 부용은 몸과 마음의 문을 모두 열었다. 김이양은 평생을 통틀어 가장 아름다운 봄날의 꽃을 피웠다. 야한 시화詩話가 오간다. 도연명의 '사시四時' 한 구절을 김이양이 먼저 읊는다.

"너를 만져보니 이미 春水滿四澤(춘수만사택, 봄물이 못에 가득함)이로다."

그러자 나직이 부용이 받는다.

"대감님도 만져보니 벌써 夏雲多奇峰(하운다기봉, 여름구름이 기이한 봉우리로 삐쭉삐쭉 솟음)입니다."

노랑유부의 봄밤이 깊어간다. 신문소설의 달달하고 촉촉한 맛이 감도는가. 그렇다면 정비석 선생을 욕보인 건 아니렷다.

만남과 이별

부용이 16세 때 백일장에서 장원을 했다는 시가 무엇인지 알 수는 없지만, 그게 「부용당청우」가 아니었을까 생각을 한다.

明珠一千斛 遞量琉璃盤
명주일천곡 체량유리반
箇箇團團樣 水仙九轉丹
개개단단양 수선구전단

옥구슬 1만 말이 유리쟁반에 번갈아 담기네
알알이 동글동글 초나라의 굴원(수선)이 아홉 번 굴린 알약인 듯

芙蓉堂聽雨(부용당에서 빗소리를 듣다)

부용을 만나던 날 그는 그녀에게 이 시를 암송했다. 그때 김부용은 감격스러웠다. 함경감사가 지방의 일개 관기의 어린 날 시를 외고 계시다니…… 놀라운 분이다. 김이양은 부용에게 이렇게 마음에 일점을 찍는다. 부용과 첫 만남 이후 며칠 뒤 관찰사의 편지가 달려왔다. 편지에서 김이양은 부용이 서울의 시단에서 이미 알려져 있으며 지식인들이 유희 삼아 그녀의 시를 외며 즐거워하기도 한다는 얘기를 해준다. 재능을 한껏 칭찬한 편지에 부용은 조금 들뜬 마음이 되었다. 부용은 이날 연천공에게 시를 보낸다.

生長成都粉黛中 素心猶愧卓文風
생장성도분대중 소심유괴탁문풍
虛名浪得詞垣許 覽罷華牋鏡面紅
허명낭득사단허 남파화전경면홍

성천에서 나고 자라 분 바르고 눈썹 칠하면서도
마음은 순진하여 탁문군 같은 풍류는 오히려 부끄러워했지요
헛된 이름을 공연히 얻는 일을 문단에서 허락하다니
꽃편지를 보고나서 거울 속 얼굴이 붉어졌네요

겸사謙辭가 가득한 시이지만, 그 속에서도 멋진 시안詩眼을 박아놓았다. 바로 경면홍鏡面紅이다. 그냥 얼굴이 붉어진 게 아니라 거울 바닥이 붉어졌다고 말한다. 김이양의 칭찬을 들은 뒤 나르시시즘에 빠진 부용은 거울 앞에 다가가 앉았을 것이다. 거울 속을 가만히 들여다보는데 얼굴이 빨개져 있다. 이 얼마나 귀여운 모습인가. 김이양이 부용을 사귄 흔적은 그녀의

시에 남아 있다.

朝陽一別阻山川 簾幙沈沈晝不褰
조양일별저산천 염막침침주불건
月不商量輕入戶 風何唐突又吹筵
월불상량경입호 풍하당돌우취연

憂來酒或無時酌 興湯詩多未了篇
우래주혹무시작 흥탕시다미요편
摠爲多情轉多病 蓬萊舊約杳雲烟
총위다정전다병 봉래구약묘운연

조양(평안남도 개천)에서 헤어진 뒤 산천이 가로 막네요
주렴을 죽죽 쳐놓고 낮에도 걷지 않습니다
달빛은 생각없이 가벼이 들어오고
바람은 어찌 당돌하게 자리를 흩날리는지요

걱정이 되어도 한 잔 때도 없이 한 잔
흥이 일어나서 많이는 씁니다만 완성을 못하네요
모두가 다정이 바뀌어 다병이 된 것이니
봉래의 옛 약속이 구름안개에 아득합니다

寄上淵泉相公(연천상공에게)

중화절(2월1일) 헤어질 때 단풍 보러 가자는 약속을 했는데 병이 나서 따르지 못하고

개천은 두 사람이 각자의 소속 관청을 넘어 데이트하던 장소였던 듯하다. 개천은 평안남도 끝에 있는 도시로 함경도와 가까운 곳이다. 그곳의 무진대無盡臺에서 그들은 사랑을 키웠다. 무진대를 읊은 시도 있다.

> 秋湖十里繞羣巒 一曲淸歌倚彩欄
> 추호십리요군만 일곡청가의채란
>
> 가을호수 십리에 산들이 둘러 서 있고
> 한 곡조 맑은 노래가 고운 난간에 기대 있네

함경감사를 만나고 온 뒤 부용은 폐인처럼 지낸다. 시도 때도 없이 술을 마시고 시를 쓰다가는 찢는 모습이 선하다. 봉래는 성천의 향풍산香楓山을 말한다. 향풍산 단풍구경을 가자고 했는데 가을이 그냥 지나가는 모양이다. 이렇게 애태우는 시절들을 통과했으리라.

1815년 봄, 김이양은 갑자기 예조판서로 발령을 받는다. 급히 서울로 올라가야 할 상황이 되었다. 가는 길에 부용을 만난다. 그는 말한다.

"작첩을 하고 올라가기는 남세스러우니 너는 여기서 조금 기다리렴. 내 곧 사람을 보내서 너를 데려가리라."

"나으리, 하오면……"

"아무 걱정하지 마라. 너를 곧 부를 터이니."

"저는 기적妓籍에 매인 몸이라 나으리가 떠나시면……"

"허어, 그것 참 문제로구나. 예방禮房의 관속에게 얘기하여 너를 기적에서 빼도록 하여야겠구나. 아예 너를 나의 부실副室로 삼아두고 갈 작정이다."

"망극하오이다."

이렇게 김이양은 떠나갔다. 그를 보낸 뒤 부용은 대감이 마련해준 평양의 관아 한쪽에 버들가지가 늘어진 숙소에서 지냈다. 이쯤에서 생각해본다. 부용이 내린 판단에 대해서. 그녀는 지금은 화려하지만 이제 시들어 곤고한 삶을 살아갈 기녀의 굴레를 벗어나고 싶었을 것이다. 젊음과 재능은 그녀가 가진 전재산과도 같다. 그녀가 가진 그것과 김이양이 지닌 다른 것들을 거래하는 일은 죄악일까. 우리는 매춘을 비난하고 사랑을 옹호하는 입장에 자주 서지만, 부용의 시대에는 그 둘이 손등과 손바닥처럼 붙어 있는 것일 수도 있다. 김이양은 정말 부용을 하나의 인간으로 의식했을까. 진짜 자신의 반려로 생각했을까. 권태로운 노후를 이기는 애완의 사치품 정도로 생각한 건 아닐까. 부용 또한 김이양에게 이 이상의 기대를 하지 않았을지 모른다. 19세기 조선에서는 흔한 관계였고, 도덕적으로 비난을 받지 않는 관계였다. 오히려 김이양은 많은 남자들의 부러움을 샀을 것이다. 늘그막에 누리는 복락福樂의 모델로 받아들였을 것이다. 여기에 채색되는 사랑의 빛깔들은 어쩌면 건조한 매춘을 화장하는 그 시대의 장식법이었을 수 있다. 부용은 불평등한 기울기로 유지되는 관계에서 어쨌거나 열심히 사랑을 했다. 그녀가 쏟은 사랑은 그녀를 불안한 삶에서 벗어나게 하는 기적을 발휘했고, 그녀의 나머지 삶을 안정되게 하는 훌륭한 베팅이 되었다. 희망 없이 사랑하는 것이 아름답다지만, 사랑이 이토록 훌륭하고 풍성한 과실을 낳는다면 부용의 가슴에 은밀히 생겨났을 계산쯤이야 함부로 욕질할 일은 아니지 않을까. 게다가 그녀가 쓰는 시의 값어치를 제대로 이해해주고, 정신적인 교감을 나눌 수 있는 친구까지 되어주는 사람인 바에야.

또 하나, 김이양이 행한 권력 남용에 대해서도 생각해봄직하다. 그는 애인을 무단으로 기적妓籍에서 빼냈다. 부용의 입장에서 보면 이루 말할 수 없는 횡재를 한 것이지만, 권력이 법률을 농단하는 사례로도 볼 수 있다.

이런 일에 대해 김이양의 태도에서 죄의식을 찾아보기는 어렵다. 그가 훌륭한 인격자라는 증거가 널려 있다 하더라도 자신의 문제를 처리하는 저 방식은 처세관을 짐작할 만한 근거가 된다. 그런데도 이 이야기를 전하는 스토리텔러들은 부용을 구덩이에서 건져준 사랑의 힘으로 포장하고 싶어 한다. 부용이 주인공이기에 탈법마저도 미화되어온 것이리라.

이제부터 부용의 지루한 독수공방이 시작된다. 1813년부터 1831년까지 무려 18년간이다. 호조판서로 가신 분은 통 연락이 없다. 갈 때는 그토록 안타깝고 미안한 눈으로 그녀를 보고 또 보던 사람이 가고 나서는 싹 씻은 듯 무소식이다. 한 달이 지나고 두 달이 지났다. 1년이 지나고 2년이 지났다. 10년이 지나고 15년도 지났다. 사랑에 대해 확신이 서고 대등한 관계라면 세월이 흘러도 꾹 버틸 수 있으련만 오직 영감님의 관심 한 줄기에 매달려 사랑의 젖줄을 대고 있는 부용으로선 불안해지지 않을 수 없다. 평생을 베팅한 그이기에 그의 변심은 부용의 삶 전부를 사회死灰처럼 만드는 재앙이다. 기생 옷을 벗기고 부실副室로 앉혀 주리라던 사람인데, 설마 잊기야 하였으랴? 아니야. 서울이란 곳엔 얼마나 예쁜 것들이 많은가. 게다가 일도 바빠지고 가정도 살펴야 하니 나 같은 시골 것이야 떠올릴 틈이 없을지도 몰라. 소식을 줄 사람은 관심 한 오라기이면 되지만 소식을 기다리는 사람은 목숨의 농아줄이 내려오는 것과 같다. 이쯤 되면 실버인생을 위해 꽤 잘나가는 새파란 인생을 통째 바친 기특한 여인이 아니라, 그를 너무나 그리워하여 울며 보채는 순정의 여인이 될 수밖에 없다.

그리움으로 물든 시간

그런데 1825년 을축년에 부용이 연천을 찾아 서울로 간 흔적이 있다. 그러나 그녀는 곧 돌아오고 만다. 아마도 대감을 만날 수 없었을 것이다. 그해 여름 김이양은 헌릉 벌목사건에 연루되어 출송조치를 당한 죄인의 몸이었다. 다시 그녀는 성천으로 돌아와 쓸쓸한 마음으로 기별이 있기를 기다린다. 이런 절망의 벼랑 끝에서 절절한 시들이 나온다. 생존의 본능 같은 것이라고 나는 생각하지만 이게 더없는 사랑의 감정으로 미화된다.

垂楊深處倚窓開 小院無人長綠苔
수양심처의창개 소원무인장록태
簾外時聞風自起 幾回錯認故人來
염외시문풍자기 기회착오고인래

春風忽駘蕩 山日又黃昏
춘풍홀태탕 산일우황혼
亦如終不至 猶自惜關門
역여종부지 유자석관문

細論素抱心如畵 暗拾黃花露濕衣
세론소포심여화 암습황화노습의
望極京都還恍惚 魂隨鴻鴈幾時歸
망극경도환황홀 혼수홍안기시귀

실버들 겹겹 늘어진 곳 창에 기대 문을 여니
인적 없는 작은 집에 푸른 이끼 짙구나
주렴 밖에는 때때로 바람이 저절로 이는 소리 들려
몇 번이나 속았던가 그 사람이 오는가 싶어

봄바람은 갑자기 휘익 부는데 산 위의 해는 또 황혼이네
역시나 끝내 오지 않았는데 그래도 혼자서 문 닫기 아쉬워 하네

도란도란 나눈 얘기들을 고이 간직하여 마음이 곧 그림 같은데
무심코 국화꽃 집어드니 이슬이 옷을 적시네
멀리 서울을 바라보면 다시 황홀해지는데
넓은 기러기 따라 언제나 돌아갈꼬

秋思(강좌(江左, 평양의 서쪽)에서의 가을 생각)

봄날은 봄날대로 서럽고 가을은 가을대로 외롭다. 그러다가 부용은 일생일대의 보탑시寶塔詩 한 편을 짓는다. 2행마다 한 글자씩 늘어나 18자까지 되는 36행의 문자탑이다. 「부용상사곡芙蓉相思曲」이라 불리는 이 시는 그녀를 유명하게 만든 출세작이기도 하다. 나는 이 시를 들여다보며 한 글자 한 글자를 고르며 공든 탑을 쌓아나가는 그녀의 마음을 생각한다. 형식의 제약들 속에 터질 듯 출렁이는 마음들을 곱게 다져넣는 그 침착한 솜씨는 판서영감님뿐 아니라 당대와 후대의 많은 사람들을 아릿하고 오롯하게 만들었다.

別
思
路遠
信遲
念在彼
身留玆

羅巾有淚

紈扇無期

香閣鍾鳴夜

鍊亭月上時

倚孤枕驚殘夢

望歸雲悵遠離

日待佳期愁屈指

晨開情札泣支頤

容貌憔悴對鏡下淚

歌聲烏咽對人含悲

提銀刀斷弱腸非難事

躡珠履送遠眸更多疑

昨不來今不來郎何無信

朝遠望夕遠望妾獨見欺

浿江成平陸後鞭馬騎來否

長林變大海初乘船欲渡之

別時多見時少世情無人可測

惡緣長好緣端天意有誰能知

雲雨巫山行人絕仙女之夢在某

月下鳳臺簫聲斷弄玉之情屬誰

欲忘難忘强登浮碧樓可惜紅顏老

不思自思頻倚牡丹峰每傷綠鬢衰

獨守空房淚縱如雨三生佳約焉有變

孤處深閨頭雖欲雪百年定心自不移

罷晝眠開紗窓迎花柳少年總是無情客

推玉枕挽香衣送歌舞同春莫非可憎兒

千里待人難待人難甚矣君子薄情如是耶

三時出門望出門望哀哉賤妾苦心果如何

惟願寬仁大丈夫決意渡江舊緣燭下欣相對

勿使軟弱兒女子含淚歸泉孤魂月中泣長隨

헤어져

그립고

길은 멀고

소식 늦어

맘은 거기 있고

몸은 여기 있고

비단수건은 눈물 젖고

비단부채는 기약 없고

향각서 종소리 우는 이 밤

연광정에 달이 뜨는 이때

악몽에 놀라 외롭게 베개 껴안을 때

오는 구름을 보며 먼 이별 슬퍼하네

날마다 만날 날 그리며 근심스레 손꼽고

새벽엔 러브레터 펼쳐 보며 턱 괴고 우네

얼굴은 초췌해져 거울을 대하니 눈물이 주르륵

목소리는 울음 잠겨 사람을 대하니 슬픔 베문 듯

은장도를 들어 약한 창자 끊기는 어려운 일 아니도다

비단신을 끌며 먼 눈길 보내니 또 온갖 의심만 들끓고
어제도 안 오고 오늘도 안 오니 그대 어찌 그리 신의가 없죠
아침에도 멀리 보고 저녁에도 멀리 보니 나혼자 보면서 속네
대동강이 평지 된 뒤에야 채찍 휘두르며 말을 타고 오시려는지요
큰 숲이 넓은 바다 변하면 그때야 배타고 건너오시려고 하는지요
떨어져 있는 때는 많고 만난 때는 적으니 사랑을 잴 사람 아무도 없네
나쁜 인연은 길고 좋은 인연은 짧으니 하늘의 뜻을 누가 알 수 있으리

운우의 정 나누던 무산에 오시는 발길 끊기니 선녀의 꿈은 어디에 있는지요

달빛 젖은 봉대에 피리소리 끊기니 옥을 희롱하던 마음은 누구에게 갔는지요

잊어버리자 잊을 수 없어 억지로 부벽루에 오르니 아깝도다 홍안은 늙어만 가고

생각말자 생각이 절로 나 몸을 모란봉에 의지하니 슬프도다 검은 머리 상했구료

홀로 지키는 빈방에 눈물이 비처럼 주룩주룩 흘러도 삼생의 가약 어찌 변할 수 있을까요

외로운 곳 쓸쓸한 안방 머리칼이 희끗희끗 해져도 백 년의 정심 어찌 움직일 수 있을까요

낮잠에서 깨어나 사창을 열고 화류소년을 맞아보아도 모두가 마음에 없는 나그네일 뿐이고요

옥베개 밀고 향기 나는 옷 끌며 봄날 어울려 춤도 추어 보았지만 모두가 미운 녀석들 뿐이고요

천리 있는 사람 기다리기 어렵네 사람 기다리기 이리 어려워요 군

자의 박정함이 어찌 이다지 심한가요
삼시에 문 밖에 나가 멀리 보네 문 밖을 나가 바라보니까 슬프지요
천첩의 괴로운 마음 과연 어떠할지요
오직 바라옵건대 너그럽고 인자한 대장부여 결심하고 강을 건너 옛
인연 촛불 아래 기쁨으로 날 만나주셔서
약한 여인이 슬픔을 머금은 채 저승으로 돌아가 외로운 영혼 달 속
에서 내내 울며 따라다니지 않도록 하소서

그러다가 부용이 1830년 4월 16일 평안북도 구성龜城으로 쫓겨나는 일이 생겨난다. 기생이 유배를 가는 희한한 상황인데도 이를 설명하는 자료들을 찾을 수 없다. 다만 「구성 귀양살이 중에龜城謫中」이라는 부용의 시가 남아 있다. 구성이란 곳은 삭주 부근의 땅으로 시인 김소월의 고향이기도 하다. 무슨 일로 거기로 쫓겨났을까.

天末龜陰夢寐疎 嗟吾何事謫來居
천말구음몽매소 차오하사적래거
愼言未服三緘戒 懲忿還慙百忍書
신언미복삼함계 징분환참백인서

隣婦提筐供玉秫 社童貫柳買銀魚
인부제광공옥출 사동관류매은어
隨時自適皆眞境 非必成都是我廬
수시자적개진경 비필성도시아려

하늘 끝 구성의 그늘에서는 꿈도 성기구나
탄식하나니 내가 어쩐 일로 귀양을 왔나
삼가 말하건대 삼함계(몸과 입과 뜻을 봉하는 일)를 지키지 못했네
화를 낸 것을 돌이켜 부끄러워하며 백 번 참을 인자를 쓰네

이웃의 아낙은 광주리에 옥수수를 담아주고
동네 아이는 버들가지에 꿴 은어를 사라네
때에 따라 자적하면 모두가 참된 경지이니
꼭 성천이 우리 집일 필요 없도다

羨爾飛鴻有弟兄 相隨適意北南征
선이비홍유형제 상수수의북남정
遇風鯨浪傷前事 流蜜蜂房待後生
우풍경랑상전사 유밀봉방대후생

始覺知非猶未晩 自憐要好竟何成
시각지비유미만 자련요호경하성
千絲萬緖交回轉 窮處還爲達士情
천사만서교회전 궁처환위달사정

부러운 너는 훨훨 나는 기러기형제
서로 따르며 마음대로 남북을 오가는구나
바람에 고래등처럼 일어난 파도 같은 지난 일에 아파하며
꿀이 흐르는 벌집 같은 뒷날을 기다리네

아직은 늦지 않다는 걸 모르고 있었음을 비로소 깨달으며
필요한 좋은 일이 언제쯤 이뤄질까 스스로 안타까워하네
천 개의 실과 만 개의 실마리를 얽어서 돌려 감아
어려운 때일수록 깨달은 사람 같은 마음으로 바꿔 먹으리라

삼함계(몸과 입과 뜻을 신중하게 하는 계율)를 지키지 못했다고 고백하는 것으로 보아, 중대한 설화舌禍를 입었거나 기생 시절 중에 크게 화를 내는 바람에 치명적인 문제가 되었던 사건이 있었던 듯하다. 참을 인忍자를 백 번이나 썼다지 않은가. 혹여 고대소설 『부용상사곡』의 줄거리에서 비치는 것처럼 치정에 얽힌 범죄와 관련되었을지도 모른다. 관기官妓가 월경越境하여 다른 지역 관찰사를 개인적으로 만난 것이 그 지역 수령에게 곱게 비쳤을 리 없다. 그것이 빌미가 되었을 수도 있다. 또 관기에서 면적免籍을 시키라는 김이양의 언급이 있었지만 여전히 그녀를 탐내는 사내들이 있었을 것이다. 김이양의 소실로 언질 받은 몸이라는 것을 강조하며 유혹과 위협들을 거부하던 끝에 충돌이 빚어졌을 가능성이 있다. 구성으로 쫓겨났던 그녀가 같은 해에 돌아온다.

이 시에는 설명이 붙어 있다.

"내 어린 시절 사주보는 사람이, 나를 보더니 *以花氈宴客*(이화전연객), *浪楫逢風*(낭즙봉풍), *蜂房流蜜*(봉방유밀) 3구로 풀어줬다. 내가 이것을 초, 중, 종 세 개의 생애로 나누어 생각해보니 생애 전반의 일은 과연 그러했으나 후반의 일은 아직 모를 일이므로 문득 생각이 났다."

부용이 구성에 귀양을 가는 사연과 스스로 밝힌 자신의 사주는 흥미롭다.

以花氈宴客(이화전연객)은 꽃융단에 잔치손님이 앉는 것이니, 기생의 운명을 암시하는 것이고, *浪楫逢風*(낭즙봉풍)은 바람을 맞아 출렁거리는

노이니 중반에 파란이 닥칠 것을 예고하는 말일 것이다. 현재의 신세가 그냥 온 것이 아니라 다 운수에 있는 것이라는 생각을 가졌던 듯하다. 그리고 말년 운세인 蜂房流蜜(봉방유밀)은 꿀이 흐르는 벌집이다. 시에도 봉방유밀에 대한 기대감을 비쳤지만, 괴로운 가운데 부용은 사주보는 사람의 말을 곱씹어보며 운명이 다시 좋게 바뀔 것을 꿈꿨을 것이다. 그런데 그녀의 평생을 다 아는 나로서는 저 '예언' 들이 상당히 놀랍다. 과연 그녀는 연천대감의 러브콜을 받고 한강이 보이는 멋진 신혼방에서 아름다운 말년을 즐기지 않는가.

사랑 그 쓸쓸함에 대하여

그녀가 구성에서 돌아온 때는 나이 40세 때였다. 가장 젊던 17년을 그렇게 보냈다. 그 겨울 밤에 평양의 연광정에 올라 연천대감을 생각하며 쓸쓸한 생을 돌아본다.

身如風葉惑飄飀 午夜迢迢獨倚樓
신여풍엽혹표류 오야초초독의루
別後山川依舊在 氷江雪月繫虛舟
별후산천의구재 빙강설월계허주

몸은 떨어진 잎처럼 간혹 바람에 흩날리네
한밤 중 멍하니 홀로 누각에 기대네
헤어진 뒤에도 산과 물은 옛날과 같은데
얼음강과 눈뭉치 같은 달 속에 빈 배가 묶여 있네

한편 김이양은 71세가 되는 1826년 화려한 관직생활을 접고 은둔할 생각을 한다. 그 전해 헌릉 벌목사건에 관한 처벌이 논의될 때 당시 재임했던 관리(호조판서)로서 연루되어 쫓겨나는 시련을 겪었다. 7개월 만에 예조판서로 돌아왔지만 이제 정치적 생활에 피로감을 느꼈다. 그는 은퇴를 신청했고, 마침내 자유로운 몸이 되었다. 임금은 그의 공로를 기려 봉조하라는 명예직을 안겨준다. 그는 이때부터 평양에 두고 온 기생을 챙겨보기 시작한다. 그러다가 깜짝 놀란다. 구성으로 추방되어 있는 것이 아닌가. 어찌된 일인가를 조사해보라고 지시한다. 그리고는 손을 써서, 해배解配를 시킨다. 1830년 부용이, 풀려난 영문도 모른 채 쓸쓸히 연광정에 올라가 영감을 원망하고 있을 때, 이 남자는 부용을 위해 대공사를 벌이고 있었다. 이듬해 '봉조하대감'은 평양에 기별을 넣어, 부용을 정식 부실로 맞아들이기로 했음을 전한다. 그리고 1832년 봄에 서울로 올라오라고 청한다.

드디어 소식이 왔다. 예조판서로 가신 분이 돌고 돌아 다시 예조판서를 끝으로 봉조하대감이 되어 연락을 했다. 그토록 기다리고 기다렸던 기별인데 막상 떠나려고 준비하니 마음이 허하고 쓸쓸하다. 사람 마음이란 알고도 모를 일이다. 그는 동료들과 이별하면서 시를 쓴다.

寒食東風別故鄕 對山臨水愴年芳
한식동풍별고향 대산임수창년방
微才敢擬添香史 病肺無因作酒狂
미재감의첨향사 병폐무인작주광

如是恒沙千㥘幻 奈何浮世一燈忙
여시항사천겁환 내하부세일등망

自憐素抱知多少 明月隨人到漢陽
자련소포지다소 명월수인도한양

한식날 봄바람 불 때 고향을 떠나네
산을 대하고 물을 보니 꽃 시절이 애틋하네
얕은 재주로 감히 첨향사를 시늉하니
폐에 병이 든 것이 술 마신 탓은 아니로다

이처럼 넓은 모래밭 천겁의 헛된 것
어찌 뜬 세상에 등불 하나가 그리 바빴나
조금 아는 것으로 평소에 품었던 것이 가련토다
명월이 나를 따라 한양까지 오겠거니

첨향사는 첩을 말하는데 특히 기생첩을 가리킨다. 첨실添室, 첨측添側, 교서校書라고도 부른다. 얕은 재주로 첨향사를 시늉한다는 표현에 당시의 자의식이 스물거린다. 자신이 첩이 된 이유를 그녀는 자신의 시적 재능에서 찾았던 듯하다. 신분이 바뀌는 스트레스에 술도 많이 마셨나 보다. 하지만 그보다도 새로운 사회에 진입하는 것이 두렵기도 하고 설레기도 했으리라. 고향을 떠나려고 보니 자신을 키워낸 산과 물이 정겨워 보이고 문득 슬픈 생각이 인다. 하지만 이제 와 돌이켜 보면 지금까지 분주했던 것들이 다 부질없으며 이곳에서 아등바등 살았던 것들이 다 헛된 집착이었다는 생각을 하게 된다. 어느 곳이나 변함없을 명월과 함께, 아듀, 그는 신세계 서울로 간다.

한양에 온 부용은 하인이 말을 세운 곳을 보고 깜짝 놀란다. 연천대감이 있는 북촌(요즘 청와대의 오른쪽인 삼청동 지역에 안동김씨들이 모여 살았다)이 아니라, 한강이 내려다보이는 남산의 한 자락(구 국가정보원 자리)에 자리 잡은 50칸의 별서別墅였다. 부용이 애를 태울 만큼 시간이 많이 걸렸던 까닭이 조금은 고개가 끄덕여진다. 김이양 대감이 자신의 노후 설계를 치밀하게 한 때문이었다. 관직에 있는 상태에서 기생첩을 두는 것은 모양새가 좋지 않아 보였으리라. 그래서 그는 프리한 신분이 된 이후부터 별장을 짓기 시작했다. 오직 부용과 자신의 새 출발을 위해, 장소를 물색하고 공간을 꾸몄을 것이다. 연천의 저런 기획에는, 부용에 대한 그의 사랑이 숨어 있다는 생각이 든다. 어린 기생을 첩실로 삼아 마지막 시절을 흥청망청 보내겠다는 생각이었다면 그는 저렇게 넓고 아름다운 집을 짓지 않았을지 모른다. 50칸은 대부분 손님들과 교유하기에 필요한 공간들이었으리라. 김이양은 천재 시인 김부용이 서울의 좋은 환경 속에서 시적 재능을 마음껏 펼치도록 도와주고 싶었을지 모른다. 별서의 이름은 녹천정祿泉亭이다. 행복이 샘솟는 집이라는 의미이다. 녹祿에는 벼슬이란 의미도 있다. 이제 원 없이 벼슬을 누린 김이양이 '벼슬'이 샘솟는 집이라고 붙인 것은, 자신에 대한 기원이 아니라 부용에 대한 마음을 표현한 것이라고 보는 게 옳을 것이다. 어린 시절이 불우하여 기생이 되어 고단한 삶을 살아온 가엾은 여인이여. 이제라도 시로 세상을 숨 쉬며 벼슬을 누리시라. 그런 뜻이 담기지 않았을까. 그녀는 이 집의 주인으로 살면서 당대의 빼어난 시인 묵객들과 시로 교유했고, '초당마마'라는 호칭으로 불렸다. 광덕산 아래에 살던 서상욱 씨가 말하던 그 초당마마이다. 녹천당을 가리켜 초당草堂으로 부른 것일 수도 있겠으나, 그녀의 호인 '운초당雲楚堂'에서 온 것일 수도 있다. 사람들은 "연천이 있는 곳엔 운초가 있다"는 말을 했다고 한다. 운초 김부용은 그만큼 말년의 김이양에게는 분신 같은 존재였다.

녹천정의 초당마마

처음에는 모든 것이 어색하고 분에 넘치는 것이라 오히려 불안한 마음이 들 정도였던 모양이다. 연천대감이 건넨 시에 이렇게 답하고 있다.

紗窓睡罷月輪西 漢水雲烟夢裡迷
사창수파월륜서 한수운연몽리미
林下淸風簾幙起 芳心寂寞一鷦樓
임하청풍염막기 방심적막일초루

山水吟成小硯西 洛南烟月隔窓迷
산수음성소연서 낙남연월격창미
城頭弱柳非梧樹 豈望他時老鳳棲
성두약류비오수 기망타시노봉서

비단 창가에서 잠을 깨니 달이 굴러 서쪽으로 갔네
한강의 희부연 구름이 꿈속처럼 어지럽네
숲에서 온 맑은 바람이 주렴과 휘장을 들어올리니
꽃같은 마음이 적막해져 뱁새 한 마리가 사는 집 같소

산수를 보며 시를 읊고 난 뒤 작은 벼루를 서쪽에 밀어두니
서울 남쪽에 희끔한 달이 창문 너머로 어지럽네
성곽의 끝에 여린 버들은 오동나무가 아니니
어찌 훗날에 늙은 봉황이 깃들기를 바라겠소

일초루(一鷦樓, 뱁새 한 마리의 집)란 표현이 노인의 웃음을 자아냈으리라. 자신을 약류弱柳라고 낮추며 봉황이 깃들 나무가 못된다고 말하는 것을 겸사謙辭로 볼 수도 있지만, 새내기 초당마마의 잔뜩 주눅든 분위기를 나타내는 데는 부족함이 없다. 평양서는 문자로 탑까지 쌓아가며 아우성을 치더니, 막상 와서는 하늘같은 연천 낭군에게 자꾸 미안한 기분이 들고 자신이 자꾸 초라해진다. 비단 창가에서 잠들고 창에 들어온 산수를 보며 시를 써내려가도 혼란스럽다. '미迷' 한 글자가 부용의 심경 그대로이다.

그러나 곧 익숙해진다. 권상신(權常愼, 1759~1825)과 연천이 둘 다 은퇴한 몸으로 녹천정에 마주 앉았을 때 부용은 노련한 솜씨로 두 사람을 기분 좋게 해준다.

漁老香山老 淵翁六一翁
어로향산로 연옹육일옹
懸車酬晩節 文酒樂時豊
현거수만절 문주락시풍

丹心懸象魏 白首退江湖
단심현상위 백수퇴강호
投紱寬閒界 雲烟如畵圖
투불관한계 운연여화도

어로(西漁라는 호를 쓰는 노인, 권상신)는 향산(묘향산)서 늙고
연옹(淵泉이라는 호를 쓰는 노인, 김이양)은 육일옹일세
수레 세워 늘그막 시절 오가니

시와 술을 즐길 시간이 많구나

임금을 향한 마음은 높이 걸었고
흰머리 되어 강호에 물러났네
벼슬 던지고 한가로운 세상에 느긋하게 지내니
구름과 안개가 그림 같구나

육일옹은 구양순의 여섯 가지가 1이라는 고사에서 나왔다. 여섯 가지는 1만 권의 장서, 1천 권의 원고모음집, 1개의 거문고, 1틀의 바둑, 1단지의 술이다. 상위象魏는 법령집을 말하기도 하고 우뚝 솟은 궐문을 가리키기도 하는데 사람들이 높이 바라볼 수 있는 곳을 상징한다. 불紱은 벼슬에 있음을 표시하는 인끈이다. 봉조하대감이 머무는 녹천정은 당시 시인 문사들이 즐겨 찾아오는 클럽 같은 곳이었다. 특히 아름다운 초당마마의 시를 즐기러 오는 사람도 많았다.

諸公携酒夜相尋 如見當時白翰林
제공휴주야상심 여견당시백한림
賤子敢言詩畵癖 雪中梅月是知音
천자감언시화벽 설중매월시지음

瘦梅如我可憐容 歲暮鄕愁酒未濃
수매여아가련용 세모향수주미농
知是前宵春已到 月明何處故人逢
지시전소춘이도 월명하처고인봉

시를 좀 짓는다고는 하지만 허명虛名이 아닐까 생각한 사람도 있었을까. 그녀가 거침없이 적어 내려가는 시를 보고는 입을 딱 벌린다. 한양에서 여러 어른을 모시고 더불어 지었다는 이 시는 녹천정의 풍경을 실감나게 그려낸다.

諸公携酒夜相尋 如見當時白翰林(제공휴주야상심 여견당시백한림). 찾아오는 것이야 말리지 않지만 술을 늘 제공하기는 어렵다. 그러니 술은 셀프였나 보다. 봉조하대감의 여러 벗들이 술을 끼고 밤중에 모여든다. 면면을 보니 당대의 스타 글쟁이들이다. 이제 부용은 그런 사람들과 어울려 시회詩會를 벌이는 호스트, 아니 호스테스가 된 것이다.

賤子敢言詩畵癖 雪中梅月是知音(천자감언시화벽 설중매월시지음). 나야 뭐 시골 기생 출신이니 낄 것도 없으니 어찌 감히 시화를 좀 합니다, 라고 말하겠소마는, 눈 속에 핀 매화와 달빛이 제 친구라고 할 만합니다. 그들이 제 시를 알아준다는 말씀입니다. 이렇게 너스레를 떤 뒤에, 시상을 넓혀간다. 이 시는 입춘 다음날에 쓴 것이다. 그 무렵의 풍경을 그려낸다.

瘦梅如我可憐容 歲暮鄕愁酒未濃(수매여아가련용 세모향수주미농). 해쓱하게 야윈 매화는 내 얼굴처럼 가련한데 저무는 해 고향 그리워도 술이 아직 덜 익었네요.

知是前宵春已到 月明何處故人逢(지시전소춘이도 월명하처고인봉). 지난 밤 봄이 이미 왔음을 알지만(어제가 입춘인 건 알지만) 달이 밝아도 어디서 옛 사람 만날지요. 벌써 향수를 슬쩍 드러내는 시이다. 비매여아와 세모향수에서 약간 시상詩想이 흔들리는 듯 했지만 마지막 구절에서 반듯하게 풀어낸 시다.

녹천정을 찾는 손님 중에는 안동김씨의 중추가 되는 김조순(金祖淳, 1763~1831)도 있었다. 이런 분위기로 보면 운초의 집은 당시 조정을 쥐락

퍼락하던 권세 집안의 결속을 다지고 소통을 활발히 하기 위한 아지트의 역할도 하고 있었던 듯하다. '삼가 옥호(玉壺, 김조순의 호)의 시에 차운함' 이라는 시가 보인다.

閨情非放浪 秋思故難寬
규정비방랑 추사고난관
白酒去年飮 黃花今年歡
백주거년음 황화금년환

稚松依老石 墜葉滿空欄
치송의노석 추엽만공란
景昃稀行侶 山風吹我冠
경측희행려 산풍취아관

여인의 마음이란 흘러다녀선 안 되는지라
가을 기분이 예부터 넉넉하기 어렵습니다
작년엔 백주(술)를 마시며 달랬고
올해는 황화(차)를 즐기며 달랩니다

늙은 돌에 의지한 어린 소나무(제 모습 같죠?)
낙엽이 빈 난간에 가득합니다
해거름에 함께 걸을 사람은 없고
산바람이 내 이마를 스칩니다

'稚松依老石(치송의노석)' 이란 말이 마음에 닿는다. 늙은 돌은 봉조하대감이고 어린 소나무는 초당마마 자신이다. 가을이면 생겨나는 어찌할 수 없는 쓸쓸함 때문에 괴롭다는 푸념의 고백을 연천공의 조카 되는 김조순에게 털어놓고 있다. 부용은 김조순이 지은 북악산 자락의 옥호산방에도 놀러갔다. 추위가 가시지 않은 이른 봄이었다.

山輿晩入洞中天 隔岸春聲澗鳥傳
산여만입동중천 격안춘성간조전
盆竹幸看君子宅 風松如聽古琴絃
분죽행간군자댁 풍송여청고금현

輕寒退遜流蘇外 萌草爭先穀雨前
경한퇴손유소외 맹초쟁선곡우전
佳約分留花發後 數株庭樹有情緣
가약분유화발후 수주정수유정연

산가마 타고 저녁답에 동천(洞天, 신선이 사는 경치좋은 곳)에 들어가니
언덕 저쪽 봄의 소리를 시냇물과 새들이 알려주네
군자의 집에서 다행히도 분에 심은 대나무를 보았네
솔바람 소리가 옛날 거문고 소리처럼 들리네

좀 춥지만 떨치고 고개 숙여 가마 밖으로 나오니
곡우 직전 풀의 새싹들이 앞 다퉈 돋고 있네

꽃이 피면 화사한 날이 분명히 머무르겠네
몇 그루 뜨락의 나무들을 정겹게 눈도장 찍어두네

가마에서 내리지 않은 채 시냇물 소리, 새소리, 솔바람 소리로 먼저 기대를 키운다. 김조순의 집 안에서 멋진 분죽盆竹를 볼 기회가 있었던 건 다행이었다. 가마에서 나와 보니 아직 겨울이 남아 있어 멋진 풍경은 펼쳐지지 않았다. 풀들이 파릇파릇할 뿐이다. 여기 꽃들이 피면 참 아름답겠는걸? 그런 생각을 하며 아쉬움을 달랜다. 부용은 부지런히 서울 주변의 산들을 구경하러 다녔다. 가을 보름밤엔 수락산에 들어가 天高地迴秋雲薄 水落山晴木葉喧 一出禪扉三笑後 只留苔蘇舃生痕(천고지회추운박 수락산청목엽훤 일출선비삼소후 지류태소석생흔)이라고 읊는다. 하늘은 높고 땅은 굽이치는데 가을구름은 엷다. 수락산이 개니 나뭇잎이 우수수 소리를 내고, 절 문을 나서며 세 번 웃고 나니, 다만 이끼가 남아 신발 흔적이 생겼구나. 그리고 다른 가을밤에는 도봉산에도 갔었다. 望寺玄雲合 登皐紅樹晴 忽聞笳鼓響 林壑亦風情(망사현운합 등고홍수청 홀문가고향 임학역풍정). 절을 바라보니 검은 구름이 모여 있었는데 높은 곳에 올라와보니 단풍들이 청명하네. 갑자기 피리소리 북소리가 들리니 숲 골짜기 바람이 내는 소리다.

부용이 시인들과 교유한 흔적은 자하 신위(紫霞 申緯, 1769~1847)의 시에 차운한 것에도 남아 있다. 자하는 추사 김정희와 친밀하게 교유한 당대 최고의 시인으로 안동김씨로 보자면 정적政敵이라 할 수도 있었으나, 가리지 않고 녹천정에 드나들었던 것 같다.

詩情暗動彈松韻 人語微聞隔水聲
시정암동탄송운 인어미문격수성

午醉醒來增慨廓 停車回首暮烟平
오취성래증개곽 정거회수모연평

시 쓰고 싶은 맘이 가만히 동하니 솔바람이 운을 띄우고
사람의 말소리가 희미하게 들리니 물소리 건너편이다
낮술이 깨니 슬픔이 커져가고
수레를 세워 고개를 돌리니 저녁 안개가 깔렸네

쓸쓸한 분위기의 이 시는, 상대가 최고의 시인인 만큼 기발한 표현들이 보인다. 시정이 암동하니 소나무 운을 띄운다는 말도 절묘하다. 솔바람 소리를 이렇게 표현한 것이다. 거기다가 사람 말소리 사이에 물소리를 흘려주는 청각적인 센스도 놀랍다. 당대의 많은 남자들이 부용을 좋아한 까닭은 그녀가 술을 아끼지 않고 받아 마시기 때문인 점도 있지 않았을까 생각한다. 술에 취했다는 표현이 그녀의 시에는 흔하다. 아마도 자하와 낮술을 진하게 마신 모양이다. 그런데 저녁나절이 되어 술이 깨니 쓸쓸한 기분이 든다. 그걸 증개곽增慨廓 모연평暮烟平으로 표현했다. 슬픔의 성이 그 성곽을 넓혀가고 저녁 안개는 낮게 깔리며 퍼져간다. 이런 시를 대하고서 어찌 그녀가 사랑스럽지 않겠는가.

이제 부용이 당시의 여성 시인들과 교유하며 시적인 지평을 넓혔던 자취들을 살펴보자. 운초와 시를 나눈 시우 중에 김덕희金德熙의 소실인 금원(錦園, 1817~?)도 있었다. 원주의 기녀 출신인 그녀는 남편과 함께 용산 근처의 삼호정三湖亭에서 살았는데, 부용과 어울리며 삼호정 시사詩社를 이끌었다. 죽서, 경춘(금원의 동생), 경산 등도 함께 어울렸다. 금원이 기록한 『호동서락기湖東西洛記』에는 다음과 같이 삼호정 시사를 소개하고 있다.

"때때로 읊조리고 좇아 시를 주고받는 사람이 넷이다. 한 사람은 운초인데 성천 사람으로 연천 김상서의 소실이다. 재주가 무리들 가운데 매우 뛰어나 시로 크게 알려졌다. 늘 이곳을 찾아오곤 하는데 어떤 때는 이틀밤씩 묵기도 한다. 또 한 사람은 경산瓊山으로 문화 사람이며 화사花史 이상서의 소실이다. 들은 게 많아 아는 것이 많고 시를 읊는데 있어 으뜸인데, 마침 이웃에 살고 있어서 찾아온다. 또 한 사람은 죽서竹西인데 같은 고향 사람으로 송호 서태수의 소실이다. 재기가 빼어나고 지혜로워 하나를 들으면 열을 안다. 문장은 한유와 소동파를 사모하고 시 또한 기이하고 고아하다. 한 사람은 다름 아닌 내 아우 경춘으로 주천 홍태수의 소실이다. 총명하고 지혜롭고 단정할 뿐만 아니라 널리 경사經史에 통달하였다. 시 또한 여러 사람들에게 뒤지지 않는다. 서로들 어울려 좇아 노니 비단 같은 글 두루마리가 상 위에 가득하고 뛰어난 말과 아름다운 글귀는 선반 위에 가득하다. 때때로 이를 낭독하면 낭랑하기가 금쟁반에 옥구슬이 구르는 듯하였다."

운초가 지은 「삼호정 저녁풍경三湖亭晩眺」에는 여성적인 섬세한 상상력과 수사修辭가 빛을 발해 정자의 아름다움을 멋지게 표현하고 있다.

清流端合鏡新粧 山學蛾鬟草學裳
청류단합경신장 산학아환초학상
別浦來翔無數鳥 芳洲時有不知香
별포내상무수조 방주시유부지향

맑은 물길 곱게 모이니 거울을 새롭게 닦은 것 같다
산은 눈썹 그리는 것과 쪽을 지는 것을 배우고 풀은 치마 입는 법을 배운다
별포에는 많은 새들이 날아오는데
꽃섬에 때로 알 수 없는 향기가 나네

삼호정 아래 흐르는 저녁 한강이 물살도 없이 고요했나 보다. 수면을 거울로 비유하는 상상은 보통 사람도 할 수 있으리라. 그런데 부용은 여기서 산과 풀을 거울 앞에 선 여인으로 은유한다. 특유의 나르시시즘으로 예쁘게 꾸미려 몰입하고 있는 여인들의 모습을 생각하면되리라. 산은 스카이라인을 비추니 눈썹 그리는 것이고, 또 구름을 살짝 걸치니 쪽을 지는 것이다. 그리고 풀은 그 아래쪽에 풍성하게 펼쳐져 있으니 치마의 맵시를 살피는 여인이다. 부용이 재주가 무리 가운데 매우 뛰어나다는 금원의 평가는 결코 립서비스가 아니다.

삼호정에서 노는 것이 시들해지면 이들은 경산(瓊山, 이정신李鼎臣의 소실)이 거주하는 일벽정一碧亭으로 자리를 옮겼다. 부용은 「일벽정 소모임에서一碧亭小集」이라는 시를 남긴다.

黃花丹葉已高秋 何不提燈續舊遊
황화단엽이고추 하불제등속구유
鷗鷺眠深沙上月 蜻蜓舟過露中樓
구로면심사상월 청정주과노중루
鄕思警枕難爲夢 病肺當樽半是愁
향사경침난위몽 병폐당준반시수

西海佳人同所好 侍郎元自富風流

서해가인동소호 시랑원자부풍류

노란 꽃 붉은 잎 가을하늘 이미 높으니

어찌 등불을 잡고 옛 놀이를 잊지 않을손가

갈매기와 백로는 깊이 잠들고 모래 위엔 달빛

잠자리가 배를 지나고 누각은 이슬을 맞고 있네

고향 생각에 베갯머리서 퍼뜩 깨니 다시 잠들기 어렵고

병든 폐는 술잔을 잡으니 절반이 근심이네

서해의 미인들이 취향이 같은지라

모시는 신랑들이 원래 풍류가 많다네

1832년 운초가 서울에 올라오던 마흔두 살 때부터 11년간, 그녀는 녹천당의 초당마마로서 황금시대를 보냈다. 1843년 봄날은 그녀에게 찾아온 감격스런 시절이었을 것이다. 김이양 대감이 3월에 회방연(回榜宴, 과거 급제 60년을 기념하는 잔치)을 치르는데 정부인 원산이씨는 돌아가고 없었기에 부인의 자격으로 함께 가마를 타고 홍주와 결성, 천안을 돌며 행차한다. 운초로 보자면 뼈대 있는 집안을 지키지 못하고 불우한 환경 때문에 기적妓籍에 올라 초중반 인생을 헤매다 마침내 대감의 '부인'이 되어 일신의 현달顯達을 최고조로 누렸던 때였을 것이다. 회방연을 지내고 난 뒤 운초는 시를 읊는다.

泰華春色夢猶期 陪後今來事亦奇

태화춘색몽유기 배후금래사역기

海日斜明雲斷處 峰風橫起雨連時

해일사명운단처 봉풍횡기우연시

태화산에 봄빛이 들었거니 꿈꾸며 기대했었는데

영감을 모시고 지금 오니 일이 다시금 기이하다

바다의 해는 비스듬히 비추고 구름이 끊어진 장소에다

산봉우리 바람이 가로로 일어나서 비를 연달아 뿌리는 때이로다

이걸 어떻게 봐야 할까. 회방을 기념하여 정실부인의 묘소에 기생부인을 데리고 간 날, 광덕리 태화산은 해가 삐딱하게 비추는 가운데 바람이 들이닥치며 비를 뿌리는 희한한 날씨였다. 운초는 이런 기운이 찜찜했던지 이날 밤 술을 마셨는데도 잠을 이루지 못하였다. 세상의 영광을 다 누린 연천공은 1844년에 감기에 걸려 자리에 눕게 되는데 나이 때문에 다시 일어나지 못하고 이듬해 봄날에 90세로 눈을 감는다. 태화산의 한 서린 '여우비'가 그를 데려간 것일까. 이때가 운초의 나이 쉰다섯이었다. 운초는 몹시도 처연한 목소리로 곡을 한다.

風流氣槪湖山主 經術文章宰相材

풍류기개호산주 경술문장재상재

十五年來今日淚 峨洋一斷復誰哉

십오년래금일루 아양일단복수재

풍류와 기개는 산천의 주인이었고

경술과 문장은 재상감이었지
십오 년 만에 오늘 눈물이 나니
산과 바다가 한번 잘리면 다시 누가 이으리

15년은 그녀가 부실이 되어 함께 했던 기간을 말하는 듯하다. 봉조하 대감을 만나 사는 동안 눈물이라고는 몰랐다니 그간의 행복을 짐작할 만하다. 산과 바다가 끊어진 느낌이 들 만큼 그녀에게는 공황상태였다. 봉조하 대감은 태화산에 부인 원산이씨와 합장을 했다고 한다. 운초는 시묘살이를 할 수는 없었던 듯하다. 양자 김한순이 제사를 맡았을 것이다. 운초는 녹천당에서 제단을 모시고 16년간을 더 살다가 돌아갔다고 한다. 1861년 그녀가 일흔한 살 때이다. 죽기 전 그녀는 가족들에게 유언으로 말하기를 "나를 대감이 있는 태화산 아래 묻어 달라"고 했으며 양자는 그런 부탁을 들어주었던 듯하다. 그러나 이 세도가 집안이 이후 몰락의 길을 걸으면서 살아생전 권세와 부귀를 한 몸에 누렸던 봉조하대감의 묘는 제대로 관리가 되지 않아 거의 잊혀졌다. 묘를 다시 확인한 것은 소설가 정비석의 공로라는 점은 이미 밝혔다. 그의 증손인 김흥진은 탄광 사업을 하였다는 증언이 있다. 불구의 몸으로 남에게 업힌 채로 다니며 사업을 지시했다고 한다. 그의 5대손 김필진을 보았다는 태화산 산지기의 증언도 있으나 믿을 만 하지는 않다. 한 시대를 풍미한 운초 김부용의 아름다운 육신과 사랑과 삶에 관한 기억은 태화산에 내려쬐는 사계절의 햇살 아래 조금씩 먼지로 풍화되어 갔고, 이제 그녀의 시가 남아 눈물과 영광을 생생하게 증언한다. 성천 기생 '부용'에서 서울 초당마마인 '운초당雲楚堂'으로 거듭나는 삶을 살면서 그녀는 이렇게 자신을 말하고 있다.

便忘吾身本鄙卑 幽居無處不相宜
편망오신본비비 유거무처불상의
涼飈一陣蟬聲早 淸露三更柳縷垂
양담일진선성조 청로삼경유루수

床月多情來伴住 簷雲何事去依遲
상월다정내반주 첨운하사거의지
梨園已隔前塵夢 時向閒宵誦古詩
이원이격전진몽 시향한소송고시

催發鄕書行墨亂 懶聞簷鳥整衣遲
최발향서행묵란 나문첨조정의지
吟哦不是閨人職 祇爲明公雅愛詩
음아불시규인직 지위명공아애시

가끔 내 몸이 본래 천하고 천함을 잊었네
편안히 지내니 만족스럽지 않은 곳이 없었지
서늘한 바람 한 줄기에 매미소리 빨라지고
맑은 이슬 삼경에 버들가지는 늘어지네

침상에 비친 달은 정겨워 다가와 함께 있어주고
처마에 걸린 구름은 어쩐 일로 머뭇머뭇 거리며 떠나는가
기생시절이 이미 멀어져 전생의 꿈 같으니
때로 한가한 밤에 옛 시를 읊어보네

고향 가는 편지를 급히 쓰니 글씨가 어지럽고
처마에 우는 새소리 게으르게 듣느라 옷 개는 일 더디게 하네
아하, 하고 시 읊는 일 부인이 할 일은 아니지만
다만 시를 사랑하는 대감을 위해서이네

죽음을 넘은 사랑, 이옥봉

- 귀신도 울린 조선의 여자 선비

내게는 단 한 남자밖에 없으니
나를 사랑한다면 소원을 들어주오
나의 시로 내 몸을 산 채로 염을 하여
나룻배에 묶어 강으로 보내주시오

나는 옥봉의 꿈을 꾼다. 조선 선조대의 아름다운 시인이자 사랑의 화신化身, 그리고 신분의 질곡 속에서 끝없는 갈증으로 살아간 자유 영혼. 500년도 못된 역사는 그녀의 기억을 서둘러 지웠다. 기록들은 흩어지고 삶의 맥락들은 희미해졌다. 종잡기 어려운 삶의 단편들. 물에 잠긴 시들 속에서 간신히 건진 그녀의 읍귀시泣鬼詩들만 흐느끼고 있을 뿐이다. 나는 당대의 사람들에 의해 조롱당하고 후세의 사람들에 의해 다시 입맛대로 덧칠된 '옥봉'이 아니라, 처절한 고뇌 속에서 온몸으로 시詩를 밀고나간 그녀의 생을 통째로 꿈꾸고 싶다. 그래서 지금부터의 이야기는 팩션(fact+fiction)이다. 사실과 사실 사이에 들어간 상상력은, 사실의 가치를 떨어뜨리는 것이 아니라 더욱 생기 있게 하는 힘이라고 생각한다.

일곱 살 짜리가 귀신을 울리다니

조선 시인 옥봉玉峯 이원李媛은 생몰 연대가 나와 있지 않다. 그러나 나는 1558년생이라고 설정하였다. 조원을 만날 당시, 옥봉이 열일곱 살의 과부였다는 기록이 있다. 남편이 병약하여 결혼한 지 1년도 안 되어 돌아가고 친정에 와 있었다는 것이다. 이 기록에서 나이를 추산하였다. 옥봉의 아버지인 이봉(李逢, 그의 생몰도 불분명하다)과 조원은 이 당시 정철, 유성룡, 심희수, 이항복 등과 어울렸다. 정철은 1536년생, 유성룡은 1542년생, 심희수는 1548년생, 이항복은 1556년생이다. 그리고 조원은 1544년생이다. 이 중에서 가장 어린 이항복이 이봉의 시회詩會에 어울렸다면 그의 나이를 몇 살쯤으로 잡아야 할까. 문명文名을 인정받았을 때인 만큼 아주 어린 나이로는 불가능할 것이다. 그래서 그의 나이를 열아홉 살로 잡아 문우들의 나이를 계산했다. 이때 운강 조원은 서른한 살 때이다. 연도를 따지면 1575년, 선조8년이 된다. 이때 옥봉의 나이가 열일곱 살이었다면 그녀는 1558년생이 된다. 사실이 아니라 하더라도 사실에 근접하는 풍경을 만들어낼 수 있다면 나는 이런 설정이 무모한 것은 아니라고 생각한다.

옥봉의 아버지 이봉 또한 태어난 해를 추정해놓아야 그에 대한 이미지가 선명해질 수 있다. 그가 어울려 놀았던 벗들의 나이를 감안할 때 그보다 너무 많으면 곤란하다. 조원과도 시문을 교유한 만큼 그와의 나이 차이도 너무 많이 나는 건 어색하다. 그래서 정철보다 일곱 살 많은 1529년생으로 잡았다. 조원과는 열두 살 차이가 난다. 조원과 옥봉이 첫 상봉하는 해를 1575년으로 잡으면 그때 이봉의 나이는 마흔세 살이었고, 조원은 서른하나, 옥봉은 열일곱 살이었다.

옥봉의 어머니에 대해선 기록이 없다. 그러나 아버지 이봉이 옥봉의 연애에 일정한 역할을 하는 것에 비해 어머니가 전혀 등장하지 않는 것을 보면, 옥봉이 어린 시절에 이미 돌아간 것으로 보인다. 옥봉에게 여동생 순남이 있었다는 기록을 감안할 때, 옥봉과 순남을 낳은 뒤에 그녀는 어떤 이유로 숨졌다. 혹자는 옥봉이 서녀庶女이며, 그 어머니의 신분은 기생(혹은 천한 출신)이 아니라 반가班家의 딸이었을 가능성을 제시하고 있으나 근거는 약하다. 나는 오히려, 당시의 옥봉이 당한 여러 가지 차별과 냉대를 생각할 때 얼녀孼女였을 거라고 추정한다. 따라서 어머니 또한 옥천군수 이봉이 취한 관기官妓였으며 시를 잘 썼을 것이라고 본다. 그래서 이쯤에서 나는 옥봉의 어머니를 상상한다. 그녀의 이름은 초월初月이었으며 이봉의 소실로 들어와 두 딸을 낳은 뒤 억울한 염문艶聞으로 자결한 여인이었다고 말이다. 그 염문은 정실부인이 질투에 사로잡혀 만들어낸 것이었다. 초월이 죽은 뒤 이봉은 그가 크게 오해하였음을 알고는, 어린 두 딸에 대해 각별한 정성을 기울였다. 시재詩才가 빼어났던 그의 딸들을 보노라면 마치 초월을 보는 듯한 착각에 빠졌다. 특히 옥봉은 초월의 미모까지 빼닮아 아버지의 마음을 사로잡았다.

옥봉이 일곱 살 때였다. 한 며칠간 당시唐詩를 즐겨 읽던 그녀가 아버지 앞에서 이런 시를 쓴다.

誰採崑山玉 巧成一半梳
수채곤산옥 교성일반소
自從離別後 愁亂擲空虛
자종이별후 수란척공허

누가 곤륜산의 옥을 캐다가
곱게 다듬어 반달모양 얼레빗을 만들었을까요?

이별한 뒤로부터

(내가) 슬픔과 어지러움에 하늘에 던진 거랍니다

初月(초생달)

아버지 이봉은 깜짝 놀란다. 얼마 전 소실 초월을 여읜지라 온 집안이 어수선하던 때였다. 초생달을 보고, 제 어미를 잃고 나서 던져버린 빗이라는 생각을 해내다니…… 게다가 어미의 호와 초생달을 겹쳐 쓴 표현이 아닌가. 기특하고 놀라운 아이로다. 그런데 옥봉이 「초월」을 써서 건네던 날, 갑자기 밝은 밤하늘이 흐려지며 천둥이 치고 소낙비가 쏟아졌다.

"마치 죽은 초월이 그 시를 알아듣고 눈물을 흘리는 것 같구나. 일곱 살짜리가 귀신을 울게 하는 시를 쓰다니…… 무서운 아이로다."

그는 며칠 전 그의 집을 다녀간 한 걸인 과객이 옥봉을 보고는 중얼거렸다는 얘기를 떠올린다.

"허허. 조선뿐 아니라 이웃나라까지도 뒤흔들 시를 품을 아이요. 다만 시 때문에 운명이 가파르니 참으로 안타까운 일이오."

그 얘기를 전해들은 이봉은 아이의 얼굴을 곰곰이 뜯어보았다. 참으로 아름다운 눈썹과 서늘한 콧매를 지닌 그녀는 어리지만 고집과 강단이 있는 소녀였다. 비록 어리지만 시의 스케일은 대담했다. 다만 출생신분이 비천하여, 제 뜻을 펴지 못하고 한낱 시기詩妓로 살아갈 생각을 하니 이봉의 가슴이 꽉악 막히는 기분이었다. 이후 옥봉의 시는 조선의 비평안批評眼들로부터 찬사를 받는다. 옥봉보다 여덟 살 연하가 되는 신흠(申欽, 1566~1628)은 그녀의 시 중에서 江涵鷗夢闊 天入雁愁長(강함구몽활 천입안수장) 열 글자에 탄복하고 고금의 시인들 중 이에 비견될 시구를 지은 적이 없다고 말했다. 강은 광활한 갈매기의 꿈을 적시고 하늘은 길고 긴 기러기의 수심을 들여 앉혔도다. 두 마리의 새로 강은 더욱 넓어졌고 하늘은 더욱 길어졌다. 교묘한 표현과 대담한 붓질이 유장한 경지를 만들어내고 있다. 허균은 자신의 누이 허난설헌과 함께 옥봉을 당대 최고로 꼽는데 주저하지 않았다. 특히 옥봉을 규방의 시로서 지분 냄새가 나지 않는다고 격찬했다.

어쨌거나 시로 마른하늘에 비바람을 부른 이 소녀는 나중에 조원이란 당대의 미남자를 만나 대담하게도 먼저 프러포즈를 한다. 조원의 증손자인 조성기(趙聖期, 1638~1689)는 이 사건에 대해 '좋은 새가 깃들일 가지를 고르는 뜻'이라고 표현했다. 조선이라는 사회에서 옥봉의 선택은 그만큼 주목받는 것이었고, 후손들조차도 그것에 대해 구구히 해석을 달 만큼 이채로운 것이었다는 얘기가 된다. 대체 옥봉은 조원의 어떤 점에 그토록 반했을까. 자신의 목숨과도 다름없는 시와 바꿀 만큼 그에게 매달린 까닭은 무엇이었을까.

조원은 어린 시절 숙부의 양자로 들어갔으나 숙부와 생부가 거의 잇달아 돌아가는 바람에 두 어머니를 모시고 살았다. 자식에 대한 집착을 보이는 두 모친에게 그는 지극한 효성을 보였다. 꼿꼿한 가문수업을 받으면서 자라난 그는, 가풍이 엄하고 성격이 굳은 전의이씨 집안의 여인을 아내로 맞았다. 어린 시절부터 천재 소리를 듣고 살았던 조원은 집안 어른들에 의해 철저하게 모범생으로 키워졌다. 냉정하리만큼 엄격한 원칙주의자였던 그는 그 때문에 너무 차갑고 교만하다는 지적을 받기도 했다. 그는 조식(曺植, 1501~1572)의 문하에 들어가 염결廉潔한 기질을 더욱 강화한다. 조식은 그를 보고 "아름다운 선비"라고 감탄하며 냉엄한 기상을 더욱 북돋웠다. 옥봉이 조원에게 반한 것은 그의 이런 면모가 아니었을까. 많은 사내들은 그녀의 미모와 시에 찬사를 보내며 호의어린 시선을 주었지만 조원은 그렇지 않았다. 창백할 만큼 보얀 피부에 깎아지른 듯한 얼굴선을 가진 이 남자는 냉담한 표정으로 옥봉을 바라볼 뿐이었다. 게다가 조원에 대한 풍문은 열일곱 살 옥봉의 가슴을 콩콩거리게 할 만큼 멋진 것이었다. 서른 한 살의 젊은 정언(언론기관)이 막 시작된 당파 싸움을 향해 거침없이 공격을 했다지 않는가. 당쟁의 수뇌들을 당장 궁궐에서 쫓아내야 한다는 서슬 퍼런 주장은 그가 자신의 삶의 중심에 세운 원칙주의의 일단이겠지만, 담대하고 활달한 성격을 지닌 옥봉을 매료시키기에 충분했다. 게다가 시문과 서예에서 당대의 스타들과 어깨를 겨루는 능력 있는 선비였다. 자신이 갖추지 못한 당당한 신분과 맹렬한 용기를 갖춘 천재. 옥봉은 그를 보면서 들끓는 열정을 느꼈다. 이 남자를 위해선 나를 바쳐도 좋겠구나. 침묵하는 그에게 더욱 눈길이 가게 되는 건 이런 마음의 기류이렷다.

정철의 시를 읊는 여인

1575년(선조 8년). 충북 옥천의 군수였던 이봉의 집에는 당대의 스타 글쟁이들이 모여 시회를 벌이고 있었다. 송강 정철(39세), 서애 유성룡(33세), 운강 조원(31세), 일송 심희수(27세), 백사 이항복(19세). 송강은 1566년 함경도 암행어사를 지낸 뒤 이이와 함께 사가독서賜暇讀書를 하던 시절이었고, 서애는 직제학 벼슬에 올라 있던 때였다. 운강은 정언正言이 되어 당쟁의 수뇌를 좌천시키라는 상소를 올렸다가 이조좌랑으로 밀려난 시절이었다. 기생 일타홍의 헌신으로 입신양명의 길에 들어선 일송은 3년 전에 별시문과에 급제해서 승문원에서 일하던 때였고, 백사는 아직 벼슬길에 오르기 전이었다. 국화 향기가 그윽하던 가을밤이다. 사랑채 한편에서 열일곱 살의 해사한 소녀 하나가 서성거린다. 달빛에 실루엣으로 묻어나오는 얼굴이 달보다 더 환하고 그윽하다. 마침 밤공기를 쐬러 나오던 이봉이 그녀를 보고는 헛기침을 한다.

"군수 어르신, 나오셨습니까?"

"오냐. 네가 이 밤에 어인 일이냐?"

"그냥, 달이 너무 좋아서요."

"허허. 내가 네 마음을 모를 리 있겠느냐? 천하의 시인묵객이 모인 자리이니, 호시호문好詩好文하는 네가 어찌 잠이 오겠느냐? 내 차라리 저들에게 너를 소개할 터이니 준비하고 사랑으로 건너오너라."

"어르신, 제가 어찌 감히……"

"괜찮으니라. 이미 너의 시재詩才가 장안에 제법 알려졌으니, 그들도 반가워할 게다."

"그러 하오면, 잠깐 안부나 여쭙겠습니다."

잠시 후 사랑채 문이 조심스럽게 열리고 한 여인이 들어오자 호탕한 웃음으로 가득하던 방안이 일순 고요해진다. 주인장이 일어서서 서둘러 침묵을 깬다.

"자, 자. 주흥을 깨는 일이 아니기를 바랍니다. 제 미천한 딸년 하나를 소개할까 합니다. 어릴 때부터 워낙 시를 좋아하는 아이라 재미삼아 가르쳤더니 이제 제법 시운詩韻을 깨우친 듯하여, 오늘 귀하신 벗들을 심심하지 않게 해드릴 모양이니 허물 삼지는 마시오소서."

"오호, 문득 소담한 국화 다발이 방안에 피어난 듯하오."

너스레와 함께 좌중에서 박수가 쏟아지고 껄껄거리는 웃음이 퍼진다. 소녀가 조심스럽게 절을 하고는 앉아 눈을 가만히 내린 채 나직이 해어解語를 한다.

"저는 군수 어르신의 얼녀孼女로 귀한 은혜를 입어 이렇듯 이 집안에 머물고 있습니다. 이름은 원媛이라고 하오며, 시를 나누는 벗들은 저를 옥봉

玉峯이라고 부르기도 합니다."

그때 정철이 말을 건넨다.

"그래, 자네의 이름은 익히 들었노라. 여인이지만 한낱 규정閨情을 넘어선 호방한 기운이 시 속에 들어 있어서 자네를 '여사(女士, 여인선비)' 라고 부른다는 얘기를 들었다네."

좌중이 술렁인다.

"어사 나으리. 송구스럽사옵니다. 제가 나으리의 문향文香을 사모한지 오래 되었습니다. 지난 번 함경도 어사를 하실 때 함산咸山의 국화를 노래한 7언절구는 깊이 마음을 사로잡는 바가 있었습니다."

"오호, 그랬더냐? 그러면 한번 외워볼 수 있느냐?"

"예. 나으리의 시상까지는 나아가지 못했지만, 그 '함흥객관대국咸興客館對菊' 의 문자들은 가슴에 새기고 있습니다."

나직하지만 당찬 목소리가 바람소리처럼 흐른다.

秋盡關河候雁哀 思歸且上望鄕臺
추진관하후안애 사귀차상망향대
慇懃十月咸山菊 不爲重陽爲客開
은근시월함산국 불위중양위객개

가을이 끝날 무렵 변방의 강에 철새 기러기가 슬프도다
생각이 고향으로 가매 또다시 망향대에 오르게 되네
으스스한 시월, 함산에 국화가 피다니
중양절에도 안 피던 것이 객을 위해 피었도다

"기특한 아이로구나. 그대가 직접 지은 시들을 들어보고 싶도다."

"보잘것없는 것들입니다. 그저 우스개 삼아 들어주소서."

紅欄六曲壓銀河 瑞霧霏微濕翠羅
홍란육곡압은하 서무비미습취라
明月不知滄海暮 九疑山下白雲多
명월부지창해모 구의산하백운다

붉은 난간 여섯 굽이 은하를 누르네
그윽한 안개비가 푸른 비단을 적시네
밝은 달은 푸른 바다가 저무는 걸 모르리
구의산(중국 순임금의 사당이 있는 산) 아래엔 흰구름이 가득 하네

"소녀가 지은 「누상樓上」입니다."

문득 서애 유성룡이 말을 거든다. "송강의 「대상臺上(上望鄕臺)」보다 옥봉의 「누상」이 훨씬 호방하고 사내다우니 이게 어찌된 일이오?"

"핫핫. 그러게나 말입니다. 기특한 이 여인의 시를 하나 더 들어보는 건 어떻겠소?"

"망극하옵니다. 일전에 병마사 어른께 올렸던 시를 한 수 읊겠습니다,"

將軍號令急雷風 萬馘懸街氣勢雄
장군호령급뢰풍 만괵현가기세웅
鼓角聲邊吹鐵笛 月涵滄海舞魚龍
고각성변취철적 월함창해무어룡

장군이 호령하니 벼락이 치고 돌풍이 이는 듯하다
만 개의 귀를 베어 거리에 내거니 기세가 등등하다
북소리 퍼져 가는데 쇠피리를 부니
달이 잠긴 바다에 어룡이 춤추는 것 같다

좌중이 입을 딱 벌렸다. 국화 향기를 뿜던 이날의 은은한 시회는 만괵(칼로 벤 만 개의 귀)이 거리에 내걸린 삼엄한 경지로 내달리며 옥봉을 깊이 각인시켰다. 이런 소녀에게 특히 마음이 끌린 사람이 있었다. 당시 언론인으로 당쟁 혁파를 주장하다가 좌천된 바 있는 조원이었다. 서른한 살의 겁없는 이 지식인은 이제 갓 열일곱 살짜리가 내뱉는 저 거침없는 시어들을 만난 뒤 가슴이 두근거리는 걸 느꼈다. 마치 남명 선생을 대하는 것 같았다. 조원이 장원급제 했을 때 그의 스승 남명 조식은 칼자루에다가 5언시를 써주었다.

宮抽太白 霜拍廣寒流
궁추태백 상박광한류
斗牛恢恢地 神遊刃不游
두우회회지 신유인불유

불 속에서 크고 흰 칼 뽑아내니
서릿발이 넓고 차가운 물살을 때린다
북두성과 견우성이 떠 있는 넓고 넓은 하늘
정신은 여유롭게 놀지만 칼날은 겉놀지 않는다

'스승의 저 가르침, 神遊刃不游(신유인불유)의 추상같은 기개가 저 소녀의 시에 들어가 있지 않은가.'

조원이 이런 생각을 하며 옥봉을 보고 있을 때, 그녀 또한 눈빛이 유난히 강렬하고 복사꽃같이 환한 이마와 콧등을 가진 이 사내에게서 눈을 뗄 수 없었다.

'저분이 스물한 살 때 석년진사에 수석으로 합격하고 스물아홉 살 때 별시문과에 병과로 급제한 조선 최고의 엘리트 조원이신가? 최경창, 백경훈에 견줄 만한 문장가에다 조선 정치를 바로잡기 위해 목숨을 걸고 직언을 내뱉은 당대의 언간言諫이 아니던가.'

슬금슬금 훔쳐보던 눈길이 조금씩 뜨거워진다. 어쩌겠는가. 뜨거운 서른하나의 사내와 뜨거운 열일곱의 여인은 이날 밤 달빛 아래서 섬씽이 있었다. 며칠 꿈같은 만리장성을 쌓는다. 가도 아주 가지는 않겠노라고 손가락도 걸었다. 그리고 조원은 서울로 떠나갔다.

西隣女兒十五時 笑殺東隣苦別離
서린여아십오시 소살동린고별리
豈知今日坐此限 青鬢一夜垂絲絲
기지금일좌차한 청빈일야수사사

愛郎無計繫驄馬 滿懷都是風雲期
애랑무계계총마 만회도시풍운기
男兒功名自有日 女子盛歲忽已馳
남아공명자유일 여자성세홀이치

呑聲那敢歎離別 掩面却悔相見違

탄성나감탄이별 엄면각회상견위

聞郎已過康城縣 抱琴獨對江南湄

문랑이과강성현 포금독대강남미

妾身恨不似江雁 翩翩翾(又)翩遙相隨

첩신한불사강안 편편우편요상수

粉臺明鏡棄不照 春風寧復舞羅衣

분대명경기부조 춘풍영부무나의

天涯夢魂不識路 人生何用慰愁思

천애몽혼불식로 인생하용위수사

서쪽 마을의 소녀 열다섯 살 때

동쪽 마을의 괴로운 이별을 보고 비웃었는데

오늘 이 지경에 나앉을 줄 어찌 알았으리

윤기 나는 머리칼은 하룻밤 새 가닥가닥 늘어졌네

애인은 대책 없이 떠날 말을 매어뒀는데

도대체 이런 뜬구름 같은 약속을 가득 품다니

사내의 공명은 저마다 때가 있고

여자의 한창 때는 문득 달려가버린다네

소리를 삼키자, 어찌 감히 이별을 탄식하리

얼굴을 가리고 슬픈 빛을 숨기려 마주 보지 않았도다
듣자니 그대는 이미 강성현을 지나셨네요
거문고 안고 홀로 강남 남쪽 물가에 앉았네

나의 몸이 강가의 기러기가 아닌 것이 한스러워라
날고 날고 또 날아 멀리까지 따라갈 텐데
화장대 거울은 팽개치고 비쳐보지 않으니
봄바람은 언제 다시 비단옷 펄럭이게 할꼬

하늘 끝 꿈꾸는 마음이 길을 못 찾으니
사는 일이 무슨 쓸모가 있는가, 이 슬픈 생각을 위로하는 데에?

이별을 괴로워함苦別離

그래. 당신 없이 사는 인생이 무슨 소용이 있는가. 시간을 늘려 견뎌보자고 중얼거리지만 가슴에 돋아나는 수심에 찬 생각들이 진무가 되겠는가. 떠나가는 당신의 동선動線이 사물거리듯 내 눈 앞에 명멸하는데, 나는 지금 하늘 끝에 홀로 던져져 무엇을 하고 있는가. 삶의 길을 잃었다. 사랑에 빠진 이가 가장 슬플 때는 잠을 잘 때이다. 꿈인 듯 생시인 듯 이불 옆을 더듬는 옥봉의 손엔 버석거리는 빈자리의 서늘한 기운만 닿을 뿐이다. 벼락같이 닿은 사랑의 환함과 다시 벼락같이 찢어놓은 별리의 캄캄함을 열일곱 피어나는 작은 가슴으로 발딱이며 감당하기엔 너무 힘겹다. 시는 그래서 중얼거림이며 절규이며 순간순간의 유언 같은 것이기도 하다.

絳紗遙隔夜燈紅 夢覺羅衾一半空

강사요격야등홍 몽각나금일반공

霜冷玉籠鸚鵡語 滿堦梧葉落西風

상랭옥롱앵무어 만개오엽낙서풍

붉은 휘장 너머로 밤 등불이 붉은데

자면서도 비단 이불 한쪽이 비어 있음을 느끼네

서리 차가운 새장에선 앵무새 우는데

뜨락에 가득한 오동잎 서풍에 지네

秋恨(가을의 슬픔)

옥봉은 잠을 이루지 못한다. 아아, 어찌할까나. 나는 사랑을 가졌어라. 꾀꼬리처럼 울지도 못할 기찬 사랑을 혼자서 가졌어라(미당 서정주의 시 「신록」 중에서). 그분의 이름이 원瑗인데 내 이름도 또한 원媛이니 우리의 만남은 우연이 아니야. 하지만 나는 기생 소실의 딸인데다, 한번 시집을 간 청상靑裳의 몸이 아닌가.(그는 결혼 1년 만에 병약한 남편을 여의고 친정에 와 있었다.) 그래 봤자 열일곱이다. 버젓이 정실로 시집갈 꿈이야 애초에 버렸지만, 심신을 바쳐 교유하고 소통할 벗과 같은 남자에 대한 희망이야 어찌 접을 수 있으랴. 여인은 한 순간에 자신을 얽어매는 질곡의 조건들을 잊어버렸다. 며칠 후 보따리 싸고 서울로 올라가 그냥 조원에게로 달려간다. 그리고 대갓집에 사람을 넣어 그를 불러낸다.

뜨락의 매화는 떨어지고

"서방님. 저는 서방님의 첩이 되고 싶습니다. 이 천하고 가엾은 몸을 거두어 주소서."

그런데 조원은 고개를 흔든다.

"아아, 내가 너의 시를 좋아하고 너의 의기와 자태를 그리워하는 것은 틀림이 없으나, 너를 소실로 들이는 일은 하고 싶지 않구나. 집안에서 그런 것들을 반기지 않는데다가 나 또한 젊은 시절에 그런 것들로 마음을 어지럽히고 싶지 않구나."

"서방님, 제가 그 집안에 들면 참으로 정숙하고 고요한 여인이 되어 서방님의 수족이 되고자 합니다."

"그런 뜻이 아니니라."

"제발…… 거두어 주소서. 저는 옥천으로 내려가지 않겠습니다."

"허어, 그럴 수는 없노라. 다만 시간을 내서 너를 보러는 가겠노라. 월하月下의 언약을 잊지 않았노라."

이 길로 옥봉은 서울 장안에서 화류의 몸이 된다. 장안에서 내로라하는 선비들과 시문으로 교류하는 연예계 스타로 떠오른다. 물론 그녀는 깨끗한 몸을 지키며 오직 조원만을 기다린다. 옥봉의 일편단심이 소문이 나면서 조원은 고민을 하게 된다. 스스로가 이미 언약을 한 바 있는 여인을 계속 모른 체 하고 외면하는 것 또한 못할 짓이 아니던가? 이듬해 어느 봄날, 어느 벗이 전해주는 옥봉의 시 한 편이 조원의 마음을 후벼 판다.

有約郎何晩 庭梅欲謝時
유약랑하만 정매욕사시
忽聞枝上鵲 虛畵鏡中眉
홀문지상작 허화경중미

언약을 하신 님이 어찌 이리 늦으신가

뜨락의 매화는 떨어지려 하는데
어머나, 가지 위에 까치가 울잖아
공연히 거울 속 눈썹을 그려보네

閨情(여자 마음)

이 귀엽고 안쓰러운 옥봉의 마음을 어쩌겠는가. 까치 소리에 속아서 눈썹만 계속 그렸다 지웠다 하는 이 여인에게 결국 조원은 손을 든다. 이쯤에서 나는 두 사람을 생각한다. 당쟁의 영수들을 추방하라고 상소를 올렸다가 이듬해 좌천되는 피 끓는 사내 조원. 세상의 옳음을 지키기 위해 목숨을 버릴 준비가 되어 있는 그에게, 가정사가 청렴해야 하는 일은 당연지사였으리라. 비록 축첩이 허물이 되지 않는 사회였다 하더라도 개인적인 기준이나 가문의 기준 같은 것들도 있었을 것이다. 긴박한 정치적인 행동과 결단을 하는 와중이었으니 사사로운 일에서 빈틈이 있어서는 안 되는 상황이었다. 그런데 아름답고 재능 있는 한 여인이 죽기 살기로 매달리니 어찌 고민이 되지 않았으랴? 그리고 무엇보다도 조원은 의기와 재능을 지닌 여인, 이제야 제대로 마음의 밑바닥까지 후련히 소통이 될 듯한 지음知音을 만난 것이다. 고개를 흔들고 마음을 다잡아도 옥봉이 자꾸 그리워지는 걸 어떻게 한단 말인가. 조원은 옥봉의 집을 찾아간다.

飮水文君宅 靑山謝脁廬
음수문군댁 청산사조려
庭痕雨裏屐 門到雪中驢
정흔우리극 문도설중려

음수는 문군의 집이요 청산은 사조의 오두막이라

뜰엔 빗속에 발자국이 찍혔고 문엔 눈 속 지나온 나귀 한 마리 서 있네

謝人來訪(그가 오시다니)

탁문군은 과부로 있다가 사마상여의 거문고 연주에 반하여 그를 따라 나선 여인이다. 그의 아버지 탁왕손이 화가 나서 그녀와 인연을 끊어버리자, 탁문군은 상여와 술집을 차리기도 했다. 『지봉유설』에 의하면 음수는 옥봉이 살던 곳의 지명이라 한다. 그녀는 자신이 살던 곳과 탁문군이 살던 곳이 같은 지명인 것을 시의 모티브로 삼았을 것이다. 그녀 또한 탁문군처럼 사랑의 도피를 꿈꾸었을까. 그럴 리가 결코 없을 '범생이' 조원이 이까지 찾아온 일에 감격하여 옥봉은 벌써 '오버'를 하고 있는 셈이다. 飮水(음수)는 갈마음수渴馬飮水를 줄인 말이기도 하니, 사랑에 목마른 서방님이 드디어 물을 마실 수 있는 곳이기도 하렷다. 사조는 남조의 시인이자 문장가이다. 아마도 조원을 가리키는 듯하다. 3, 4행이 교묘하다. 뜰엔 찍힌 雨裏屐(우리극)은 옥봉 자신이 찍은 것이다. 그리운 사람이 갑자기 온 바람에 황급히 달려 나간 발자국이 젖은 땅에 찍혔다. 문에 도착한 雪中驢(설중려)는 바로 조원이 타고 온 것이다. 이른 봄날이라 들에는 비가 오고 산에는 눈이 왔다. 산에서 내려온 조원은 나귀 등에 눈을 얹은 채 서 있다. 그 뒤의 그림은 상상의 몫이다. 눈물이 어룽어룽, 똑바로 쳐다보지도 못하고 문간에 선 옥봉. 괜히 나귀에게 호통을 하며 마음을 진정시키는 조원.

부둥켜안을까. 아니, 서방님이 싫어하실 거야. 옥봉은 조원의 손을 잡고는 안으로 들어간다. 그와 거닐고 싶었던 연못 앞에 그를 다시 한 번 쳐다본다.

玉峯涵小池 池面月涓涓
옥봉함소지 지면월연연
鴛鴦一雙鳥 飛下鏡中天
원앙일쌍조 비하경중천

옥봉은 작은 연못에 젖었네, 연못 수면엔 달빛이 흐르네
원앙새 두 마리가 거울 속 하늘로 날아 내려오네

玉峯家小池(옥봉네의 작은 연못)

그곳이 음수인 것은 이 연못 때문일까. 어쨌거나 물의 이미지가 성적인 기분을 도발하는 중이다. 원앙새 두 마리는 이 연인들을 말하는 것이지만, '비하경중천' 은 맛이 있다. 물속에 비친 하늘로 내려오는 것은 실제로는 하늘 위로 솟구치는 것이다. 날아오르는 진짜 새와 내려앉는 물속의 새는 현실과 꿈의 착종錯綜이 아니던가. 연못에 그들이 비친 모습을 바라보며 옥봉은 하나의 판타지를 만들어내는 것인지도 모르겠다.

이날 밤 옥봉가에서 일어났던 원앙사鴛鴦事에 대해서는 알지 못한다. 다만 새벽녘에 우는 여인의 울음으로, 그날 밤의 도도한 상열相悅을 짐작할 뿐이다. 만남은 대개 헤어짐을 만드는 일이다. 하룻밤이 왜 그리 짧은가.

明宵雖短短 今夜願長長
명소수단단 금야원장장
鷄聲聽欲曉 雙瞼淚千行
계성청욕효 쌍검루천행

내일 밤은 비록 짧아지고 짧아질지라도
오늘 밤은 원컨대 길어지고 길어지소서
닭 울음소리 들리며 새벽이 오려하니
두 눈에서 눈물이 천 줄이나 흐르네

別恨(헤어지는 슬픔)

남자는 하룻밤의 일로 여인의 마음을 수습하러 왔겠으나 여인은 그 하룻밤의 일로 희망을 더욱 다부지게 키운다. 첩이 되어 그 집에 상주하고 싶은 여자와 그냥 가끔 마음을 달래는 시기詩妓이면 족하다고 생각하는 남자는, 서로 딴 생각을 품은 채 다시 헤어졌다.

어느 날 옥봉의 부친인 옥천군수 이봉은 경복궁 뒤편(현재의 청운동 경복고등학교 자리)에 있는 운강 조원의 집 앞에서 잠시 서성이고 있었다. 이윽고 결심한 듯이 인기척을 냈다.

"이리 오너라! 옥천군수 이봉이 왔다고 일러라."

전갈이 들어가자 조원이 뛰어나오는 소리가 난다.

"군수 나으리. 여기까지 어인 일이십니까?"

"내, 상의할 일이 있어서 이렇게 달려왔소."

조원은 짐작을 하였지만 무심한 표정을 지었다. 옥천 시회詩會에 몇 번 참석한 터라 서로 잘 아는 사이이기에 공손하게 이봉을 안으로 모셨다.

"뭐, 돌려서 말하기도 구차한 일이니 단도직입으로 말하리다. 내 딸년을 소실로 거두어 주시게."

아마도 옥봉은 자신에게 시와 학문을 가르쳐준 부친에게 자신의 처지에 대해 호소를 한 모양이다. 조원은 뜻밖의 상황에 좀 난감해졌다.

"저, 나으리. 저의 입장을 한번 살펴주십시오. 연소한 관원이 경황이 없는 중에 어찌 첩을 거느리겠습니까?"

"허어, 그건 장부답지 않은 말일세. 부디 부탁이네. 내 딸을 거두어 주시게."

"집안일이라 구차하다 싶어서 말씀을 드리지 않고자 했지만…… 실은 나리도 아시다시피 저는 일찍이 숙부의 양자로 들어갔는데 의부께서 일찍 돌아가셨습니다. 게다가 곧 생부까지도 세상을 여의셔서 생모와 양모 두 분을 어린 시절부터 모시고 살았습니다. 이런 곡절로 가화家和를 도모해야 하는 긴장을 하면서 살아온 점이 있습니다. 처(전의이씨) 또한 반듯하여 법도가 엄한 사람인지라 신경이 쓰이지 않을 수 없습니다. 따님의 곡진한 마음을 생각하면, 어르신의 뜻을 따르고 싶지만 저의 상황이 이러하니 나리가 그쪽을 설득하여 주시면 고맙겠습니다."

"거참, 어려움이 없진 않겠네만…… 자네만 굳은 결심을 하면 되는 일 아니겠는가."

"제 원칙도 그러하니, 더 이상 그 이야기는 없었으면 좋겠습니다."

굳은 표정으로 조원이 말을 자르는 통에, 이봉은 머쓱한 표정이 되어 마당으로 내려섰다. 딸의 얼굴이 떠오른다. 일순 콧등이 시큰해진다. 갓 둘레로 내려앉는 봄 햇살이 마음마저 후끈거리게 하는 듯하다.

며칠 뒤 조원은 아내 전의이씨의 부친인 이준민(李俊民 1524~1590, 호는 신암新菴, 의정부 좌참찬)과 마주 앉았다.

"여보게. 어제 옥천군수가 내게 찾아왔었네. 시詩를 하는 그의 얼녀를 자네에게 소실로 주고 싶어 하더군. 그런데 자네가 거절을 했다 하던데……"

"장인어른. 법도와 의리를 귀히 여기는 집안에서 규방을 번거롭게 하는 일을 하고 싶지 않습니다."

"이 사람아, 그건 그런 게 아닐세. 그 여인의 곡진한 뜻을 받아들이는 것이 훨씬 의리 있는 처사일세. 사내가 처첩을 두는 것은 그릇의 크기이기도 하네. 내가 소실을 데려올 날짜를 택일해주겠네. 자네는 그저 아무 말 말고 받아들이게나. 내가 알기로는 옥천군수의 딸이 재능도 뛰어나고 용모도 반듯하여 집안에 기특한 보배가 될 걸세."

장인이 소실을 추천해주는 기묘한 상황이다. 조원은 묵묵히 그의 말을 들을 수밖에 없었다. 한편으로는 기쁜 마음이 돋아나는 것도 사실이었으리라.

시와 맞바꾼 사랑의 운명

이런 일이 있은 후 조원과 옥봉은 소지小池의 한편에 지어진 작은 누각에 앉았다. 나지막한 목소리로 조원이 입을 연다.

"내, 여러 경로로 너를 추천 받고 보니 많은 생각을 하게 되었노라. 혹여 소실 하나가 집안의 분란이 되지 않도록 각별히 유념하려무나."

"서방님, 그럼?"

"그래. 우리 가문 사람이 되어주렴."

옥봉은 대답 대신 왈칵 눈물을 쏟아낸다. 얼마나 기다렸던 말씀인가. 눈물 몇 방울이 소지에 떨어져 파문을 이룬다.

小白梅逾耿 深青竹更姸
소백매유경 심청죽갱연
憑欄未忽下 爲待月華圓
빙란미홀하 위대월화원

키 작은 흰 매화가 너무나 화사하네

짙푸른 대나무가 더욱 예쁘네
난간에 기대니 훌쩍 내려오지 못하겠네
곱고 둥근 달이 기다려져서

登樓(누각에 올라보니)

연못 저쪽에 보이는 매화, 그리고 푸른 대나무. 지금 옥봉의 눈에는 모든 것이 아름답게 느껴진다. 저 조원 가문의 누각에 오르기 위해 그녀는 얼마나 무모하게 덤벼들었으며 또 애를 태웠던가. 마침내 거기에 앉아, 낭군과 만월(滿月, 옥동자)을 기다리리라. 가슴이 부푼다. 그때 문득 조원이 입을 연다.

"그런데 그 전에 나와 약조約條를 해야 할 일이 있느니라."

"어떤?"

"이제부터 시를 함부로 써선 안 된다. 물론 나와 나누는 시야 나무랄 수 없는 것이지만…… 이제부터 너는 시기詩妓가 아니라 반가의 소실인 만큼 규방의 법도를 따라야 한다. 밖으로 다른 사람과 시흥을 나누거나 시를 내돌리는 것은 절대로 허락할 수 없는 일이다. 혹여 그런 일이 생기면, 내 너를 앞뒤 보지 않고 내칠 터이니…… 그리 알 거라. 모질다고는 생각하지 마라. 소실에겐 소실의 품행이 있는 법. 그걸 감수하겠다고 맹약할 수 있다면 너를 받아들이겠다. 어찌 하겠느냐?"

"그래요. 좋아요."

"으음. 너무 쉽게 대답하니 오히려 내 귀가 의심스럽구나. 정녕 시를 접을 수 있겠느냐?"

"네, 그럼요. 제가 시를 쓴 건 외로움 때문이었습니다. 당신을 만나 당신과 함께 살아가니 이제 외로움이 있겠습니까? 당신을 내 가슴 속에 품은 시라고 생각하겠습니다."

사랑은 인간의 지혜와 사려를 잠깐 걷어가 버리는 것일까. 옥봉은 메피스토텔레스에게 영혼을 판 파우스트처럼, 저 첩살이의 행복을 꿈꾸며 그녀의 운명의 씨줄과 날줄이었던 시를 서슴없이 팔아버린다. 소지에 만월이 떠오르자 옥봉과 조원의 합쳐진 물그림자가 일렁거린다. 물속에 든 원앙 한 쌍이 가만히 파들거린다.

영화라면, 혹은 소설이라면 여기서 대개 해피엔딩이다. 그러나 인생은 영화와 소설이 끝난 뒤에도 계속된다. 삶은 드라마틱한 무엇이 지나간 다음에도 허전한 궤적을 그리면서 줄기차게 이어지는 법이다. 옥봉은 행복했을까. 물론 처음에는 그랬을 것이다. 우선 조원의 벼슬살이를 보자. 그는 옥봉을 첩으로 맞는 1576년에 이조 전랑(정6품 좌랑)이 된다. 이때 율곡 이이는 조원이 전랑이 되는 것에 극구 반대를 했다. 율곡은 "그가 문학적 명성은 있지만 국량과 식견이 부족하다"고 비판을 했다. 이 대목은 음미할 만하다. 그 전해에 조원이 정언의 직책을 맡아 당쟁의 영수들을 물러나게 해야 한다고 과격한 주장을 했던 것을 의식해서 장원급제 동기였던 율곡이 견제구를 던진 것이라고도 볼 수 있다. 그런데 옥봉을 소실로 받아들이는 과정과 이후의 일들을 들여다보면 조원의 '국량과 식견 부족'은 단순한 감정적 비판이 아니었을 수도 있다. 여하튼 조원은 이후 지방 관직을 전전한다.

그런데 옥봉은 소실이 된 뒤 정말 시를 접었을까. 그런 것 같지는 않다. 남편 조원 또한 시를 좋아한 사람인만큼, 옥봉이 시를 쓰는 것 자체를 말리지는 않았던 듯하다. 다만 그가 언명한 금시禁詩는 기생시절처럼 시를 통해 다른 남자와 교류하는 것을 금하는 원칙적인 선언에 가까웠던 듯하다. 첩실로 들어간 이후에 쓴 시들이 여럿 보이는 것은 이 때문이리라. 조원이 지방 관료 생활을 하며 떠돌던 처음에는, 옥봉이 함께 하지 못했다. 먼저 괴산서 근무했던 남편에게 옥봉은 시를 써 보낸다. 「괴산군수가 되신 운강공에게賦雲江公除槐山」가 그것이다. 그 뒤 1583년 1월 함경도 경원에 살던 오랑캐들이 반란을 일으켜 성을 함락시킨 사건이 일어났다. 옥봉은 이 변란을 걱정하는 우국시를 쓴다. 이 사건이 남편 조원과 어떤 상관이 있어서(잠깐, 그곳 부근에 발령을 받아 가 있었을 지도 모른다) 시를 썼는지 아니면 순수한 애국심의 발로인지는 분명하지 않다. 하지만 그의 시 속에 살아있는 기개는 충분히 느낄 수 있는 시다.

干戈縱異書生事 憂國還應鬢髮蒼
간과종이서생사 우국환응빈발창
制敵此時思去病 運籌今日懷張良
제적차시사거병 운주금일회장량

源城戰血山河赤 阿堡妖氣日月黃
원성전혈산하적 아보요기일월황
京洛徽音常不達 江湖春色亦凄凉
경락휘음상부달 강호춘색역처량

전쟁과 선비의 일이 아주 다르긴 하지만
나라 걱정에 다시 머리칼이 푸르러지네
적을 무찌르는 이 시절 '한나라 장수' 곽거병이 생각나고
전략을 짜는 오늘엔 '유방의 참모' 장량이 그리워지네

경원성의 혈전으로 산과 강이 붉게 물들고

아산보의 나쁜 기운으로 해와 달이 누렇게 변했구나

서울에 아름다운 소식이 여전히 오지 않았으니

강호의 봄빛도 처량하구나

癸未北亂(계미북란)

피를 토하듯 우는 새

이 전쟁 이후에 조원은 삼척부사로 가게 된다. 이때 남편을 찾아간 모양이다. 가는 길에 영월에서 시를 짓는다.

五日長干三日越 哀詞吟斷魯陵雲

오일장간삼일월 애사음단노릉운

妾身亦是王孫女 此地鵑聲不忍聞

첩신역시왕손녀 차지견성불인문

닷새 걸리는 길을 사흘에 넘네

슬픈 노래를 읊조리다 그치니 노릉(단종의 무덤)에서 구름이 피네

이몸 또한 왕손의 딸이니

이곳의 두견새 울음은 듣기 힘겹구나

寧越道中(영월 가는 길에)

남편을 찾아 떠나는 길이라 마음이 바쁜중에 단종의 노릉 앞에서 잠시 쉰다. 왕릉을 보면서 자신도 왕족임을 상기한다. 그녀의 부친 이봉은 선조의 부친인 덕흥대원군의 후손이다. 얼녀에다 다시 천첩이 된 신분이지만,

혈통에 대한 자부심은 여전히 지니고 있는 그녀였다. 위의 시 此地鵑聲不忍聞(차지견성불인문)에 눈길이 머문다. 마치 비운의 단종이 우는 것처럼 두견새가 운다. 옥봉이 그 소리가 듣기 힘겨웠던 것은, 어린 왕의 고독과 슬픔에 깊이 공감했기 때문이겠지만, 저 시 속엔 운명의 복선이 깔린 듯하다. 두견杜鵑의 전설을 이쯤에서 음미해보자.

촉(蜀, 지금의 사천성)나라의 망제望帝는 어느 날 문산汶山 아래로 흐르는 강가에 서 있었다. 그런데 물에 빠진 시신 하나가 떠내려 오더니 문득 황제 앞에서 멈춘다. 시신이 눈을 뜨고는 몸을 벌떡 일으켜 앉는다. 망제가 깜짝 놀라 그에게 묻는다.

"당신은 대체 누구요?"

그러자 그는 대답한다.

"저는 형주荊州에 사는 사람인데 실족으로 물에 빠져 죽었습니다. 그런데 어떻게 흐르는 물을 거슬러 여기까지 왔는지 모르겠습니다."

"오오, 당신은 하늘이 내게 내린 사람이오. 이름이 무엇이오?"

"저는 별령鱉靈이라고 합니다."

이후 망제는 별령에게 벼슬을 주고 나랏일을 맡긴다. 별령은 차츰 교만해져서 주위의 권신들과 짜고 권력을 농단한다. 그러다가 자신의 아름다운 딸을 망제에게 시집 보내 세력을 더욱 확고히 한 다음, 마침내 황제를 촉에서 쫓아낸다. 하루아침에 나라를 잃은 망제는 분노를 이기지 못하고 죽는다. 죽은 황제는 새가 되었다. 피를 토하듯 우는 그 새를 사람들은 두우杜宇, 원조怨鳥라 불렀다. 그 새는 "歸蜀途(촉나라로 돌아가는 길이야)"라고 운다. 이 전설에서 '물에 빠진 시신'의 모티프와 '촉나라에서 쫓겨난 새가 귀촉도라고 우는 장면'은 이옥봉의 생에서 비극적인 변주로 나타나게 된다.

삼척에 살 때 옥봉의 생활은 어땠을까. 「삼척읍지三陟邑誌」에서는 그녀를 '부기(府妓, 관청 기생)'이라고 적고 있다. 기록하는 사람의 착각일 수도 있겠으나, 당시 소실의 삶이 어떠했는지를 짐작케 하는 대목일 수 있다. 그녀는 남편을 전담하는 기생처럼 비쳤던 모양이다. 그녀에겐 그것도 감지덕지였을까. 이 사람과 함께 살 수만 있다면 어떤 대접을 받아도 상관없고 무슨 이름으로 불려도 알 바 아니라고 생각했을까. 옥봉에게는 반 기생, 반 소실로 산 삼척 시절이 생애에서 가장 행복했는지도 모른다. 남편과 시와 사랑을 나눈 해변의 러브스토리는 그러나 시로 찾아보기는 어렵다. 1583년 가을에 쓴 시 하나가 보인다. 남편의 심경을 대변한 시이다.

霜落眞珠樹 關城盡一秋
상락진주수 관성진일추
心情金輦下 形役海天頭
심정금련하 형역해천두

不制傷時淚 難堪去國愁
부제상시루 난감거국수
同將望北極 江山有高樓
동장망북극 강산유고루

서리가 내려 나무가 진주(삼척의 옛 이름이기도 하다) 같구나
변두리 성에는 가을이 다 가는데
마음은 금수레(임금의) 아래 있으나
몸은 바다 끝에서 일하고 있도다

시절에 상처받은 눈물을 억제하지 못하고
한양을 떠난 시름을 감당하기 어렵구나
더불어 북극(임금 계신 곳)을 바라보라고
강산에는 높은 누대(죽서루)가 있구나

秋思(가을의 생각)

지분으로 화장하는 아녀자의 연약한 태가 없었다고 말한 허균의 말이 실감난다. 心情金輦下(심정금련하)와 形役海天頭(형역해천두)를 읊조리노라면 더욱 그렇다. 옥봉이 만약 귀한 집의 남자로 태어나 벼슬을 하였다면 세상에 저런 기개를 펼치지 않았을까. 상처받은 남자의 눈물과 주류에서 밀려난 남자의 수심을 저토록 콕콕 집어내는 솜씨를 보면서 남편인 조원은 어떻게 생각했을까. 기특하고 자랑스럽고 놀랍다가도 가끔 섬뜩하지 않았을까. 저 시재詩才는 정녕 그를 뛰어넘는 것이 아니던가. 옥봉을 자신의 부실副室로 묶어두는 일이 오히려 버겁고 아슬아슬하다는 느낌은 없었을까.

삼척에선 1586년까지 살았다. 이후에 조원은 대구 위에 있는 성주의 부사로 간다. 옥봉의 또 다른 시가 보이는 것은 1589년 성주 부사를 끝내고 돌아가는 길에서이다. 올라가는 길에 조원은 상주에서 한 살 위 옛 친구인 윤선각(尹先覺, 일명 윤국형)을 만난다. 술자리가 벌어지고 시를 나누는 때가 되었을 때 조원이 옆에 앉아 있던 옥봉을 향해 말한다.

"자네도 답례하는 시를 한 수 지어올리는 건 어떻겠나?"

이에 윤선각이 어리둥절한 눈으로 조원의 소실을 바라본다.

"예. 제가 부를 터이니 영감께서 쓰시겠습니까?"

주저하는 기색도 없이 그녀는 선선히 응한다. 쥐고 있던 흰 부채를 만지작거리면서 눈을 살짝 감았다 뜨며 시상을 다듬는다. 이내 서늘한 목소리가 흘러나온다.

洛陽才子何遲召
낙양재자하지소

장안의 능력 있는 사람을 불러 기용하는 일이 어찌 이리 더딘지

作賦湘潭弔屈原
작부상담조굴원

상담의 부賦를 지어 굴원을 애도할까

상담은 상강 부근에 있는 오래된 도시의 이름이다. 굴원은 초나라의 권신들의 모함을 받고 이곳으로 쫓겨나 10년을 유랑하다가 멱라수에 몸을 던져 자살한다. 그는 상강 기슭에 앉아 분노에 차서 「모래를 움켜쥐고 짓다懷沙賦」를 쓴다. 시에서 그는 '내 능력이 뛰어나다 하여도/모함에 빠져 초라한 몸 되어 무엇 하나 이룰 수 없으니/가슴과 손 안에 가득한 보물들을 닦아줄 이 누구인가' 라고 묻는다. 옥봉은 굴원의 이 호소를 빌려온 것이다.

手扮逆鱗危此道
수분역린위차도

손에는 역린을 쥔 위태로운 이 길인데.

역린은 용의 비늘을 거꾸로 훑는 것을 말하는데, 왕의 뜻을 거슬러 심기를 불편하게 하는 일을 비유한다. 권력자의 미움을 받는 일이란 얼마나 위험한 길인가.

淮陽高臥亦君恩
회양고와역군은

회양(중국의 지명)에서 높은 베개 베고 누워 잘 수 있는 것만도 임금의 은혜로다.

젊은 시절 한 때의 겁 없는 상소문으로 지방을 전전하고 있는 남편 조원과, 비슷한 경우로 역시 떠돌고 있는 윤선각을 동시에 위로하는 시다. 재능을 이렇게 썩히는 것이 말이나 되느냐고, 굴원을 데려와 항의하면서도, 더 나쁜 경우도 있을 수 있는데 그나마 화를 피하면서 사는 것도 다 임금의 은혜라고 지적함으로써 비분강개를 어루만진다.

이 시를 들은 윤선각이 깜짝 놀란다.

"아니, 이건 지분 냄새가 나는 아녀자의 시가 아니질 않소?"

조원이 웃으며 답한다.

"저 사람을 혹자는 여사女士라고 부릅니다. 비록 아녀자이나 시는 선비의 기개와 깊이를 지니고 있다는 뜻이지요."

"오, 대단하도다. 지사志士의 시가 아녀자의 입술을 통해 저렇듯 물 흐르듯이 흘러나오다니……"

선각은 나중에 이 상황을 이렇게 기록하고 있다.

"시상을 다듬고 시를 읊는 동안 그는 손으로 백첩선을 만지작거렸다. 때로 부채로 입술을 가렸다. 이윽고 흘러나온 목소리는 맑고 아름답고 처절하여 이 세상사람 같지 않았다."

성주부사에서 이임하는 이때까지도 조원과 옥봉은 행복한 시절을 보내고 있었다.

평화롭던 삶이 요동치기 시작하고 그 이전과는 전혀 달라지는 전기轉機가 오는 것은 대개 세 가지의 대인大因이 있는 듯하다. 그 첫째는 운명적으로 다가오는 사건이다. 태풍처럼 들이닥치는 거대한 문제는 인간의 안정과 생활을 삼킨다. 둘째는 인간이 사소하게 뿌려놓은 불씨들이 스스로 화력을 키워 갑작스럽게 들이닥치는 경우이다. 많은 불행에는 예견 가능한 이유들이 숨어 있다. 작은 방심과 실수와 어리석음들이 빚어내는 거대한 재앙. 일이 커지고 난 뒤에 아무리 뉘우쳐도 그 전의 상태로는 돌아갈 수 없다. 셋째는 오만의 저주이다. 문제가 생겨날 무렵, 그것을 감당해야 할 인간은 겸허하고 신중해야 하지만, 대개 그렇지 못하다. 자기에 대한 과도한 자부심과 근거 없는 낙관주의가 일을 더욱 그르친다. 삶의 위기와 파국이란 신이 인간의 오만과 어리석음을 징벌하기 위해 준비한 회심의 메뉴인지도 모른다. 수분역린과 회양가도를 호쾌하게 읊던 이옥봉은, 어쩌면 주위의 칭찬과 탄복에 자신이 본질적으로 처해 있는 위태로운 자리를 잠시 잊었을까.

운명을 뒤흔든 한편의 시

1590년. 마당을 얼렸던 얼음들이 녹으면서 촉촉한 물무늬를 그리는 이른 봄날이었다. 햇살이 좋은 오후 살짝 밀려드는 춘곤을 느끼며, 마루에 앉아 마당에 선 매화에 돋는 움을 살피고 있던 옥봉은 밖에서 들리는 왁자한 소리에 문 쪽으로 눈을 돌렸다. 약간의 승강이 끝에 하인 뒤로 모습을 내민

젊은 아낙 하나가 있었다. 야윈 얼굴이지만 고운 태가 있는 여인이었다.

"뉘시더냐?"

옥봉의 말에 하인은 아직 여인의 정체를 잘 파악하지 못했는지 우물쭈물한다. 대신 아낙이 옥봉이 앉은 자리 앞까지 와서 마당에 엎어지듯 주저앉더니 눈물을 주르륵 흘린다.

"저는 운강어른 집안의 먼 척족으로 파주에서 산지기를 하고 있는 이의 아내입니다. 오늘 아침 갑자기 관원들이 들이닥쳐 남편이 소를 훔쳤다면서 잡아갔습니다. 우리가 비록 사는 수완이 변변치 않아 가난하게는 살고 있지만 한번도 남의 것을 탐내거나 어리석은 과욕을 부린 적이 없습니다. 맹세컨대 남편은 그걸 훔칠 사람이 아니며, 누군가의 착오로 누명을 뒤집어 쓴 것입니다. 하소연할 데도 없고 기댈 데도 없는 사람이라 이렇게 염치불구하고 부사어른 댁에 달려왔습니다. 부디 헤아려 주십시오."

옥봉은 하인을 부른다.

"여보게, 영석이. 영감님을 찾아 이 사실을 알려드리게."

그때 영석은 머리를 긁적이며 우물거리는 소리를 뱉는다.

"네. 그렇게 하겠습니다만, 나으리는 오히려 호통을 치실 것입니다. 관가에서 하는 일에 어찌 관여를 한단 말이냐? 이렇게 말씀입죠."

옥봉은 곰곰이 생각에 잠긴다. 작년 이후 벼슬에서 잠깐 쉬게 된 이후로 조원은 성격이 더욱 까칠해진 것 같다. 마흔여섯 살 가부장의 권위를 의식해서일까. 자신을 대하는 태도도 예전 같지 않은 듯하다. 작년 이후로 시를 나눈 기억도 없다. 내가 나이가 들어보여서 싫증이 나신 걸까. 설마…… 서른둘이지만 아직 화장거울 속의 눈썹은 날아갈 듯이 곱다. 이런 생각을 하고 있을 때에, 문득 아낙이 말한다.

"사실은 나리가 아니라 마님께 부탁을 드리러 온 것입니다. 파주목사는 마님도 친분이 계신 것으로 들었습니다. 오래 전……"

아낙은 기생 시절의 옥봉을 떠올렸으나 차마 입에 말은 내지 못했다.

"그래. 그 분이 파주목사로 가셨지?"

옥봉은 반가운 생각이 들었다. 그래. 시문詩文도 참 빼어나신 분이셨지. 그는 자신에게 참으로 공을 들였던 사람이기도 했다. 매몰차게 몇 차례 거부했는데도 화를 내기는커녕 너털웃음으로 옥봉을 편하게 해준 따뜻한 사람이었다. 그 사람이면, 틀림없이 내 말을 들어주실 거야. 영감님 집안사람이기도 하니, 할 수 있다면 억울한 누명을 벗겨주는 것이 옳지 않겠는가.

몇 번이나 절을 하며 남편의 무죄를 설명하는 그녀를 보내고 옥봉은 백첩선을 들고 나와 만지작거리며 시어를 골랐다. 소를 끌고 간 사람이라. 견우牽牛가 아닌가.

洗面盆爲鏡 梳頭水作油
세면분위경 소두수작유
妾身非織女 郎豈是牽牛
첩신비직녀 낭기시견우

세숫대야를 거울 삼아 쓰고
물 발라 빗질하며 기름 삼아 씁니다
아내인 제가 직녀가 아닌데
낭군이 어찌 견우(소를 끌고 간 사람)이겠습니까

세숫대야를 거울로 쓰고 물로 빗질하며 기름 삼아 쓰는 여인은, 가난해도 반듯하게 사는 사람이다. 직녀는 베를 짜는 기구도 있어야 하니 나처럼 가난한 사람이 그런 게 필요하랴? 그러니 그와 꼭 같이 가난하고 욕심 없는 사람인 남편이 소도둑일 리 있겠습니까.

옥봉이 쓴 시는 파주목사에게 전해진다. 소도둑과 견우를 넘나드는 기발함, 견우와 직녀를 내세워 부부 간의 애틋한 정리를 표현한 솜씨, 세숫대야 거울과 물 빗질의 참신함만 봐도 파주목사는 이 시를 쓴 사람이 누군지 알 수 있었다. 거기다가 익숙한 필체를 보고 가슴이 뛸 정도였다. 얼마 만에 보는 옥봉 시인가. 시를 읽자마자 그는 관원을 불러 소도둑질로 잡혀 온 사람이 있는지를 물었다.

"그를 풀어주어라. 그는 죄가 없다."

어리둥절해하는 옥사 관리에게 파주목사는 이렇게 말한다.

"저 사람은 소를 훔쳐도 감춰둘 곳이 없다. 그것을 팔 수도 없고 부릴 수도 없고 쇠고기로 만들어 먹을 줄도 모른다. 산을 지키는 일밖에 해온 일이 없는 어리석은 그가 소를 훔쳐서 어디다 쓰겠는가?"

벗겨진 신 한 짝에 내려앉는 꽃잎

옥봉이 파주목사에게 시를 보내서 옥사를 해결했다는 소문은 남편인 조원의 귀에도 들어갔다. "참으로 뛰어난 소실을 가졌구려." 이렇게 치하를 하는 지인 앞에서 조원의 얼굴은 굳어졌다. 그는 이제 막 벙글 대로 벙글어 시들기 시작하는 뜰의 매화 꽃잎을 보면서 중얼거렸다.

"나랏일을 농단하는 교만한 시를 어디다 쓰겠는가?"

급히 부른 자리인지라 옥봉은 미처 단장도 못한 채 들어와 앉았다. 집안 사람의 일을 해결해준 것을 가지고 치하를 하려나 싶기도 했지만, 왠지 방 안의 공기가 싸늘했다. 조원의 얼굴은 살얼음이 낀 듯 차가웠다.

"자네, 견우 시를 써서 파주목사에게 보냈는가?"

"예."

"관청의 일을 다른 이가 사사로이 관여하는 것은 나라를 어지럽히는 일인 걸 모르는가?"

"……"

"아직도 서울 장안에 노는 기생의 때를 벗지 못했는가?"

"……"

"이 집안의 기강을 이렇게 우스꽝스럽게 만들어놓고도 괜찮을 줄 알았는가?"

"……"

"14년 전 자네가 이 집에 들어올 때 한 금시禁詩의 맹약을 잊지 않았겠지? 지금 그 약조를 어겨 지아비와 그 집안을 수치스럽게 한 바, 자네는 지금 당장 짐을 꾸려서 나가게. 뒤도 돌아보지 말고 떠나서 다시는 내 눈에 보이지 않게 해주게."

"나으리, 나으리. 그건……"

"여봐라. 이 여자는 오늘부터 우리 집 사람이 아니다. 당장 끌어내라."

"나으리!"

마당에선 후드득 비가 쏟아지고 있었다. 바람까지 불어 낙화하는 매화들이 마당에 흩날렸다.

"나으리. 죽을죄를 지었사옵니다. 다시는 시를 짓지 않겠습니다. 다시 시를 짓는다면 그 자리에서 죽여도 좋습니다. 나으리. 한번만, 부디 한번만 용서를 해주십시오. 제가 어리석어 앞뒤 분별을 잠시 잊었습니다. 나으리……"

그때 조원의 추상같은 목소리가 터져 나온다.

"뭣들 하느냐? 썩 끌어내지 못하고……"

신발 하나가 벗겨진 채 옥봉의 치마가 마당을 쓸었다. 그녀를 끌고나가는 하인 서넛이 빰으로 거침없이 떨어지는 빗줄기를 옷소매로 닦아낸다.

"나으리, 나으리."

울부짖는 소리를 쾅 닫히는 대문이 밀어낸다. 마당 한복판에 떨어진 신발 한 짝에 날아온 매화 꽃잎 하나가 슬프게 내려앉는다.

왜 조원은 이토록 박정하게 그녀를 내쳤을까. 조원의 고손자인 조정만은 『이옥봉 행적』이라는 글에서 이렇게 말하고 있다.

"세상 사람들은 옥봉을 용서하고 받아들이는 것이 군자다운 포용력이었을 거라고 말하지만, 고조부는 그의 재주가 덕보다 승한 것을 미워하고 염려했을 것이다."

그러나 이 대목에서 조원과 나란히 장원급제를 했던 율곡 이이가 조원을 향해 지적한 '국량과 식견이 부족한 사람' 이라는 평가가 다시 떠오르는 게 사실이다.

"잘못했습니다. 용서해주소서. 다시 시를 쓰지 않겠습니다. 살려주소서. 차라리 저를 죽여주소서. 제발 한번이라도 만나서 얘기를 할 수 있도록 기회를 주소서. 부디, 저를 이대로 죽게 하지 마소서. 나으리."

경복궁 옆 효자동에는 여인의 피맺힌 아우성이 끊임없이 돌아다녔지만, 조원의 집 대문 빗장은 끝내 꿈쩍도 않았다. 이후 옥봉의 이야기들은 소문에 의지할 뿐이다.

꿈으로 달려갔다 꿈 깨면 다시 달려오는

그해 봄과 이듬해, 그리고 임진왜란이 일어나는 4월 이전까지 옥봉은 서울을 떠돌았다. 한강 뚝섬 부근에 움막을 짓고 미친 여자처럼 울부짖으며 살았다는 얘기도 있다. 강가에 서서 멀리 북악을 바라보며 하염없이 눈물을 흘렸을 여자.

深情容易寄 欲說更含羞
심정용이기 욕설갱함수
若問香閨信 殘粧獨倚樓
약문향규신 잔장독의루

깊은 속내를 어찌 쉽게 털어 놓으리
말하고자 하니 또다시 부끄러움이 입에 고이는 것을
혹시 아녀자의 안부를 물으신다면
남은 화장 그대로 둔 채 홀로 누각에 기대 있다 하소서

離怨(헤어진 슬픔)

함수含羞 두 글자에 내면의 정황을 아리도록 아프게 담았다. 무슨 말을 하려고 해도 수치감부터 입 안에 고여 말을 못한다. 저 그리운 사람을 원망하겠는가. 모두 내 잘못이 아니던가. 내 어리석음이 내 행복의 눈을 찌른 것이 아니던가. 부끄럽고 부끄럽다. 모두 내 탓이되, 그래도 그 사람이 보고 싶은 건 어떻게 하나. 정말 그는 나를 잊었는가. 어떻게 잊을 수 가 있는가. 아마도 그 또한 그리운 생각을 누르며 이별의 고통을 견디고 있으리라. 그 또한 내 안부가 궁금하리라. 당신이 혹시 나의 근황을 물어온다면, 나는 대답하리. 나는 당신과 헤어질 때 그대롭니다. '잔장殘粧'은 엄연한 이별에 저항하는 여인의 유일한 몸짓이다. 움막집에 앉아 옥봉은 부채도 없이 중얼거리며 이 시를 썼으리라.

그러다가 칠석날을 맞는다. 그녀를 이 지옥으로 끌고 온 '견우'가 아니

었던가. 기가 막힐 노릇이다. 강물소리를 들으며 밤하늘을 우러른다. 견우성과 직녀성을 찾으며, 내게도 재회라는 것이 있을까를 생각해본다. 있다면 언제? 저 물길 닫혀버린 구름강[雲江]은 언제 다시 흐를까. 은하銀河처럼 흘러 우리를 다시 만나게 해줄 수 있다면…… 모두들 견우, 직녀를 가련하다 말하지만, 무엇이 가련한가? 그들의 1년이야 하늘에선 아침저녁이나 다름없다. 붓을 든다.

無窮會合豈愁思 不比浮生有別離
무궁회합기수사 불비부생유별리
天上却成朝暮會 人間漫作一年期
천상각성조모회 인간만작일년기

영원히 만나는 이들인데 어찌 근심스런 표정을 짓는가
뜬구름 같은 인생이 이별을 겪는 것과는 비교할 바가 아니지
하늘에서야 아침저녁으로 만나는 일이 아니던가
사람들이 늘려 잡아 1년 만에 만난다고 말하네

七夕(칠석날에)

옥봉이 이렇게 견우, 직녀의 이별 기간에 시비를 거는 것은, 스스로의 재회가 워낙 희망 없고 답답하기 때문이다. 하루 반나절 떨어져 있었으면서 무슨 엄살이야? 그런 기분이다. 견우, 직녀가 저희들은 만나면서, 우리는 갈라놓았다. 시 한 수에 나락으로 떨어진 이 여인은 괜히 칠석의 하늘에다 화풀이를 한다.

가을이 되었다. 보름 무렵. 그래도 경복궁 옆 동네에선 소식 없다. 옥봉

은 꿈만 꾼다. 그것만이 조원에게로 가는 길을 내준다.

近來安否問如何 月白紗窓妾恨多
근래안부문여하 월백사창첩한다
若使夢魂行有跡 門前石路已成砂
약사몽혼행유적 문전석로이성사

요사이 안부를 묻습니다, 어찌 지내시는지요
달빛이 창에 환하니 더욱 슬퍼져요
만약에 꿈속의 혼령이 간 길에도 발자국이 난다면
그 집 문 앞의 돌로 된 길은 이미 모래가 되었을 걸요

自述(고백)

若使夢魂行有跡 門前石路已成砂(약사몽혼행유적 문전석로이성사). 옥봉의 이 시는 그를 기억하게 하는 백미이다. 얼마나 뻔질나게 그 집에 돌아가는 꿈을 꿨으면, 이런 소리를 할까. 과장법이 이처럼 그 어떤 사실적 묘사보다 생생하고 실감나게 하는 경우도 드물 것이다.

겨울이 되었다. 춥고 아프고 슬프다. 아직도 연락이 없다. 죽었는가, 살았는가. 마음이 죽었는가, 몸이 돌아갔는가. 내가 죽었는지 살았는지 궁금하지도 않은가.

平生離恨成身病 酒不能療藥不治
평생이한성신병 주불능요약불치
衾裏淚如氷下水 日夜長流人不知

금리루여빙하수 일야장류인부지

평생 이별한 슬픔이 진짜 병이 되었네
술로도 안 되고 약으로도 못 고치네
이불 속에서 흘린 눈물, 얼음 아래 흐르는 물 같아서
낮이고 밤이고 내내 흘러도 남들은 모르리

閨情(여자 마음)

여기선 衾裏淚如氷下水(금리루여빙하수)다. 차가운 이불 아래서 끝도 없이 흐르는 눈물. 꽁꽁 언 겨울 강 아래로 흐르는 물과 같다. 이토록 그리움이 흘러내려도 아무도 알지 못하네. 고독에 몸부림치는, 작은 움막 속의 씰룩거림. 겨우 내내 떨었던 여자는 이듬해 봄날 광릉까지 떠내려갔다.

章臺迢遞斷腸人 雙鯉傳書漢水濱
장대초체단장인 쌍리전서한수빈
黃鳥曉啼愁裏雨 綠楊晴臬望中春
황조효제수리우 녹양청효망중춘

瑤階寂歷生靑草 寶瑟凄凉閉素塵
요계적력생청초 보슬처량폐소진
誰念木蘭舟上客 白蘋花滿廣陵津
수념목란주상객 백빈화만광릉진

(옛날 내가 있던) 서울의 화류가를 (생각으로만) 가고오니 마음이

찢어질 듯 아파서
　잉어 두 마리에 편지 부쳐 한강 가로 보냅니다
　꾀꼬리 새벽에 울고 비는 내려 우울한데
　푸른 버들은 갠 날처럼 축늘어져 이제 한창 봄날인가 봅니다

　옥계단이 내내 적막하여 푸른 풀이 돋았으리
　귀하게 여긴 거문고는 처량하게도 흰 먼지가 가득하리
　누가 목란배 탔던 그 사람을 생각하는지
　하얀 마름꽃, 광릉 나루에 만개하였습니다

春日有懷(봄날, 그리워)

章臺(장대)는 중국 장안의 누각으로 화류花柳의 거리를 은유한다. 옥봉으로 보자면 조원과 서로 자석처럼 붙어 있던 추억의 본적本籍이기도 하다. 迢遞(초체)는 실제로 오가는 게 아니라 생각으로만 달려갔다가 현실로 다시 쫓겨 오고, 꿈으로 달려갔다가 꿈 깨면 다시 되돌아오는 '환상의 왕래'이다. 그 먼 길을 갈마들다 보니 마음이 심란해진다. 그래서 옥봉은 잉어 두 마리를 파발마 삼아 강에 보낸다. 客從遠方來 遺我雙鯉魚 呼童烹鯉魚 中有尺素書(멀리서 온 길손이/내게 잉어 두 마리를 주기에/아이에게 삶으라 했더니/뱃속에 흰 편지가 있었네)라는 옛 악부를 옥봉은 떠올렸으리라. 마름꽃 활짝 핀 새벽 나루, 비는 뿌리고 꾀꼬리는 울고 버들잎은 늘어졌는데 옛날 그곳은 어떻게 변했을까. 내가 없으니 누대의 계단에 풀이 돋고 거문고엔 먼지가 앉았으리. 한강에서 목란배를 탔던 조원을 기억하노라니, 그 좋던 날의 한강변처럼 쓸쓸한 정릉 나루에 마름꽃이 가득하더이다. 습지에 피는 희고 작은 꽃. 마름꽃을 들여다보면 그리움에 핼쑥해진

옥봉의 얼굴을 닮았다.

봄, 여름, 가을, 겨울, 다시 봄. 시간은 앞으로 가지만 기억은 자꾸만 더 먼 옛날로 회귀하는 마음의 퇴행을, 옥봉은 어떻게 견뎠을까. 사랑하는 사람과의 생이별, 시로 맺어지고 시로 끊어진 기막힌 인연. 이제 사람은 가고 시가 남아서 사랑을 연명하는 기구한 날들. 그를 기억하는 누구도, 다시는 옥봉을 찾지 않았고, 옥봉의 행방을 알지 못하고, 그의 기억을 서둘러 지워갔다. 뚝섬 어디선가 움막에 앉아 울부짖는 광녀狂女를 보았다는 사람도 있었지만 그 소문 또한 바람에 흩어져 사라져버렸다. 2년 뒤, 아무도 옥봉에 관해 묻지 않는, 뒤숭숭한 임진년 봄날에 왜란이 일어났다.

죽음을 기다리는 여인

한양이 짓밟혔다. 임금이 몽진蒙塵하자 조원은 행재소로 달려갔다. 조원의 가족들은 철원으로 피난을 갔는데 거기서 불운하게도 몰려오는 왜군들을 만났다. 조원의 첫째 아들 희정과 둘째 희철은 칼을 뽑고 나아가 왜병과 싸우는 동안 셋째와 넷째 아들은 몸이 불편했던 어머니 전의이씨를 번갈아 업어가며 샛길로 달렸다. 두 아들은 죽고 두 아들은 살았다. 조원의 집 근처인 서울 경복고등학교 부근의 청운동 일대를 효자동이라고도 부르는 것은 어머니를 구하기 위해 죽어간 조희정과 조희철을 기리기 위해서이다. 그렇긴 하지만 전의이씨는 얼마나 자책을 했을까. 자신 때문에 훌륭한 두 아들을 잃었으니 말이다.

한편 옥봉은 어떻게 되었을까. 옥봉의 아버지 이봉은 왜란을 맞아 의병장으로 나섰던 기록이 있다. 옥봉에게는 순남舜南이란 여동생이 있었다고 한다. 그녀 또한 시를 잘 지었다. 아마도 옥봉이 소박을 맞았다는 소문을 들은 순남이 뚝섬으로 그녀를 찾아왔을까. 물론 그것에 대한 기록은 없다.

옥봉의 시에도 순남에 관한 얘기는 나오지 않는다. 나는 이쯤에서 상상해 본다. 왜병이 몰려오고 있다는 소문이 들리고 임금조차 몽진을 하고 없는 그 봄날 스산한 도시의 강가에서 죽음을 기다리는 여인을. 그때 문득 한 여인이 찾아온다.

"언니!"

오래 전 귀에 익은 목소리에 산발한 여인이 움막에서 고개를 내민다.

"너! 순남이 아니냐? 네가 어떻게 여길?"

"소문을 들은 지 한 해가 지났는데 나 또한 기방에 묶인 몸인지라 나올 수가 없었어요. 전란 통에 빠져나왔죠. 언니가 어찌나 보고 싶던지…… 몸은 괜찮아요? 영, 실성한 사람 행색이네? 아이고, 예쁘고 지혜로운 우리 언니가 어쩌다가……"

둘은 부둥켜안고 흐느낀다. 그저 서로의 몸을 부비며 뺨을 만지며 머리칼을 쓸어보며 눈물을 주룩주룩 흘린다. 두 사람은 며칠간 거기서 같이 지낸다. 어느 날 아침 강둑에 나란히 앉은 자매. 오랜 침묵 뒤에 옥봉이 말을 꺼낸다.

"순남아."

"응? 언니."

"곧 왜놈들이 이곳에도 들이닥칠 거야. 그러면 우린 능욕당하고 죽게 되겠지. 그런 봉욕逢辱 전에 너는 떠나거라. 다만 나를 위해 한 가지만 해주고 가거라."

"떠나려면 언니도 같이 가야지. 나 혼자서는 못 가."

"나는 떠나지 않는다. 더 이상 살 이유도 없다. 나는 사랑을 잃고 죽지 못해 시를 쓰며 살았다. 이제 마침 국란으로 죽을 이유가 생겼으니 고마운 일이다. 얼른 죽어서 다시 태어나 못 다한 사랑을 이루고 싶단다."

"언니!"

"대신 너는 나의 부탁을 들어줘야 한다."

"언니, 무슨 부탁을 하려고?"

"……"

세월을 휘돌아 되돌아온 읍귀시

1592년 봄날의 이야기는 여기서 끝난다. 그리고 우리는 끊긴 필름처럼 시간을 10년쯤 건너뛰어야 한다. 1602년 조원의 아들 조희일(호는 竹音, 1575~1638)은 대과에 급제하고 승문원 저작이 된 뒤 사신으로 명나라를 다녀온다. 절강성 온주溫州의 아름다운 항구, 용만龍灣에 머물러 있었다. 그는 문득 그 전 해 궁궐에서 있었던 영광을 생각한다. 초시와 복시에 장원 급제한 그를 앉혀놓고 선조는 "보기 드물게 뛰어난 문장이었다"고 칭찬했다. 또 어전의 병풍에 글씨를 쓸 서예가를 선발하는 테스트가 있었다. 한석봉(이름은 호)과 김남창(이름은 현성)이 그와 겨루다가 붓을 내려놓고 물러났다. 선조는 이렇게 말한다.

"그의 아버지 조원의 필세 역시 탁월하였는데 그 아들이 더욱 뛰어나도다."

이후 사람들은 그의 부賦와 서예가 '적벽부'를 지은 소동파와 같다 하여 '조적벽趙赤壁'이라고도 불렀다. 그런데 적벽이 있는 황주 부근에 문득 와 있으니 감회가 새롭다. 바다가 보이는 누각에 앉아 있을 때 이곳의 퇴직한 늙은 관리 하나가 다가와서 종이쪽지 하나를 건넨다. 거기엔 "朝鮮 承旨 趙瑗"이라고 씌어 있었다. 희일은 깜짝 놀란다. "뉘시기에 우리 부친의 이름을……" 고개를 끄덕이며 미소를 짓는 중국인과 필담이 시작되었다.

"10년 쯤 전이던가요. 용만의 바다 위에 괴이한 물체 하나가 떠다닌다는 소문이 돌았지요. 들리는 이야기에 따르면 작은 나룻배 하나가 뒤집힌 채로 떠다니는데 그 아래에 여인의 머리채가 긴 꼬리처럼 늘어져 파도에 함께 출렁인다는 것이었소. 형상이 너무나 기이해서 아무도 접근을 하지 못한다고 하였지요. 이 괴이한 귀주鬼舟는 얄궂게도 멀리로 떠가지 않고 해변 이곳저곳에 원기처럼 출몰한다고 했소. 그래서 내가 호기심이 생겨 간담 좋은 사내 여럿을 동원하여 그 배를 건졌소. 한쪽이 부서진 배를 뒤집어보니 배 안쪽에 단단히 염을 한 시신 하나가 묶여 있었소. 얼굴을 싼 천이 헤져 머리카락들이 흩어져 나왔던 것이오. 단단히 싼 모시를 벗겨보니 자색이 고운 여인의 얼굴이 나왔소. 장정들은 여인의 몸을 죈 몇 겹의 끈을 풀고 천을 벗겨냈소. 그랬더니 그 안에 다시 종이로 온몸이 둘둘 말려져 있었소. 바깥 몇 겹의 종이는 백지였소. 그것을 떼어내자 그 안쪽에는 희한하게도 멀쩡한 종이가 나왔소. 거기엔 '海東朝鮮國承旨趙媛之副室李玉峯(해동조선국승지조원지부실이옥봉)'이라고 씌어져 있었소. 다시 그 내부에는 시편들이 적혀 있었는데 모두 365편이나 되었습니다. 벗들을 불러 이 시들을 함께 읽어보았습니다. 여인의 시 같지 않은 대단한 기운이 느껴졌소. 경탄할 만한 경지라고 모두 입을 모아 칭찬하더이다. 여인을 묻어주고 장례 지낸 뒤 시들을 모아 책으로 만들었소이다. 그것이 이것입니다."

노인은 책 한 권을 내밀었다. 표지에는 『옥봉시집玉峯詩集』이라고 적혀 있다. 희일은 시집을 받아들고는 얼른 펴보지 못하고 표지를 만지작거렸다. 노인은 다시 말을 잇는다.

"시의 내용을 보니 사무치는 규원閨怨이 가득하여, 그 시의 상대를 찾아줘야겠다는 생각을 했었소. 그래야 고혼孤魂이 잠들 수 있겠더군요. 하지만 바다 저쪽의 일인지라 수소문하는 일이 쉽지 않았소. 그래서 세월이 이렇게 흐른 겁니다. 마침 그대가 조승지의 자제라는 얘기를 듣고 이렇게 찾아온 것이오."

희일은 시집을 펴본다.

閉戶何妨高臥客

폐호하방고와객

문을 닫은들, 누가 숨어 사는 사람을 방해하리.

高臥(고와)는 높은 베개를 베고 편히 잠드는 것을 가리키는데 주로 벼슬에서 물러나와 은거하는 경우를 상징한다.

牛衣垂淚未歸身

우의수루미귀신

누더기 걸치고 눈물을 흘리지만 돌아갈 곳 없는 몸이네.

牛衣(우의)는 소의 등에 덮는 멍석이다. 추위에 덜덜 떨고 있는 옥봉의 모습이 그려진다. 한나라의 왕장王章이란 사람은 벼슬을 하기 전에 추위를 견디기 위해 소 덕석을 덮고 잤다고 한다.

雲深山徑飄爲席 風捲長空聚若塵

운심산경표위석 풍권장공취약진

구름 짙은 산길엔 회오리가 자리를 잡고

바람이 허공을 감아쥐고 먼지처럼 모이는구나

두 구절은 눈보라를 묘사한 것이다. 회오리에 눈발이 같이 돌아가니 자리처럼 보이고 바람이 허공으로 치솟으니 눈발도 따라 먼지처럼 모여든다. 표현이 놀라울 만큼 생생하다.

渚白非沙欺落雁 窓明忽曉㤼愁人
저백비사기낙안 창명홀효각수인
江南此日梅應發 傍海連天幾樹春
강남차일매응발 방해연천기수춘

강변이 희니 '모래밭이 아닌가' 내려앉을 기러기를 속이고
창이 환해서 '갑자기 새벽인가' 근심 많은 사람을 헷갈리게 하네.
강남엔 오늘이면 매화가 필 때 됐는데
바닷가 하늘 닿은 곳엔 몇 나무나 봄이 왔느뇨

詠雪(눈을 노래함)

눈보라 속에서 고독에 떨면서도 그녀는 저토록 아름다운 시를 지었구나. 눈보라를 표현하는 생생한 언어들도 빼어나지만 흰 강변과 환한 창으로 눈을 암시하고 있지만, 시 어디에도 눈[雪]자를 쓰지 않으면서 흰 강변과 환한 창으로 눈을 표현한 매끈한 솜씨를 보라. 강남 매화와 방해연천의 스산한 풍경을 대비시켜 그리움과 고독을 피워올린 마무리 또한 아프도록 곱다. 과연 옥봉 시로다.

희일은 아버지의 소실을 떠올려본다. 그가 태어난 이듬해에 옥봉은 조

원의 집안에 들어왔다. 그는 어머니보다 덜 엄하면서도 활달하고 재능이 많은 이 여인을 많이 따랐다. 옥봉도 정수리 부근에 연꽃 무늬가 있는 희일을 남다르게 생각했다. 그녀는 희일에게 시를 가르쳤다. 일곱 살 때(1583년) 희일이 칠언시七言詩를 지었을 때 누구보다도 기뻐한 사람은 옥봉이었다. 그녀는 이렇게 말했다.

"이백의 시를 사흘간 읽으시더니 어느 새 이백의 경지에 도달했군요."

이 해에 옥봉은 조원을 찾아 삼척으로 떠나며 희일에게 시를 지어준다.

妙譽皆童稚 東方母子名
묘예개동치 동방모자명
驚風君筆落 泣鬼我詩成
경풍군필락 읍귀아시성

솜씨 자랑, 둘 다 어릴 때부터였지
동방에 우리 모자의 명성
바람이 놀라네 그대가 붓을 휘두르면
귀신이 흐느끼네 내가 시를 지으면

贈嫡子(정실의 아들에게)

옥봉은 희일을 칭찬하면서 슬쩍 두 사람을 모자母子로 불렀다. 천재 희일을 보면서 자신과 닮았다는 생각을 했으리라. 그의 서예는 나중에 한석봉도 울고 가는 이 나라 최고의 솜씨가 아니었던가. 청에 굴복하는 삼전도의 비문을 쓸 때에도 희일이 거명됐다. 그는 일부러 글씨를 거칠게 씀으로써 굴욕의 문자들을 쓰는 노릇을 피했다. 어쨌거나 광해군, 인조 대를 풍미하게 되는 글씨와 문장을 옥봉은 이미 알아보았다. 소실 어머니가 써준 驚風(경풍) 두 글자는 희일의 가슴 속에 깊이 남았다. 그러면서 그녀는 자신의 시를 어마어마하게 자찬自讚한다. 귀신이 흐느끼는 시라니…… 희일은 그러나 그런 옥봉이 좋았다. 자신의 재능에 대한 확고한 자부심은, 어린 소년을 사로잡는 매력이었다. "아, 어머니." 희일은 나즉히 불러본다.

희일은 임진왜란 중에 어머니 전의이씨를 잃는다. 두 형이 목숨을 바치고 두 아우가 업고 내달렸던 그 어머니는 병약한데다 자식 잃은 슬픔이 겹쳐 한스러운 눈을 감았다. 아버지를 잃은 바로 그해에 겪은 일인지라 애통이 극에 달하였다. 전쟁의 대기근 속에서도 희일은 조석으로 제사를 받들어 희대의 효자로 소문이 나기도 했던 터였다. 어머니가 돌아가신 뒤 희일은 가끔 옥봉을 떠올렸다. 임진년 그 전전해(1590년) 옥봉이 채 신발도 꿰지 못하고 비오는 마당에서 끌려 나가던 그날, 열일곱 살의 소년 희일은 뒤뜰 벽에 붙어 울고 있었다. 젖은 매화 꽃잎을 뜯어 찢으며 그는 그토록 살갑던 시우詩友를 보냈다. 그 이후 희일은 비참한 옥봉의 나날에 대한 소문을 들었지만 그 얼굴을 볼 수 없었다. 가슴 속에 앉은 읍귀시들만 가끔 꺼내서 읊조릴 뿐이었다.

희일은 한강 뚝섬에서 적막했을 옥봉의 최후를 생각한다. 대문 밖에서 밤낮으로 울부짖으며 아버지 조원을 부르던 그 목소리. 다시는 시를 쓰지 않겠노라고 절규하던 여인은 그해 봄부터 가을까지 북악산 아래 거리에서 살았다. 조원의 사람들이 대문을 두드리는 여인을 묶어 한강까지 쫓아낸 뒤 그녀는 경복궁 부근으로 다시는 돌아오지 않았다. 거기 움막을 짓고 폐인처럼 산다는 풍문만 들려왔다. 인근 마을 사람들이 가엾이 여겨 가끔 조석을 챙겨준다는 얘기가 들리기도 했다. 옥봉은 움막에 들어앉아 시를 쓰고 또 썼으리라. 그러다가 전란이 닥쳤고 그녀는 당연히 조원이 사는 그곳을 떠나지 않았을 것이다. 적병들이 몰려왔을 때 그녀는 어떻게 했을까. 아마도 그 이전에 옥봉은 자신의 온 몸을 산 채로 시를 쓴 종이로 염을 하는 작업을 했을 것이다. 누가 도와주었을까. 이 결의에 찬 자결을 누구와 함께 감행했을까. 희일은 알 수 없었다. 다만 그 다급한 어느 날 작은 나룻배 하나가 움막 앞에 매어져 있고, 온몸이 감긴 옥봉이 다시 나룻배 안에 동여매졌을 것이다.

내 몸에 시를 감아 산 채로 염을 해주오

1611년 희일이 세자시강원에 있을 때 일본에서 사신 한 사람이 찾아왔다. 그는 임진왜란 때 도요토미 히데요시의 휘하에 있던 장수 고바야카와 다카카게(小早川隆景; 1533~1597)의 집안사람이라고 자신을 밝혔다.

"저의 백부 다카카게는 무장武將이었지만 시와 다도茶道를 즐긴 풍류객이었습니다. 일찍이 그대의 서모이자 시인인 옥봉의 시를 깊이 사모하였지요. 특히 옥봉이 읊은 '將軍號令急雷風(장군호령급뢰풍) 萬馘懸街氣勢雄(만괵현가기세웅)' 〈장군이 호령하니 벼락이 치고 돌풍이 이는 듯하다/만 개의 귀를 베어 거리에 내거니 기세가 등등하다〉 7언 두 줄에 전율하여, 히데요시 장군에게 조선을 치는 전쟁에 신중할 것을 건의하기도 했던 분입니다. 히데요시 장군은 다카카게를 매우 신임하여 '해 뜨는 나라의 서쪽을 그에게 맡기면 태평할 것' 이라고까지 말을 했지요. 지난 전쟁 때 벽제 전투를 치르기 전, 다카카게 장군은 국사國使이자 통역관인 겐소玄蘇를 대동하고 당시 남한강 쪽으로 내려가 있던 옥봉을 만났습니다."

희일은 깜짝 놀랐다. 왜장倭將이 서모를 만나 무슨 짓을 했단 말인가?

"옥봉은 다 쓰러져가는 강변의 오두막에서 살고 있었습니다. 시를 쓰는 여동생과 함께 말입니다."

"그래서 서모에게 어떤 일을 하였단 말이오?"

"도리에 어긋난 일은 하지 않았습니다. 백부님은 정실부인을 끔찍하게 아낀 분으로 주위의 권유에도 측실을 두지 않았습니다. 아내가 아이를 낳지 못하는데도 말입니다. 다만 그 분은 시로서 흠모하던 조선의 여인을 한 번 보고자 했을 뿐입니다."

"그날 강둑에서는 무슨 일이 있었소?"

"돌아가시기 전 백부는 제게 당부를 하였습니다. '부디 조선에 가면 옥봉이 읍귀시에서 읊은 경풍필(驚風筆, 바람을 놀라게 하는 붓) 아들을 찾아 그녀의 마지막 말을 전해주어라' 그 당부를 들어드리려 이렇게 찾아온 것입니다."

"그날의 일을 세세히 듣고 싶소."

"그대의 서모는 찻상을 앞에 하고 차를 마시고 있었습니다. 오두막의 방에는 그녀가 쓴 시들이 몇 겹으로 쌓여 있었지요. 장군이 다가가도 그녀는 동요가 없었습니다. 다만 동생 순남이 겁에 질려 울음을 터뜨렸을 뿐입니다. 장군은 동생을 달래며, 해치러 온 사람이 아니라는 것을 밝혔습니다. 오래 전부터 옥봉의 시에 매료된 사람으로, 오직 그 시의 향기를 맡고자 하여 멀리서 달려왔을 뿐이라고 말했지요. 그 말을 듣더니 그대의 서모는 천천히 붓을 들었습니다."

終南壁面懸靑雨 紫閣霏微白閣晴
종남벽면현청우 자각비미백각청
雲葉散邊殘照漏 漫天銀竹過江橫
운엽산변잔조루 만천은죽과강횡

종남산(서울 남산) 깎아지른 벽에 푸른 비가 가다 걸렸네
붉은 누각에선 비가 흩뿌리는데 흰 누각은 맑구나
구름 잎사귀 흩어지는 끝에 남은 햇살이 새나오네
하늘 가득 은빛 대나무숲이 강을 가로질러 지나가네

雨(비)

"마침 비가 오다 개다 하는 날이었다고 하오. 저 시를 보고 백부와 승려 겐소까지도 입을 딱 벌렸다고 합니다. 지금까지 세상에 나서 한번도 들어보지 못한 천의무봉의 경지라고 찬탄하였다 합니다. 백부는 옥봉에게 일본에 함께 갈 것을 권했다고 합니다. 그랬더니 그녀는 '내게는 단 한 사람의 남자 밖에 없으니, 정녕 나의 시를 아낀다면 한 가지 소원을 들어주시오' 라고 말하더랍니다. 그러마고 했더니 옥봉은 '방 안에 놓인 저 시들로 내 몸을 산 채로 염을 해서 나룻배에 묶어 강으로 밀어주시오' 라고 말했다 합니다. 백부는 '차마 그럴 수는 없노라' 고 말했으나 막무가내로 청원을 하였다 합니다. 그날 저녁 장군은 사람을 시켜 그녀를 살아 있는 채로 염을 하였습니다. 옥봉이 쓴 시들을 한쪽에서는 베껴 쓰고 한쪽에서는 옥봉의 몸에 시지詩紙를 감아 돌리는 희한한 풍경이 벌어졌다 합니다. 그녀의 마지막 말은 '내 시를 사랑하였으나 사랑을 시보다 더 사랑하였노라' 였다고 합니다. 이 말을 남편 조원에게 전해달라고 하였습니다. 그대의 부친은 전쟁 중에 돌아간 터라, 그대를 찾아온 것입니다."

일본인은 말을 잠깐 멈추더니 다시 이었다.

"이후 옥봉의 동생 순남은 일본으로 건너왔고, 백부는 나의 소실로 주었습니다. 순남은 내게 언니의 시를 늘 읊어주었습니다. 너무도 애절한 마음이 심금을 울려 나 또한 그 시 구절을 외고 있습니다."

그러더니 읊기 시작한다.

衾裏淚如氷下水 日夜長流人不知
금리루여빙하수 일야장류인부지

이불 속에서 흘린 눈물, 얼음 아래 흐르는 물 같아서
낮이고 밤이고 내내 흘러도 남들은 모르리.

사랑할수록 허한 사랑, 임제

– 칼의 노래, 통소의 노래, 조선 카사노바

겨울에 부채를 준다고
너무 갸웃거리지는 말아라
너는 지금 나이가 어리니
어찌 알 수 있겠느냐
그리워하는 한밤에 가슴에 불이 붙으면
유월의 찌는 더위보다 더하다는 것을

문무와 풍류의 가인 임제

백호 임제(白湖 林悌 1549~1587)는 나주의 빼어난 시인으로 일세의 풍류객이었다. 그의 성격이 호방했던 까닭은 타고난 무골武骨이었던 점도 있었으리라. 아버지 임진林晋은 오도병마절도사를 지냈고, 외삼촌도 무인이었다. 아우인 임순林恂도 절도사였으며 임환林懽은 임진왜란 때에 의병을 일으킨 장수였다. 임제 자신도 고산도찰방을 거쳐 서도병마사와 북도평사를 역임했고 평안도 도사에 임용되는 등 벼슬의 대부분을 무직武職으로 지냈다. 그는 북정北征을 떠나는 절도사 정언신에게 이런 시를 써준다.

誰人解乞火 一劍願從軍

수인해걸화 일검원종군

누가 불씨를 구해주겠소 칼 한 자루로 종군하는 게 소원이오

걸화乞火는 고기를 가지고 다투는 두 마리의 개를 떼어놓기 위해 불이 필요하니 빌려달라는 고사에서 나온 표현이다. 전쟁의 해결사로 나서고 싶어 근질근질해하는 무인의 기질이 그대로 엿보인다. 그는 철산의 쌍충묘雙忠廟를 지나면서는 이런 구절을 남겼다.

男兒義不辱 烈士死如歸
남아의불욕 열사사여귀

사내는 의로움을 욕되게 하지 않는 법
열사는 죽기를 소풍 돌아가듯 한다네

임제는 살아서 한 번 죽어서 한 번, 시문詩文 때문에 곤경에 처했다. 서도병마사로 부임해가던 길에 그는 개성에 있는 황진이 무덤에 들러 술을 붓고 시를 올렸다.

청초 우거진 골에 자는다 누웠는다
홍안을 어디 두고 백골만 묻혔나니
잔 잡아 권할 이 없을 새 그를 설워하노라

그의 시집 『백호집白湖集』에는 「죽은 기생을 슬퍼함妓輓」이라는 시가 보인다.

艶艶箕都秀 雙蛾遠出微
염염기도수 쌍아원출미
不緣花結子 那有玉鎖圍
불연화결자 나유옥쇄위

世事餘粧鏡 流塵暗舞衣
세사여장경 유진암무의
春魂托何處 江柳燕初歸
춘혼탁하처 강류연초귀

곱디고운 평양의 미인이여
두 눈썹이 먼 산처럼 가늘가늘했지
꽃반지 잇지 못하고
어찌 옥사슬에 둘러싸여 있는가

세상 일 화장거울에 남긴 채
흐르는 먼지가 춤추던 옷을 묻었네
봄날의 마음은 어디에 가 있느뇨
강버들에 첫 제비 돌아오는데

두 시가 같은 사람을 가리키는 것인지는 알 수 없다. 다만 기생에 대해 애도하고 있는 것은 마찬가지다. 지방의 관리로 부임하면서 기생 묘 앞에서 시를 읊고 절을 했다는 소문은 장안의 화제가 됐다. 임제가 이 일로 파직을 당했는지는 분명하지 않다. 당시의 정서로 보아 풍류나 기행奇行으로 접어줄 수 있었을지 모른다. 그렇다 하더라도 임제의 이 파격은 그의 벼슬길을 막는 악재였음에 분명하다. 물론 그 스스로가 주위의 눈을 신경 쓰지 않았기에 그런 일을 할 수 있었을 것이다. 가마를 기생 묘소로 향하게 하고 거기서 내려 손수 술을 따르고 절을 하는 병마사를 보고 호송하던 관졸들은 눈이 휘둥그레졌으리라. 1580년쯤 되는 봄날(임제 나이 31세) 뻐꾹새는 멀리서 우는데 누가 돌보는 이도 없어 잡초가 우거진 무덤 앞에서 풍채 좋은 무관이 40년여 년 전 죽은 여인(황진이는 1540년대 무렵에 죽었다)을 그리워하며 눈물을 닦는다.

임제가 죽은 지 3년 뒤인 1590년 임제의 아들 임지林地가 송광사 삼일암에서 역당逆黨을 한 혐의로 체포된다. 임지가 아버지를 빼닮아 협기俠氣가 있었던 점을 이용해 어떤 사람이 죄를 꾸며 넣은 것이었다고 한다. 그가 자기 변호를 하려고 했으나 사면 받지 못했는데 그 까닭은 선조가 그의 아버지 임제를 미워했기 때문이었다. 왕은 임제가 쓴 「항우를 추모하는 글弔項羽賦」을 읽고 몹시 불쾌하게 생각했다고 한다. 이 부賦의 내용을 확인할 수는 없으나 아마도 문약文弱한 나라의 병폐를 지적하고 항우의 무武와 기개를 예찬한 것이 아닌가 짐작해 본다. 선조는 이 글을 '거리낌 없이 호탕하다'고 표현했는데 이 말에는 언짢은 마음이 숨어 있었다. 또 임제가 정여립의 손을 잡고 "그대는 천하의 영웅인데 상공을 못한 것이 애석하다"며 눈물을 흘렸다는 소문도 왕의 귀에 들어가 있었다. 정여립은 결국 모반 사건의 주동자로 지목되어 죽게 되는 '대역죄인'이다. 임제에게 박힌 미운 털 때문에 임지는 억울한 북도 귀양살이를 겪어야 했다. 『국조인물고國朝人物考』에는 임제를 이렇게 평하고 있다.

"그는 성품이 강직하고 고집이 있어 벼슬에 높이 오르지 못하였으며 선비들은 그를 법도 밖의 사람이라 하여 사귀기를 꺼려 하였으나 그의 시와 문장은 서로 취하였다."

백호의 기행

임제의 기행奇行에 관한 에피소드들은 꽤 많다. 그가 밤새 술을 마시고 말을 탔을 때 하인이 말했다.

"대감님. 신발이 한쪽은 가죽신이고 한쪽은 짚신이옵니다."

그러자 임제는 아무렇지도 않다는 듯이 말했다.

"길 오른쪽에서 보는 사람은 내가 짚신을 신었다고 할 것이고 왼편에서 보는 사람은 가죽신을 신었다고 할 것이니 무슨 상관이냐?"

그의 재치가 돋보이는 대목이다. 곰곰이 생각해보면 임제를 두고 수군거리는 세평世評들에 대한 풍자이기도 하다. 이 사람은 이렇게 보고 저 사람은 저렇게 보니, 굳이 그런 것에 신경쓸 필요가 없다는 은유이기도 하다.

문과에 급제한 뒤 그는 제주목사인 아버지를 뵈러 제주도로 떠났다. 그날 바람이 몹시도 사나워 뱃사람들이 가기를 주저했다. 하지만 그는 아랑곳 않고 배를 띄웠다. 배의 끝머리가 물결에 잠겼다가 보였다가 할 정도로 파도가 거셌는데 그는 태연하게 누워서 시를 읊었다고 한다. 그가 제주로 가면서 챙긴 봇짐 속에는 문과 급제자에게 임금이 내린 어사화御史花 두 송이와 거문고 하나, 그리고 칼 한 자루가 전부였다. 생사에 초연하고 삶에 소박한 스물여덟 살짜리의 기개와 풍류가 놀라울 뿐이다.

속리산에서 공부를 할 때 충청관찰사의 아들이 행차를 왔다. 그런데 가마와 행렬의 장식이 너무 호화로워 골탕을 먹이고 싶어졌다. 임제는 산중턱에서 통소를 불었다. 그러자 소년이 묻는다.

"저 아름다운 소리는 통소소리인데, 누가 부는 것입니까?"

그러자 임제의 지시를 받은 안내인이 말한다.

"속리산에는 청명한 날이면 퉁소소리가 들리는데 누가 부는지는 아무도 모릅니다."

소년은 속리(俗離 세상을 떠남)라더니 신선이 사는가 보다고 생각을 한다. 산을 조금 더 올라가니 두 스님이 바둑을 두고 있다. 이 또한 임제가 시킨 것이었는데 소년은 그 스님들을 신선으로 착각하고는 절을 한다. 이때 임제가 '선주仙酒' 라고 씌어진 백자 술병을 가지고 와서 "선경仙境에선 우선 이 술부터 마셔야 하는데 속세의 맛과 다르더라도 단숨에 마시는 게 옳습니다"라고 말을 한다. 소년은 잔을 들어 벌컥벌컥 마시는데 몹시 역겨웠다. 그것은 임제가 준비한 말오줌이었다고 한다. 아직 벼슬에 나가기 전의 일이었으니 부패한 권력에 대한 임제의 알레르기와 경멸감을 느끼게 하는 대목이다.

어느 봄날 길가에서 시골 선비들이 화전놀이를 하고 있다. 이제 운을 불러 시를 지으려는데 한 낯선 선비가 낡은 패랭이를 쓰고 다 떨어진 도포를 걸친 채로 달려 나와 말한다.

"아, 지나가던 나그네가 몹시 굶주렸소이다. 마침 좋은 모임을 만났으니 술 마시다 남은 찌꺼기라도 목을 축이고 싶습니다만. 여러 선비들께서 심각한 얼굴로 시를 읊고 계신데 어떻게 하는 건지 잘 모르겠습니다."

선비 하나가 말한다.

"우린 지금 풍월을 읊고 있는 거요. 그런데 당신이 어찌 당돌하게 나타나 우리의 아름다운 생각을 어지럽히려고 하는 거요?"

나그네가 말한다.

"풍월이란 게 뭘 말하는 겁니까?"

"풍월이란 사물을 보고서 흥을 일으키고 경치를 보는 대로 그려내는 것이라오. 댁도 문자(한문)를 아시오?"

"제가 어찌 문자를 알겠습니까? 우리말로 부를 테니 선비들께서 문자로 고쳐 주십시오."

그리고는 나그네가 한글로 부른다.

"솥뚜껑을 엎어 돌로 괴어놓네, 작은 시냇가에서."

한 선비가 한시로 풀어 읊는다.

"鼎冠撑石小溪邊(정관탱석소계변)."

"흰 가루 맑은 기름으로 자글자글 부치네 진달래 화전"

"白粉淸油煮杜鵑(백분청유자두견)."

"젓가락 두 짝으로 집어넣으니 입 속에 향기가 가득"

"雙箸挾來香滿口(쌍저협래향만구)."

"한 해의 봄 소식이 뱃속으로 전해지네"

"一年春信腹中傳(일년춘신복중전)."

선비들이 놀라며 나그네의 이름을 묻는다.

"대체 뉘시오?"

"나는 백호白湖라고 하오."

"오호. 이런 놀라울 데가…… 어서 저 윗자리로 앉으시오."

큰 골짜기로 스며든 퉁소소리

임제는 온갖 기행과 기생 스캔들 때문에 진지한 삶의 면모와 걸출한 시적 재능이 상당히 가려져 있는 사람이다. 안타깝다. 불과 서른여덟 살에 폐질환으로 요절한 이 천재는 시대와의 불화不和를 온몸으로 겪으며 살았던 사람이다.

어린 시절부터 술집과 기생집을 기웃거리며 분방한 삶을 살았던 임제는, 1570년 겨울에 그의 삶을 바꿀 위대한 스승을 만난다. 호서湖西를 거쳐 서울로 가는 길이었는데 그가 지은 시 하나가 대곡 성운(大谷 成運, 1497~1579)의 눈에 띄었다.

道不遠人人遠道 山非離俗俗離山
도불원인인원도 산비이속속리산

도는 사람을 멀리하지 않는데 사람이 도를 멀리하고
산은 세상을 떠나지 않는데 세상이 산을 떠나는구나

대곡은 30세에 사마시에 합격했으나 형 성우成遇가 을사사화로 화를 입자 속리산 자락의 종곡리에 은거하기 시작했다. 명종이 파격적인 벼슬을 여러 번 제시하였으나 산에서 나오지 않았다. 지리산에 남명 조식이 있고 청량산에 퇴계 이황이 있다면 속리산엔 대곡이 있다고 일컬어지기도 했다. 대곡은 백호를 처음 만났을 때, 그간의 살아온 삶을 돌아보고 자신에 대한 글을 써보라고 했다. 그는 「말을 꿈꾸다意馬賦」라는 글을 썼다고 한다. 그 글을 찾아내진 못했다. 아직 뜻이 정립되지는 못한 채 달리는 말처럼 호협하게 방랑해왔다는 반성문이었던 것 같다. 백호는 새 스승 앞에, 속리산으로 오면서 쓴 시 한 편을 내밀었다.

步步却淸曠 自驚塵世蹤
보보각청광 자경진세종
巖奇或如虎 松老盡成龍
암기혹여호 송로진성룡

雪路馬頻蹶 幽林人未逢
설로마빈궐 유림인미봉
行尋翠微寺 杜杖望千峯
행심취미사 주장망천봉

걸음마다 맑아지고 밝아져서
속세에서 온 발자국이 스스로 놀라네
바위가 괴상하네 혹시 호랑이인가
소나무가 늙으니 거의 용처럼 생겼네

눈길에 말이 자주 자빠지고
깊은 산속에서 사람은 못 만났네
푸른 기운이 감도는 절을 찾는 길에
작대기 짚고 천 개의 봉우리 바라보네

到住雲菴(주운암에 이르다)

대곡은 나중에 그의 문집에서 이렇게 증언한다.

"백호가 지은 시가 땅에 떨어질 때는 쇳소리가 났다. 그와는 헤어진 뒤에도 만나고 있을 때와 조금도 다름없으니 좋은 밤에 밝은 달이 마음 속에 도달하는 것과 같다."

대곡이 백호를 얼마나 아꼈는지 느껴진다. 이로부터 3년간 백호는 지독한 공부벌레가 된다. 『중용中庸』을 800번이나 읽고 매일 1000개의 낱말을 외웠다 한다. 1576년 그는 스승에게 하직인사를 한다. 대곡은 술을 한 잔 건네고는 제자에게 시를 써준다.

少年誰氏子 詩似李將軍

소년수씨자 시사이장군

何日重相見 徒勞望北雲

하일중상견 도로망북운

소년은 뉘집 자제인가 시가 이장군 같구나

언제 다시 볼 수 있으리 부질없이 북쪽 구름 바라보네

醉贈林秀才(취증임수재)

담박하지만 제자의 재능을 아끼는 시선이 따사롭다. 백호 또한 스승을 떠나며 한 수 짓는다.

行裝琴劍嘯癡者 拜辭大谷歸江南

행장금검소치자 배사대곡귀강남

봇짐에는 거문고와 칼뿐이네, 통소 부는 바보(嘯癡, 그의 호이다) 녀석

큰 골짜기(大谷, 스승의 호이다)에 절하며 강남으로 돌아가네

산을 내려온 백호는 생원진사시에 합격하고 이듬해인 1577년에 알성시에 급제한다. 이때부터 벼슬길에 오르게 되는데 변방의 낮은 직위들이었다. 직선적인 성격이 권력의 미움을 받고, 또 무인다운 기개가 다른 사람을 경계하게 만들었던 듯하다. 스승 대곡이 타계하는 1579년 이후엔 정신적인 방황을 하게 되면서 정치의 탐욕과 부패와 무능을 조롱하는 아웃사

이더가 되어 간다.

퉁소와 시문에 담긴 칼

백호는 칼과 퉁소의 꿈을 꾼 사람이다. 칼로써 세상을 평안하게 하는 무반의 야심과 용기를 지녔으면서도 자유롭게 퉁소를 불면서 시를 지었다. 세상은 그의 칼을 제대로 써주지 않았고 불편해하고 폄하하며 경계했다. 그는 시와 퉁소 속에 칼을 숨겼다. 그의 시에 쇳소리가 났다는 대곡 선생의 말은, 그 언어에 들어 있는 칼의 기운을 말하는 것이리라. 그러면서 그는 세상을 떠돌아다니면서 아름다운 기생들 앞에서 풍운의 삶을 달랬다. 「한우寒雨」, 「월선月仙」, 「일지매一枝梅」는 임제가 온몸으로 쓴 풍류의 시편詩篇인지도 모른다. 그는 유우경柳虞卿에게 준 시에서 이렇게 읊는다.

學書不成去 來往靑樓下
학서불성거 내왕청루하
莫如携玉琴 靜坐彈淸夜
막여휴옥금 정좌탄청야

글 배우려다 중간에 때려치우고
기생집에 드나들었네
거문고 잡을 때보다 좋은 게 있으랴
고요하게 앉아서 둥기둥당 맑은 밤에

백호의 시는 정확하게 칼의 페르소나와 퉁소의 페르소나를 함께 가지고 있다. 칼이 울 때는 무섭도록 쩌렁쩌렁하지만 퉁소가 울 때는 여인네의 손길같이 부드럽고 가녀리다. 탐미적인 기운마저 느껴진다.

弱貌娉娉二八餘 爲雲飛到午眠初
약모병병이팔여 위운비도오면초
東風驛路花千樹 暎水遮山摠不如
동풍역로화천수 영수차산총불여

어린 얼굴 고물고물 예쁜 자태 열여섯쯤 됐을까
구름이 날다가 내려온 듯 사르르 낮잠에 드네
봄바람 살랑대는 길마다 화개한 꽃나무 천 그루
물 위에 제 몸 비추고 피어올라 산을 가린들 저 소녀 하나를 이기리

지금 막 어린 기생이 졸고 있는 그 곁에 내가 있는 듯하다. 임제는 가만이 그 얼굴을 들여다본다. 약모弱貌는 아직 어려서 보얀 얼굴이다. 살결이 부드러워 금방 상처가 날 것 같은 그런 연약한 눈코입귀와 뺨을 조심조심 훔쳐본다. 병병은 여인의 예쁘고 고운 태를 말한다. 목의 선과 어깨의 선, 그리고 가늘한 눈썹이 모두 고물고물 어여쁘다. 아마 열여섯 살 남짓 되었을까. 그게 弱貌娉娉二八餘(약모병병이팔여)이다.

사르르 잠드는 모습이 마치 구름이 한점 날아와 영혼 속으로 스며드는 듯하다. 爲雲飛到(위운비도)는 그런 느낌이 아닐까. 눈꺼풀이 감기는 모습이 구름이 내려앉는 것처럼 부드럽고 청신하다. 午眠初(오면초). 이제 막 낮잠이 시작됐다.

역마가 지나가는 길 옆에 피어 있는 꽃나무 천 그루가 이 소녀를 시샘한다. 동풍은 봄바람이다. 온갖 교태로 우리가 더 예쁘다고 마케팅을 해본

다. 그게 東風驛路花千樹(동풍역로화천수)이다.

꽃들은 물속에 제 그림자를 드리우며 아른아른 붉은 물살을 피우기도 하고, 때로는 산을 가릴 듯 화염花焰을 내며 타오르기도 한다. 그러나 산벚꽃 생강꽃 산수유 진달래 군단 다 붙어도 이 소녀 하나의 화개花開에 다 나가떨어진다. 그게 暎水遮山摠不如(영수차산총불여)이다. 임제는 소녀의 아름다움을 돋우려 꽃무리들을 들러리로 데려왔지만, 실은 그런 꽃대궐 속에 잠든 소녀 모습이기에 더욱 곱다. 임제는 이런 미감을 가지고 있었기에 당대의 오만한 명기들의 마음을 사로잡을 수 있었을 것이다.

그의 시 「말없이 헤어졌네無語別」도 때 묻지 않은 여심을 포착한 절창이다.

十五越溪女 羞人無語別
십오월계녀 수인무어별
歸來掩重門 泣向梨花月
귀래엄중문 읍향이화월

열다섯 살 예쁜 소녀
남부끄러워 말도 못하고 헤어졌네
돌아와 꽁꽁 문을 닫고는
엉엉 우네 배꽃 달빛 바라보며

월계녀는 월越나라의 냇가에서 빨래하던 여인이었던 서시를 의미해서 미인을 가리키기도 하지만 그냥 개울 건너의 여인이라고 해도 상관없으리라. '칼의 사내' 인 임제가 이런 떨림음을 지녔다는 건, 우리 시의 축복이라고 생각한다. 이런 감수성이 어떻게 여인들을 녹이는지 구경 좀 하자.

찬비에 얼어 잘까, 녹아 잘까

그가 평안도사로 있을 때(1583년, 34세) 평양에 한우寒雨라는 도도한 기생이 이름을 떨치고 있었다. 빼어난 미색이었기에 사내들이 주위에 들끓었으나 그녀는 싸늘한 가을비처럼 차가웠다. 그래서 '미스 찬비'였다. 임제는 나귀를 타고 퉁소를 불면서 한우가 있는 기루妓樓를 지나간다. 그러면서 천천히 읊는다.

> 북천이 맑다커늘 우장 없이 길을 나니
> 산에는 눈 들에는 찬비로다
> 오늘은 찬비 맞았으니 얼어 잘까 하노라

요즘처럼 기상청이란 게 있어서 날씨 예보를 해주는 건 아니었을 테니 북쪽 하늘이 맑은 건 자신이 관찰한 것이리라. 떠나는 곳에선 구름들이 많지만 저쪽은 맑아 보이니 그냥 가도 되겠다 싶어서 도롱이를 입지 않았다. 산을 지나는데 눈이 온다. 그리고 다시 마을로 내려오니 비가 온다. 눈도 맞고 비도 맞았다. 비만 맞아도 찬데 눈 위에 비를 맞았으니 얼마나 찬비이겠는가. 그냥 찬비면 털고 잘 수 있겠으나 눈비 섞인 비인지라 몸이 얼 수밖에 없다. 그러니까 임제는 '얼어 잘까'라는 말을 집어넣기 위해 산설야우山雪野雨라는 기막힌 날씨를 연출해낸 것이다. 속뜻을 살피지 않는다면 그냥 담담하고 아름다운 시다. 그렇지만 이 시의 매력은 속옷 한 꺼풀을 벗겨낸 그 속에 들어 있는 중의重意에 있다.

> 북천이 맑다커늘 우장 없이 길을 나니

북쪽 하늘은 평양의 기방을 말하고, '맑다' 는 것은 그곳의 지조가 높다는 칭찬을 담는다. 누군가가 내게 말해주더라. 평양 기생들은 가무와 문장과 자색이 최고라더라. 그런 말을 듣고 왔다. '비를 피할 장비' 는 뭘까. 요즘 같이 풍선류의 장구나 비아그라류의 약품을 가리키는 건 물론 아니리라. 다만 삼류기생들의 어쭙잖은 농락에 같잖은 놀림감이나 되지 않을까 하는 '마음의 우장' 따위는 접어두고 왔다는 얘기일 것이다. 워낙 뛰어나신 분들이 많으니 내가 굳이 무슨 엔터테이너 노릇을 하기 위해 별도로 준비를 안 해와도 될 거라고 생각했다는 의미렷다.

산에는 눈 들에는 찬비로다

오는 길은 험하고 미끄러워 힘들었는데 그래도 여기 와보니 '미스 찬비' 님이 기다려주고 계시는군요.

오늘은 찬비 맞았으니 얼어 잘까 하노라

오늘은 미스 평양이신 한우가 맞이하여 주었으니 함께 어울려 잠을 자볼까 하노라. 칼이 드디어 나왔다. 그야말로 단도직입이다. '얼다[凍]' 와 '어울리다[交]' 의 두 표현이 비슷한 음값을 가진 것을 활용해, 찬비 맞았으니 당연히 어울려 자야하지 않겠느냐며 교묘하게 비약飛躍한다. 하지만 한우가 그냥 "아, 예. 서방님" 해버리면 분위기에 지진 난다. 그랬다면 백호도 그냥 홱 돌아서서 가버렸을지 모른다. 한우는 김칫국을 멋지게 마시는 임제에게 한편으로는 반하면서도 '내가 그렇게 싸구려로 보이니?' 하는 뾰로통한 표정으로 가야금 줄을 잡는다.

어이 얼어자리 므스 일 얼어자리
원앙침 비취금을 어디 두고 얼어자리
오늘은 찬비 맞았으니 녹아 잘까 하노라

어찌 얼어 주무시겠습니까. 무슨 일로 얼어 주무시겠습니까. 나으리가 바보도 아닌데 예까지 와서 길에서 얼어 주무실 까닭이 어디 있겠습니까. 밖에서 비 맞고 왔다고 꼭 얼어 자야 하나요? 집에는 둘에 베고 자는 두동다리 베개와 아름답고 따사로운 이불이 널려 있는데 그건 다 어디다 쓰려고 한데서 주무시겠단 말씀이신가요? 이까지는 아주 평이해 보인다. 그런데 마지막 행을 비틀었다. 임제가 읊은 구절에서 '얼어'를 '녹아'로만 바꿨다. 이게 시의 눈이다. 오늘은 찬비를 맞으시느라 수고했으니 몸을 잘 녹이셔야 하옵니다. 그런 뜻도 되지만, 원래 눈이라는 것이 비를 맞으면 녹게 되어 있다. 비가 먼저 오고 눈이 많이 오면 얼어 잘 수도 있지만 눈을 맞고 비를 맞았으니 녹는 게 당연하다. 자연의 이치를 가지고 공격한 임제를 더욱 정밀한 자연과학으로 응수한 것이다. 비 맞았는데 왜 어느냐고요? 눈 맞아야 얼지. 그것도 몰라요? 그런 어퍼컷이 숨어 있다. 물론, 그게 다가 아니다. 이것 또한 중의법의 천국이다. 속옷을 벗겨보자.

어이 얼어자리 므스 일 얼어자리

왜 내가 당신하고 어울려 잡니까? 처음 보는 사람인데 무슨 볼 일이 있다고 당신하고 동침한단 말입니까. 웃기고 계십니다. 사람 잘못 보셨습니다. 그렇고 그런 여자들하고 많이 지내보신 모양인데 꿈 깨시는 게 인생 피곤 덜 쌓는데 도움이 되실 거예요.

원앙침 비취금을 어디 두고 얼어자리

원앙침 비취금은 부부가 자는 방에 들어 있는 물건들 아닌가. 여보세요, 임제 씨. 댁의 마누라 계신 데서 주무셔야죠, 어디 와서 한뎃잠 자겠다고 농성을 하십니까요. 둘이 날이면 날마다 베고 자던 원앙침은 어느 시궁창에 던져놓고 오셔가지고는 얼어 잔다는 둥 그런 말씀 하십니까. 비단 이불 싫증나면 뛰어오는 데가 '한우 마사지 센터' 인 줄 아십니까. 내가 정말 못 살아. 이 정도까지 진도 나가면 천하의 임제라도 간의 사이즈가 좀 줄어들어 있게 되어 있다. 마누라에게로 '고 홈' 하라는데, 뜨끔하지 않겠는가. 그러나 역시 한우다. 반전의 명수임에 틀림없다. 클린 히트로 다시 모신다.

오늘은 찬비 맞았으니 녹아 잘까 하노라

그래요. 원앙침 비취금, 오늘은 잊어버리세요. 내가 그것보다 퀼리티가 조금 더 위이니까. 오늘은 특별한 한우를 만났으니, 걱정 붙들어 매세요. 뼈와 살이 타는 밤? 그것을 다른 말로 하면 '녹아 잘까' 이다. 세상 시름으로 욱신거리는 삭신까지 다 녹여 줄 테니, 얼른 이리 들어 오세용. 지금까지 핀잔주고 퉁바리 맞히고 혀 내밀던 '미스 찬비' 가 천하의 요부로 변해서 찹쌀떡 달라붙듯이 찰싹 임제의 가슴으로 들어앉는다. 임제는 그래도 오면서 전략 짜고 대응 시나리오 만들고 했겠지만 한우는 그럴 틈도 없었을 것이다. 그렇지만 순발력이 준비를 이겼다. 퉁소 가락이 가야금 한 줄에 나가 떨어졌다. 그렇다고 임제가 억울해할 일은 아니겠고, 한우 또한 오랫동안 은근히 기다려왔던 '우상' 이 제 발로 굴러들어 온 것이니 찬 빗방울 더운 빗방울 아낄 건 없다.

겨울에 부채를 주는 뜻은

임제에겐 '비[雨]의 여인'이 있었고, 또 '달[月]의 여인'이 있었다. 그의 인생에 비는 흠뻑 내려줬지만 달은 그렇지 않았다. 명월明月이었던 황진이는 한 세대 위라 오래 전 청초 우거진 곳에 자는 듯 누웠고, 평양 떠나던 날 송별연서 만난 월선月仙은 너무 어려서 조심스러웠다. 윤씨 성을 가진 그녀를 위해 그는 시를 써준다.

江月盈虧十二度 西關醉客今將歸
강월영휴십이도 서관취객금장귀
何時重見婉轉態 與唱樽前金縷衣
하시중견완전태 여창준전금루의

대동강 위의 달이 열두 번 찼다 이지러지니
평안도의 술 취한 나그네 이제 돌아갈까 하네
언제 다시 보랴, 더 예뻐진 네 모습을
함께 노래 부르자 술잔을 들고, '금루의'를

금루의는 두목杜牧의 시에 나오는 것으로 '勸君莫惜金縷衣 勸君須惜少年時(그대에게 권하노니 금빛 비단옷을 아끼지 말고/오직 젊은 시절을 알뜰하게 쓰소서)'에서 나왔다. 花無十日紅(화무십일홍)이니 꽃피는 시절에 실컷 즐기라는 충고이다. 그가 평양에 체류하는 기간은 1년이었던 듯하다.

헤어지면서 백호는 그녀에게 부채 하나를 선물한다. 겨울철에 부채라니? 예쁘고 귀여운 어린 기생은 어리둥절한 눈을 하고 쳐다본다.

"하로동선(夏爐冬扇, 여름난로 겨울부채)처럼 제가 쓸모없다는 뜻이옵니까?"

동기童妓가 조바심을 내며 묻자 백호는 그저 빙긋이 웃는다. 헤어진 뒤 월선은 부채를 펴본다. 그 위에 쓰인 임제의 시를 읽는다. 아!

莫怪隆冬贈扇枝 爾今年少豈能知
막괴융동증선지 이금년소기능지
相思半夜胸生火 獨勝炎蒸六月時
상사반야흉생화 독승염증유월시

겨울에 부채를 준다고 너무 갸웃거리지는 말아라
너는 지금 나이가 어리니 어찌 알 수 있겠느냐
그리워하는 한밤에 가슴에 불이 붙으면
유월의 찌는 더위보다 더하다는 것을

월선은 이후 이 부채를 늘 가슴에 품고 살았다. 그리고 임제를 그리워했다. 하지만 부채의 임자는 소방 도구만 주고는 더 이상 나타나지 않았던 모양이다. 바람둥이는 가끔 이렇게 무정하고 가혹하다. 부채라도 준 걸 고맙게 생각해야 하나?

사랑을 낚는 낚시꾼

평안도사를 끝낸 뒤 임제는 서울에 올라와 예조정랑을 지낸다. 1884년(35세) 무렵이었다. 그러나 곧 정쟁의 모략과 소용돌이에 환멸을 느끼고 사임한다. 그때부터 전국을 떠도는 방랑이 시작된다. 백호는 평안감사를 떠나는 사람의 송별연에 참석하게 되었는데 그 자리에서 기생 일지매에 관한 이야기가 나왔다. 술자리에서는 사내들의 호언이 등장하게 마련이다. 한 풍류 한다는 백호가 평양 명기 일지매를 꿰차지 못하고 왔다는 건 부끄러운 일이라고 누군가가 슬쩍 건드린다. 그러자 그는 껄껄 웃으며 응수를 했다.

"다만 내 마음이 동하지 않고 그럴 동기가 없어서 지나친 것일 뿐 헛물을 켠 적은 없소이다."

"천하의 뭇 사내들이 다 넘보았는데 백호가 그럴 마음이 없었다는 건 변명이 군색하오."

누군가 다시 긁는다. 그러자 평양으로 가는 관찰사가 껄껄 웃더니, 임제에게로 손나팔을 하고 말했다.

"내가 이번에 가면 한 달 이내로 낭보를 보내리다."

술이 거나해지자 그는 일지매의 콧대를 꺾지 못하면 백호의 아우가 되겠다고 큰소리를 친다. 그때 임제가 말한다.

"좋소이다. 그대가 꺾지 못하면 내가 형님이 되니 내게 알려주오. 내가 다시 꺾지 못하면 도로 그대의 아우가 되겠소."

한 달 뒤 풀죽은 평양의 '아우'로부터 항복기별이 왔다. 임제는 한바탕 웃음을 터뜨린 뒤 평양으로 들어갔다. 그는 가자마자 대동강가의 생선장수로 변장을 하고는 광주리에 생선 몇 개를 들고는 일지매가 있는 집을 찾았다.

"아씨. 생선을 좀 사주시오."

"이 저녁답에 생선을 팔다니, 다 상했겠소이다."

"아직 펄떡펄떡 숨을 쉬는 고기요. 한번 잡숴보시오. 대동강 봄빛처럼 사람도 푸르러지리다."

"호호. 말주변도 좋으셔라."

그런데 일지매가 생선을 사고 보니 고기가 싱싱하기는커녕 썩어가는 냄새가 난다.

"이게 어찌된 일입니까? 생선이 모두 가을빛이니……"

그때 임제는 말한다.

"아침에 봄빛처럼 빛났던 물고기도 저녁이면 가을빛으로 변하는 게 세상 이치 아니겠소. 아침에 청춘을 팔러 나섰는데 저녁에 이렇게 노을을 팔게 되었소. 청춘도 물고기고 노을도 물고기이니 어찌 애석하지 않으리까. 아씨가 거두어 주셨으니 응당 그만한 복을 받으리다. 이 몸도 이 저녁에 갈 곳을 잃었소이다. 아씨네 문간의 헛청이라도 좋으니 하룻밤 묵어가게 해주면 고맙겠소이다."

말솜씨가 보통이 아닌데다 또 딱히 불량해보이지도 않아 일지매는 고개를 끄덕이고 만다. 하녀 수월이에게 저녁을 차려드리라고 말하고 일지매는 안으로 들어간다. 때마침 교교한 봄밤. 잠이 오지 않은 일지매는 무심히 거문고를 꺼내 한 곡조를 탄다. 한참 동안 현絃이 떨며 춤추는 가락에 취해 있는데, 문득 그 가락을 따라오는 선율이 있다. 귀를 기울이니 바깥에서 들리는 퉁소소리다.

"수월아, 이건 무슨 소리냐?"

마당을 건너가는 발자국 소리가 들리더니 대답이 들려온다.

"아씨, 헛청에서 나그네가 부는 퉁소이옵니다."

"헛청에서?"

오호. 아까 생선을 팔 때부터 범상치 않더라니…… 가만 있자. 저렇게 퉁소를 불 수 있는 이는 많지 않은데? 시험해보고 싶은 생각이 들어 난도難度

를 좀 더 높여 거문고를 탄다. 그러자 헛청에서는 그 가락을 신명나게 따라온다. 이번에는 일지매가 자랑하는 최고의 연주를 해 보인다. 그런데 저쪽에서는 마치 기다렸다는 듯이 천연덕스럽게 그 가락을 쥐었다 폈다 하면서 퉁소 협주를 해온다. 저 사람은…… 백호야! 일지매가 가볍게 탄성을 지른다. 천하의 백호가 우리집 대문 헛간에서 퉁소를 불고 있다니…… 서울에 계신 줄 알았는데 이게 어찌된 일인가? 그러나 그녀는 놀라는 마음을 애써 진정시키면서 기생 한우와 임제가 나눴다는 유명한 곡을 기억해낸다. 그게…… 忠臣戀主之曲(충신연주지곡)이었지? 한 가락을 뜯어본다. 그러자 애절한 퉁소가 그것에 한 호흡처럼 화답한다. 한 소절 한 소절 진행될 때마다 퉁소가 물었다 놨다 하면서 따라온다. 일지매는 더 이상 참기 어려워 문을 열고 나와 마루 난간에 섰다. 달을 바라보며 낭랑하게 시를 읊는다.

窓白羲皇月
창백희황월

창에 복희씨 시절의 달이 환하네

이때 헛청에서 바로 우렁찬 목소리가 들려온다.

軒淸太古風
헌청태고풍

마루엔 태고 시절의 바람이 맑도다

깜짝 놀랐으나, 일지매는 다시 시치미를 떼며 넌지시 추파를 싣는다.

錦衾誰與共
금금수여공

비단이불을 누구와 함께 덮을꼬

헛청에서 들리는 소리.

客枕一隅空
객침일우공

나그네 베개 한 귀퉁이가 비어 있네

이쯤 되자 일지매가 버선발로 마당을 지나간다. 서방님! 어찌 이런 누추한 곳에 소녀를 속이고 들어오셨사옵니까? 헛청에서 호쾌한 웃음소리와 함께 퉁소를 쥔 사내가 걸어 나온다. 달빛이 생선장수의 얼굴을 비추니 시대의 기남아奇男兒가 내뿜는 우아한 카리스마가 돋을새겨진다.

일지매가 철옹성을 걷고 임제와 사랑의 단꿈에 취해 있을 때 관아에서 기생 점고를 알리는 통지가 왔다. 큰 병이 나서 못 간다고 그래라. 그녀는 방문을 쓱 닫았다. 그러자 다시 전갈이 왔다. 귀한 모임이니 병이 있다하더라도 얼굴은 비쳐야 한다는 것이었다. 일지매는 "생선장수의 낚싯밥에 물려 오도 가도 못하는 생선이 된 몸이니, 죽어도 못 간다고 일러라"라고 응수한다.

"뭐? 생선장수와 정분이 났단 말이냐?"

평안감사는 자신이 그토록 구슬려도 듣지 않던 일지매가 하찮은 사람에게 넘어갔다는 사실에 불쾌해졌다.

"관명을 거부하는 그 연놈을 당장 잡아들여라."

노기등등한 감사 앞에 두 사람이 끌려나왔다.

"네가 무엇을 믿고 감히 나라를 능욕하느냐?"

일지매에게 물은 이 말에 대답을 한 것은 생선장수였다.

"천기가 필부와 어울린 것은 격에 맞는 일이 아니온지요?"

목소리가 익숙하다. 이게 누구더라? 그때 생선장수가 한마디를 덧붙인다.

"필부의 아우가 되어 천기에게 호통을 치시니 이는 격에 맞지 않은 일이 아니온지요?"

그제야 상황을 파악한 감사가 화들짝 놀란다.

"이 사람, 백호 아닌가?"

"감사 나으리. 존칭은 어디서 잡수시고 말을 반 토막만 꺼내십니까. 윗사람을 대하는 예법을 잊으셨습니까?"

"아이고, 형님. 미안합니다그려."

압구정에서 한명회를 비웃다

임제는 무엇보다도 조선의 시단을 풍성하게 만든 걸출한 시인이다. 그에게 시를 쓰게 한 힘은 치열한 자의식에 있다고 생각한다. 빼어난 무관이 되어 조선의 변방을 평정하리라던 그의 꿈은, 중앙정부의 소모적인 내분을 보고는 급속도로 식어버렸다. 그는 세상을 비웃고 기생과 거침없이 교유하며, 피폐한 조선의 현실 속을 부랑하다가 서른여덟이란 짧은 나이에

꺼져버린 불꽃이다.

我則不如君 君則不如雲
아즉불여군 군즉불여운
無心自出岫 僧俗兩紛紛
무심자출전 승속양분분

나는 그대와 같지 못하지만 그대는 저 구름만 같지 못하네
무심히 스스로 산 위에 돋아나는데 중과 속인은 둘 다 어지럽게 다니네

贈潛師(도잠스님에게)

出言世謂狂 緘口世云癡
출언세위광 함구세운치
所以掉頭去 豈無知者知
소이도두거 기무지자지

말을 하면 세상이 미쳤다고 하고
입을 닫으면 세상이 바보라 부르네
고개를 흔들며 가는 건 그 때문이지
어찌 알아주는 사람이 없겠는가

留別成而顯(성이현과 헤어지며)

그가 서울 강남의 압구정鴨鷗亭을 지나간다. 이 정자는 상당부원군이었던

한명회(1415~1487)가 지은 것이다. 한명회는 이 정자를 지어놓고 이름을 짓지 못해 고심했는데 명나라 사신으로 갔을 때 한림학사 예겸에게 부탁하여 '압구狎鷗' 라는 이름을 받았다. 압구는 갈매기와 친하다는 의미이다. 그런데 한명회는 욕심이 많아 그의 정자에 갈매기가 날아들지 않았다고 한다. 그래서 당시에는 친할 압狎 대신에 누를 압押자를 써야 한다고 수군거렸다. 임제는 붓을 든다.

人而可狎鷗 以其無機也
인이가압구 이기무기야
狎鷗以名亭 果是忘機者
압구이명정 과시망기자

往事俱悠悠 寒庭草可藉
왕사구유유 한정초가자
永懷淸隱翁 悲來淚盈把
영회청은옹 비래누영파

사람이 갈매기와 친할 수 있는 것은
기심(機心, 기회를 엿보는 마음)이 없기 때문이지
압구라고 정자 이름을 지었으니
과연 이 사람이 기심을 잊은 자였던가

지나간 일이란 모두 아득해지는 법
차가운 뜰에 풀들이 방석처럼 좋구나

청은옹을 오랫동안 그리워하니

슬픔이 밀려와 눈물이 주먹 쥔 손에 가득 잡히네

鴨鷗亭(압구정에서)

이 과객은 늦가을에 압구정 마른 풀밭에 앉아 한명회와 김시습(청은옹, 그는 자신의 호를 벽산청은碧山淸隱이라고 썼다)을 생각하며 눈물을 흘린다. 누영파淚盈把라는 표현이 실감난다. 다섯손가락을 오므려 눈물을 닦아내니(이건 대개 남자들이 주체하지 못하는 눈물을 훔치는 방식이다) 눈물이 한 손아귀 가득 담긴다는 얘기다. 임제는 기심機心을 말하며 한명회를 비웃고 있다. 『열자列子』에 나오는 얘기다. 어느 바닷가에 갈매기와 같이 노는 사람이 있었다. 그가 가면 100마리도 넘는 갈매기가 함께 어울렸다. 어느 날 그의 아버지가 그에게 부탁했다.

"그중에 한 마리만 내게 잡아주려무나."

그 다음날 이 사람이 바닷가에 나가니 갈매기들은 하늘에서만 맴돌 뿐 그의 근처로 오지 않았다. 그에게 기심이 있었던 것을 알아챈 것이다. 한명회의 압구정에 갈매기가 날아오지 않은 건 그런 까닭이 아니겠는가. 그런데 갈매기도 알아채는 그런 자명한 악명도, 세월이 지나면 다 희미해진다. 임제는 그게 쓸쓸한 것이다. 김시습을 생각하며 주먹만한 눈물을 흘리는 건, 사연이 있다. 한명회의 별장을 지나가던 김시습은 현판에 써놓은 글씨를 보았다.

靑春扶社稷 白首臥江湖

청춘부사직 백수와강호

젊은 시절엔 사직을 붙들었고
흰머리 되어서는 강호에 누웠노라

한명회를 떠올리니 열불이 돋는다. 김시습은 5언에서 한 글자씩을 쓱쓱 고친다.

青春危社稷 白首汚江湖
청춘위사직 백수오강호

젊은 시절엔 사직을 위태롭게 했고
흰머리 되어서는 강호를 더럽히노라

훗날 한명회가 이것을 보고 놀라 바로 없애버렸다는 얘기가 김시습의 『매월당집梅月堂集』에 전한다. 임제는 한명회에 대한 시 한 수를 더 남기고 있다. 청주 서쪽 부근을 지나다가 그의 무덤을 만났다.

男兒生死義之歸 事或權經聖者知
남아생사의지귀 사혹경권성자지
伐罪有辭周尙父 如君功業定何其
벌죄유사주상보 여군공업정하기

남자가 살고 죽는 것은 결국 옳음의 문제이네
그대의 일이 권세의 길이었는지는 성인이 알 것이네
주나라의 상보(강태공, 주의 무왕이 그를 상보 스승이라 불렀다)

가 (은나라를 치면서) "죄가 있으면 친다"고 말했는데
그대가 한 일은 어떻게 판결나려나

過韓明澮墓(한명회 묘를 지나며)

어머니와 아우, 그리고 스승

임제가 서른 중반을 넘기면서 유랑을 하게 되는 것은 단지 벼슬에 대한 염증 때문이었을까. 가족들에 대한 살뜰한 사랑이 시 곳곳에서 보이는 그가, 문득 모든 것을 팽개치고 전국을 떠돌게 된 까닭은 무엇이었을까. 1578년 임제가 29세 되던 해, 그의 막내아우 탁이의 생일(정월 26일)을 맞아 쓴 시 한 편은 일말의 단서를 주는 듯하다.

婦人愛少子 慈母偏憐爾
부인애소자 자모편련이
汝年六歲時 哀哀失所恃
여년육세시 애애실소시

丘壟七秋霜 兄科母不識
구롱칠추상 형과모불식
正月二十六 乃汝初度日
정월이십육 내여초도일

却念母劬勞 欲報恩罔極
각념모구로 욕보은망극
母今若生存 行年纔五十

모금약생존 행년재오십

汝能讀經史 淸晨對汝泣
여능독경사 청신대여읍

부인은 어린 아이를 사랑하게 마련이지만
어머니는 유독 널 예뻐하셨네
네 나이 여섯 살 때
슬프다 믿었던 이를 잃었네

무덤에 내린 일곱 가을 서릿발
형이 과거 급제한 것도
어머니는 모르실거야
정월 이십육 일 네 생일날

어머니 고생하신 것 생각하니
은혜 갚고픈 마음 끝이 없네
어머니 살아계신다면
올해 겨우 쉰 살이신데

너는 경전과 역사를 읽을 나이가 되었는데
맑은 새벽 너를 보며 눈물 흘리네

이 시를 쓴 것은 임제가 과거시험에 합격한 다음해이다. 막내아우의 열두·살 생일을 맞아 임제는 7년 전 돌아간 어머니를 절절하게 그리워한다. 1572년의 일이며 그때 임제의 나이는 23세 때였다. 어머니를 그리워하는 시는 또 있다. 「압촌에서 잠자며宿鴨村」는 애상적이다.

客窓終夜憶寒泉 更値新晴祗晝眠
객창종야억한천 경치신청지주면
村巷寥寥人不到 石榴花發竹籬邊
촌항요요인부도 석류화발죽리변

여관의 창에서 밤새 어머니를 생각했네
다시 날이 새롭게 갰을 땐 낮잠이 오네
시골 마을은 고요하여 오는 사람 없고
석류꽃이 활짝 대숲 담장에 피었네

(한천寒泉은 시경의 「개풍凱風」에 나오는 말로 어머니를 은유한다. 爰有寒泉 在浚之下 有子七人 母氏勞苦(원유한천 재준지하 유자칠인 모씨로고). '차가운 샘물이 준浚 마을 아래로 흘러가네 아들 일곱에 어머니 고생 많으셨네.' 이 시의 한천이 모정母情의 대명사가 되었다.)

임제는 어느 날 말을 모는 병졸이 아직 나이가 어려 보여 몇 살이냐고 물었다. 막내아우 탁이와 동갑이다. 그가 보고 싶어 시를 쓴다. 탁이는 아버지와 함께 멀리 떠나 있었던 모양이다. 그는 만지는 물건마다 동생 그리움을 돋우지 않는 게 없다(觸物無非憶弟情)라고 읊는다. 어머니의 부재不在를 보상하려는 마음이 아우에 대한 집착을 낳았을지도 모른다.

1579년 임제 나이 30세 때 스승 대곡이 돌아간다. 속리산의 은자隱者였으며 백호의 정신적 고향이었던 대곡의 죽음은 이 예민한 시인에게 공황 상태를 경험케 했을지도 모른다. 그의 만사輓詞는 그런 느낌을 갖게 한다.

一丘復一壑 山高而水流
일구부일학 산고이수류
人與白雲住 人去白雲留
인흥백운주 인거백운류

白雲有時天際去 日暮獨歸巖下宿
백운유시천제거 일모독귀암하숙
斯人一去不再來 蕙帳塵生山月白
사인일거부재래 혜장진생산월백

하나의 언덕이자 하나의 골짜기, 산은 높고 물은 흘렀지
사람과 흰구름이 함께 살았는데, 사람은 가고 흰구름만 남아 있네

흰구름도 때로 하늘 끝으로 가지만
해가 지면 저 혼자 바위 아래 잠자러 돌아오네
이 사람 한번 가고 다시 오지 않으니
혜장에 먼지가 앉은 것처럼 산달빛이 희네

혜장蕙帳은 난초 향기가 나는 휘장을 말한다. 은자가 돌아갔을 때 흔히 쓰는 표현이다. 흰구름과 사람의 숨바꼭질. 사람은 가고 흰구름만 남았다

는 그 날렵한 표현 속에, 임제는 스스로 자신이 '사람'을 잃은 허깨비 같은 흰구름임을 고백하고 있는지도 모른다. 스승을 잃고 난 뒤 임제의 현실정치 부적응은 더욱 심해졌고, 이 절 저 절을 떠돌아다니는 방랑의 시편들이 쏟아져 나온다. 그의 가족들은 힘겨웠을 것이다. 임제는 어느 시에서 그런 표정을 얼핏 스냅으로 보여준다.

非僧非俗嘯癡漢 一琴一劍爲生涯
비승비속소치한 일금일검위생애
有時北去問妻子 來寄江南禪老家
유시북거문처자 내기강남선로가

중도 아니고 속인도 아닌 '퉁소 부는 바보'라는 사나이
거문고 하나 칼 한 자루로 살아 왔다네
때때로 북쪽에 가서 처자식 만나고
돌아오면 강남의 늙은 중들 집에 더부살이하네

遺興(신바람 나서)

행려의 시, 길 위의 삶

여행이란 결국 자신을 만나러 가는 일이던가. 임제의 경우도 그랬으리라. 세상의 변두리와 구석과 오지를 찾아 떠돌면 떠돌수록 깊이 자기 내면 속의 오지奧地로 들어오고 있는 자신을 발견했을 것이다. 세상을 경멸하다가 결국 다시 스스로를 경멸한다. 그러다가 다시 세상과 자신을 떼어놓으면서 고결한 이상과 자연 그대로의 아름다움을 찾아 또 다른 걸음을 옮겼을 것이다. 원문轅門이란 곳에서 잠이 깬 임제는 나르시스처럼 오래 자기를

들여다본다.

世間癡 天下拙
세간치 천하졸

身不滿七尺 射不穿一札
신불만칠척 사불천일찰
壯心直壓千態羆 大笑高歌靑海月
장심직압천태파 대소고가청해월

세상의 바보 천하의 못난이
키는 일곱 척이 안 되고
활쏘기는 갑옷미늘 한 장도 못 뚫었네
마음은 커서 온갖 모양의 군사를 찍어 누르고
크게 웃고 높이 노래하니 푸른 바다 달이로다

세간치 천하졸은 자책의 언어이기도 하지만, 세상과 천하가 천재를 그렇게 만들었다는 원망 또한 비친다. 현실은 보잘것없지만, 마음은 장대하고 삶은 푸른 바다를 비추는 달빛처럼 담담하고 여유롭다. 담담하고 여유롭다고 말하고 싶었지만 그게 쉽지는 않았다. 그의 시들은 '행려行旅의 시'라고 할 만하다. 스스로에게 깊이 질문하는 고행의 길들 속에서 임제는 결국 깨달음에 이르지 못한 채 좌절 속에서 생의 마지막 발자국을 찍지 않았나 싶다. 우리들 대부분이 그런 것처럼 말이다. 칼의 노래 속에도, 절과 청산 속에도, 여인의 품속에도, 삶이 깊이 깃들 곳은 없었다. 임실현에서 나그네는 퇴짜를 맞는다.

暮雪投山縣 官人語甚獰
모설투산현 관인어심영
家家禁行旅 昏黑且孤征
가가금행려 혼흑차고정

저녁 눈이 떨어지는 산마을
관아의 관리 말씀이 심히 사납네
집집마다 나그네를 받지 않으니
캄캄한 이 저녁에 또 외로운 길을 가야 하나

가다 보면 다행히 인심이 좋은 곳도 있겠지만 이렇게 모진 곳도 있다. 그들 나름의 이유야 왜 없겠느냐마는 폭설이 퍼붓는 저녁에 문을 닫아건 마을을 지나가야 하는 심정이 얼마나 참담했으랴. 그는 힘겨워하는 말을 쓰다듬어준 뒤 다시 밤길을 달려 다른 마을로 갔다고 적고 있다.

선천군에서 묵을 때는 인생 추락이 서글퍼져 죽고 싶은 생각이 불쑥 든다.

從事詩書府 勞生客路中
종사시서부 노생객로중
天關如可叩 直欲御泠風
천관여가고 직욕어냉풍

시와 글을 다루던 관청에서 일했던 내가

객지의 길 가운데서 고생하는 인생이 됐네
하늘의 문이 두드릴 수 있는 것이라면
바로 찬 바람 타고 그러고 싶네

너무 추운 저녁에 문들이 굳게 닫힌 마을의 샘터에서 떨기도 한다.

山下孤村深閉門 溪橋日晩青煙起
산하고촌심폐문 계교일만청연기
石泉凍合無人踪 知有山妻炊雪水
석천동합무인종 지유산처취설수

산 밑의 외딴 마을, 문이 굳게 닫혀 있네
개울의 다리에는 해가 저물고 푸른 연기가 솟네
바위 속 샘물도 얼어붙어 사람 자취 없네
산 마을 여인이 있다면 눈 녹인 물로 밥을 하나보다.

임제는 목이라도 축이려 샘에 와 보았으리라. 그러나 꽝꽝 얼어 사람이 드나든 자취도 없다. 서른여덟 그의 죽음은 이런 방황의 끝이었을 것이다. 그는 스스로의 요절을 예견한 듯 자기에 대한 만사[自輓]를 지어 남기고 있다.

江漢風流四十春 淸名贏得動時人
강한풍류사십춘 청명영득동시인
如今鶴駕超塵網 海上蟠桃子又新

여금학가초진망 해상반도자우신

강에 부는 바람과 물결 같은 40년
맑은 이름을 족히 얻어 세상 사람을 움직였네
지금 학을 타고 티끌그물을 벗어나니
바다 위에 복숭아 열매 또 돋겠네

일세의 기남자로 끊임없는 스캔들의 주인공이었던 임제는 1585년, 죽기 2년 전에 스물한 살된 딸의 죽음을 맞는다. 이때의 만시輓詩야 말로, 가장 가슴을 뭉클하게 하는 '임제 언어'의 절정이라고 생각한다. 한우와 일지매를 유혹하던 재기발랄한 작업꾼의 면모를 생각한다면 잘 매치가 되지 않을 정도로 낯선 임제이다. 그러나 이 비통한 절규 속에 함부로 내달린 삶에 대한 깊은 뉘우침과 사소한 것들에 대한 살뜰한 그리움이 묻어난다. 이것까지 읽어야 우린 제대로 이 남자를 만난 것이다.

天乎鬼神乎 此女何咎愆
천호귀신호 차녀하구건
一病遽玉折 玆事豈其然
일병거옥절 자사기기연

我病不能去 呼慟氣欲塡
아병불능거 호동기욕전
爾今入長夜 見爾知無緣
이금입장야 견이지무연

爾母在漢北 爾外祖母前
이모재한북 이외조모전
若使聞爾死 殘命恐難全
약사문이사 잔명공난전

聞訃第四日 望奠錦水邊
문부제사일 망전금수변
薄以酒果設 滿盂汲新泉
박이주과설 만우급신천

母遠父在此 魂兮歸來焉
모원부재차 혼혜귀래언
泉以濯爾熱 酒果沃爾咽
천이탁이열 주과옥이인

哭罷一長慟 爾死重可憐
곡파일장통 이사중가련
秋空芥几萬 此恨終綿綿
추공개구만 차한종면면

하늘이여 귀신이여 이 여인이 무슨 허물이 있습니까
한번 병들어 급히 옥이 부러졌으니 이 일이 어찌된 일입니까
나도 병들어 가보지 못했는데, 부르짖어 통곡하니 숨이 막힐 듯 합니다

너는 지금 깊은 밤 속에 들었으니 너를 보려해도 인연이 없음을 알겠구나

너의 어머니는 지금 서울에 갔고 너의 외할머니 앞에 있단다

만약에 네가 죽었다는 소문을 들으면 남은 목숨 보전하기 어려울까 걱정이다

부음을 들은 지 나흘째에 영산강[錦水] 가에다 망전(望奠, 멀리서 지내는 제사)을 지낸다

술과 과일을 조촐하게 차리고 샘물을 떠서 사발에 부었다

어머니는 멀리 있고 아버지가 여기 있으니 혼이여 돌아서 여기로 오라

샘물로 네 열을 씻고 술과 과일로 네 목을 축이렴

곡을 한 뒤에 한 바탕 길게 흐느끼니 너의 죽음 더욱 가련하구나

가을 하늘 구만 리에 이 한이 결코 끊어지지 않으리라

亡女奠詞(죽은 딸을 제사 지내며 짓다)

〈저자 후기를 대신하여〉

2009 인사동에 일류 조선 기생들이 모이다

파티에 초대받을 자격이 있는 사람들이다. 누구보다도 그들은 수고하였다. 둔한 내 글줄기에 붙들려와 느닷없이 지면紙面 속의 삶을 살게 된 것이 큰 수고였다. 무엇보다 시대의 질곡에 몸부림쳤던 수고스러운 생을 리바이벌하는 것이 나로서는 미안했다. 잠들만 하면 불러내서 제 입맛에 맞게 춤추라니 성가시기 짝이 없는 일이다. 그러니 위로를 겸한 술자리를 갖는 걸 가지고 '기생 파티' 운운할 자가 있다면 시끄럽다고 일갈하리라. 책에 나오는 출연자 중에서 어떤 사람을 부를까를 선택하는 것도 고민이었다. 행인1, 행인2까지 부를 수는 없는 일 아닌가. 글 속의 비중도 고려해야 하고, 또 만났을 때의 분위기도 생각하지 않을 수 없다. 챕터마다 아쉽지만 두 사람으로 제한했다. 홍낭과 최경창, 황진이와 소세양, 매창과 허균, 한우와 임제, 이옥봉과 조원, 김부용과 김이양, 김삼의낭과 하립. 이렇게 14명을 초청했다. 그들에게 이메일을 보냈다. 2009년 1월 23일 금요일 오후 7시 서울 인사동 〈줄없는 거문고〉로 나와 주시기 바랍니다. 느닷없는 초청에 당황했을지도 모르겠다. 그런데 초대된 다른 사람의 이름을 함께 써 보낸 것이 힘을 발휘한 것 같았다. 면면이 다 흥미로운 분들 아닌가. 모두 기꺼이 오겠다고 했다.

나를 포함해 15명을 예약해놓은 그곳에, 내가 일찌감치 도착하자, 하얀

명주 적삼에 검은 덧옷을 걸쳐 입은 그곳 여사장님이 반갑게 맞는다. “오늘 무슨, 날이에요? 누가 오시는 거예요?” 나는 그저 빙긋 웃기만 했다. 여섯시 50분. 임제와 한우 커플이 먼저 도착했다. 키가 크고 눈썹이 짙은 호남형의 임제, 그리고 눈이 크고 얼굴이 희고 입술이 도톰한 여인 한우. 5분 더 있으니, 허균이 여닫이 유리문을 열고 사방을 둘러본다. 생각보다 얼굴선이 곱고 여려 보이는 사내이다. 눈이 유난히 빛난다. 그 뒤에 선 매창은 거문고를 여전히 들고 있다. 해쓱할 만큼 야위었다. 서로 만난 시점의 나이로 오라는 주문을 했더니, 매창은 한우에 비해선 훨씬 성숙해 보인다. 일곱 시 정각. 조원이 들어섰다. 단구에 야무진 얼굴이다. 시계를 보면서 한번 좌중을 살핀다. “왜, 아직 안 온 사람들이 있지?” 5분쯤 뒤에야 이옥봉은 헐레벌떡 뛰어온다. “저 사람 걸음이 얼마나 빠른지…… 나하고 같이 오는 게 창피한가 봐요.” 그러면서 살짝 웃는데 애교가 뚝뚝 떨어진다. 손에는 시집 한 권이 들려져 있다. 일곱 시 십 분. 홍낭이 뛰어온다. “고죽 어른(최경창) 아직 안 오셨어요? 문 앞에서 만나기로 했는데……” 씩씩하면서도 예쁘다. 그 뒤에 군인 복장을 한 최경창이 들어온다. 과묵해 보인다. 손에는 피리를 들고 있다. 일곱 시 십오 분. 괴나리봇짐을 든 사내 하나가 섰다. “여기가…… 맞나?” 뒤에서 여인이 그의 허리께를 밀면서 말한다. “그럼요. 저 간판이 안 보여요?” 이 소리에 남자가 씩 웃으며 머리를 긁적인다. 삼의당과 하립 부부이다. 삼의당의 말. “그래도 우리가 꼴찌는 아니죠?” 일곱 시 삼십 분. 회색 머리의 멋쟁이 중년이 들어온다. “요즘, 회의가 들쑥날쑥이어서……” 핑계처럼 중얼거린다. 뒤에는 얼굴은 동안이나 표정은 단단해 보이는 여인 하나가 서 있다. 숄을 둘렀고 입을 꽉 다물고 있다. 봉조하를 지냈던 김이양 대감과 첩실 김부용이다. 지금껏 지켜보고 있던 〈줄없는 거문고〉의 사장님이 입을 딱 벌리며 말한다. “어디서 이렇게 예쁘고 잘생긴 남녀들이 쏟아져 들어오는 거예요?" 나는 다시 웃으며 중얼거렸다. "근데, 왜 황모와 소모는 안 보이시지?" 사십 분이 지나서야 소세양이 들어왔다. "일곱 시 반에 정확하게 도착하려 했는데, 이 사람이 자꾸 차를 한 잔 더 하고 가자는 바람에……" 그러면서 뒤를 돌아본다. 유리문 뒤에 서 있는 여인 하나. 카페 골목이 갑자기 눈부실 만큼 환하다. 녹색 저고리에 붉은 치마를 입었다. 여염집 규수 같다. 활짝 웃으며 들어온다. "호호. 제가 이겼죠?" 카페 종업원이 달려간다. 사인을 해달라고 내민다. 황진이는 검은 장갑 한 짝을 벗고는 그 하얗고 긴 손으로 그림을 하나 그린다. 공산 위에 뜬 달 하나. "어머. 다들 오셨네요. 제가 많이 늦었죠. 뵙고 싶었어요." 그렇게 말하며 그녀는 손을 들어 인사한다. 그때 저쪽에 앉아 있던 임제가 통로로 달려 나와 손을 덥석 잡는다. "어휴, 여기서 뵙다니, 영광입니다. 정말, 만나고 싶었는데…… 빈섬, 고마워요. 이런 자릴 만들어줘서……" 소세양이 눈치를 주자, 그제야 임제는 제자리로 가고 황진이는 비어 있는 중간 자리에 들어가 앉는다.

술이 돌아가고, 이 집의 명물인 콩나물 국밥이 안주 겸 해서 각각의 자리에 하나씩 놓였다. 이 자리에선 연장자인, 봉조하 대감(김이양)이 일어서서 잔을 들었다. "역사적인 만남을 위해서 건배. 조선의 사랑을 위해서 건배. 이 자리를 만들어준 빈섬을 위해서 선배."

소세양이 말을 꺼냈다. "사실 오늘 모임의 콘셉트는 '기생'이 아니라, '시인'이라고 봐야 하오. 여기 앉으신 거의 모든 분들이 다 시를 쓰시고 사랑하시는 분들이 아닙니까?"

"그렇지요."라고 삼의당이 맞장구를 친다. "특히 여성분들은 모두 뛰어난 시인입니다. 황진이나 김부용, 매창이나 이옥봉 같은 경우는 시단의 일획을 그은 분들이라고 봐도 과언이 아니지요."

"어디 여자들만 그렇습니까? 남자들도 쟁쟁하십니다. 허균의 시도 일가를 이루었다 할 만하고 최경창이나 임제 또한 당대를 풍미한 시인들입니다."(소세양)

"그렇게 일부 사람들을 거명하시면 거기에 끼지 못한 분들이 서운하지 않을까요? 그들 또한 나름으로 뛰어난 분들인데……"(삼의당)

"허허. 맞는 말씀입니다. 삼의당 시 또한 여염집 여인의 일상을 날렵하게 포착해냈다 할 만합니다. 그런데 남편의 고등고시를 위해 모든 뒷바라지를 다 했는데도 뜻을 이루지 못해서 참 안타깝더이다."(조원)

"부끄럽습니다. 사실 조선의 과거제도라는 것이 차츰 가진 자들이 서로 돌려먹는, '그들만의 리그'로 변한 감이 있습니다. 물론 제 능력이 모자란 점도 있습니다만…… 지방의 선비가 아무런 연줄도 없이 시험에 합격하는 일은 정말 별 따기였지요."(하립)

"허허. 저는 그 반대의 입장에 서 있었습니다만…… 안동김씨라는 가문이 출세를 보장해주었지요. 물론 능력이 뒷받침해주지 않았다면 오래 가지 못했겠지요. 제가 회방(과거 본지 60년까지 벼슬을 함)의 호사를 누린 것은 과분의 영광이었습니다."(김이양)

"저는 사실 운초 김부용의 팬이예요. 한강의 시류詩流를 만들어낸 초당마마는 정말 대단했어요. 조선에도 지식인 살롱문화가 존재할 수 있음을 보여주는 일이었지요. 그런데 운초의 시를 보면 술에 취해 있는 대목이 많이 나오던데 혹시……"(홍낭)

"호호. 사실 전 약간 알코올 중독이었는지도 몰라요. 모르겠어요. 그렇게도 바라던 출세를 해서 양반집의 후실을 꿰찼는데도 마음이 늘 허전했죠. 술이 그걸 달래줬어요. 술은 시를 부르고 시는 술을 불렀어요. 그래도 술이라면 호걸 임제를 따를 이가 없지 않겠어요?"(김부용)

"하핫. 사실 저도 공허감이 많았던 인생이었어요. 무인의 기예를 갖췄고 오랑캐를 평정하는데 그 솜씨를 쓰고자 했으나 세상이 나를 반기지 않더이다. 그래서 칼의 노래는 접고 퉁소의 노래로 여인들을 쫓아 다녔지요. 사실 사랑을 찾으러 다닌 것이 아니라, 내밀한 공허를 채워줄 소통을 그리워한 것입니다. 황진이의 무덤에 술을 따르다가 세상의 손가락질을 받은 해프닝은, 그 함의를 읽어야 하는 게 아닌지요. 도무지 함께 대작할 사내와 여인들이 당대에는 보이지 않았기에 '위대한 자유 여인' 인 황진이에게 술을 부은 것이 아니겠습니까. 한낱 술꾼의 풍류를 위해서 그런 것이겠습니까?"(임제)

"임제가 내 무덤에 와서 술을 부었을 때 사실 나는 좀 당황했어요. 그가 알고 있는 사람이 과연 나일까. 전시대의 기생의 무덤을 찾아 절하는 자가 과연 정신이 온전한 자일까. 하지만 임제의 시를 읽어보고 그의 삶을 들여다보면서 생각을 달리하게 되었어요. 임제와 나는 닮은 점이 많아요. 세상의 구속을 너무나 싫어 했고, 또 사랑을 하면서 속으로 사랑을 비웃었죠. 그리고 말년에 대책 없는 방랑길에 오르는 것도 비슷해요. 나는 '조선의 자유인 3절絕' 을 꼽으라면 임제와 허균과 황진이를 꼽을 겁니다. 세 사람 다 조선에는 맞지 않는 사람이었고, 시대를 경멸하는 기개가 있었다고 생각합니다."(황진이)

"자유인 3절이라…… 내가 그런 멋진 그룹에 낄 수 있을지는 의문이외다. 나는 그대들과는 달리 출세에 대한 욕심을 좀 가졌소. 물론 시절이 하도 어수선하여 나쁜 권력이지만 거기에 기탁하여 목숨을 보전하고자 했던 것도 있었습니다. 그러나 그것이 오히려 내 수명을 단축하고 끔찍한 최후를 맞이하게 하였소. 임제는 낭만적인 돈후앙이었지만 나는 진짜 운우雲雨의 행위를 좋아했어요. 그게 내 삶의 건강함을 유지한다는 생각도 했습니다. 같이 잠을 잔 기생 수십 명의 명단을 적어 다니는 따위의 기행들은, 그저 권력의 가당찮은 엄숙주의를 조롱하고자 함이었소. 그러나 매창은 내가 만난 다른 여자들과는 좀 다른 여자였소. 그녀는 작은 여치 같은 여자였다고나 할까. 나이는 들었지만 지적이고 말이 잘 통했어요. 지음知音이라는 말뜻을 이해하게 해준 사람이었지요. 이쯤에서 나의 '여친'의 거문고 연주를 한번 듣는 건 어떻겠소?"

허균이 이렇게 말했을 때 좌중에서 박수가 쏟아져 나왔다. 매창은 다소 수줍은 표정으로 살짝 웃더니 거문고를 집어 든다.

"슬픈 곡조라 분위기를 망칠까 걱정되네요. 나는 워낙 슬픈 사랑만 하고 기다리는 연애만 한 사람이라……"

하나의 음이 묵직하고 고적한 길을 연다. 가락이 넘어질 듯 비틀거리며 다시 일어선다. 사람들은 술잔을 기울인다.

"허균을 만난 것은 행운이었지만, 너무 짧았어요. 그가 그렇게 어이없이 돌아갈 줄 누가 알았겠어요? 그와 저승에서 동침하기로 한 약속은 유효해요. 이 세상에선 사실 사랑에 지쳤어요. 누군가에게 마음을 준다는 것이 얼마나 고통을 담보하는 것인지 깨달았죠. 그래서 허균과는 '섹스리스 러브'를 꿈꾸었죠. 그는 그럴 만한 멋진 사람이었고요. 불교에 대한 해박함과 세상을 읽는 진보적인 관점, 툭 터진 영혼의 훤칠함 같은 게 느껴졌죠. 나는 사실 너무 수동적으로 사람을 사랑했어요. 그래서 온통 가슴에 원怨만 쌓였죠. 다시 태어나면 나는 홍낭처럼 사랑할 거예요. 사랑을 위해선 어떤 행동도 불사하는 멋진 여인이죠."(매창)

"사실, 나는 깜짝 놀랐어요. 빈섬이 나를 '살아 4천리 죽어 2천리를 뛰어간 사랑'이라고 표현했을 때 말이에요. 저도 그런 생각을 해보진 않았는데, 가만히 보니 정말 많이 뛰어다녔더군요. 어린 시절부터. 그런데 사람들은 천리 먼 길을 달려갔다고 하면 다 은유적인 표현으로 여겨버리죠. 그렇지만 정말 추운 겨울에 미친 듯이 그리운 사람을 찾아 산 넘고 물 건너 달려갈 때에는 죽기를 각오하는 거죠. 그리워 죽느니 길 가다 죽는 게 낫다는 심정으로 가는 것이니까. 나도 행복한 사랑은 아니었던 것 같아요. 매일 뛰어다니다가 볼 일 다 봤으니까. 하지만 고죽만은 내 불같은 사랑을 잘 알았을 거예요."(홍낭)

"왜란 중에 내 시집을 잘 지켜주어서 고맙단 말을 하고 싶소. 홍낭은 정말 절망을 모르는 씩씩한 여인이죠. 그리고 무엇보다도 그녀는 우리말의 천재요. 묏버들 가려 꺾어…… 라는 시조는 정말 다시 나오기 어려운 절창이라고 생각해요. 물론 한우도 그 방면에선 뛰어난 분이죠."(최경창)

"기생이란 시를 기예의 일부로 팔아먹는 인생이라는 거, 가끔 생각하면 슬프지만, 그래도 나는 내 기예가 세상의 불쾌지수를 낮추고 알콩달콩 사랑하는 마음에 불을 지른다면 다시 태어나도 아낌없이 그걸 사용할 겁니다. 그런데 조원은 어찌하여 그토록 매정하게 이옥봉을 대했는지 좀 말씀을 해보시지요."(한우)

"허허. 거참. 그 시절에는 그 시절의 문법이 있지 않습니까. 나는 세상에서 존경받는 집안을 꾸려가야 하는 가장이었소. 내가 옥봉에게 접근한 것이 아니라 옥봉이 내게로 왔소. 삼깐 풍류를 즐기는 것이면 모르겠으나, 애당초 첩실로 들어앉을 생각을 한 것이 무리였소. 하지만 내 마음 속에 미안하고 가련한 마음이야 왜 없었겠소. 사사로운 정을 끊고 대의를 세운 것이라 생각하오."(조원)

"조씨 집안의 일가의 불행을 보다 못하여 시로 도와준 것을 그렇게까지 징벌할 게 뭐가 있었는지요? 그녀는 그 일 때문에 한강의 움막에서 폐인처럼 살았는데…… 사랑하는 사람에게 그런 상처와 고통을 줄 수 있는 건지

요?"(홍낭)

"이 뜻 깊은 자리에서 그런 논쟁은 하지 않는 것이……"(조원)

"그래요, 홍낭. 고마워요. 내 심정을 대변해줘서. 하지만 나는 내 식대로 사랑을 한 것이지요. 그리고 한때는 사랑을 받았고, 그것으로 감사하죠. 내가 시로 죽은 몸을 감싼 것은 원한을 표현하려한 것이 아니라, 시를 너무나 사랑했기 때문이오. 그리고 그 시 전부가 조원이라는 사람과 같은 것이었기 때문이에요. 나는 시와 사랑에 내 생을 바친 여인으로 기억되고 싶습니다. 조원을 너무 몰아붙이지는 마세요. 그런데 빈섬은 오늘 모인 일곱 여인 중에서 누가 가장 마음에 들더이까?"(이옥봉)

이 무렵 술이 거나해져서 몇몇씩 옹기종기 이야기를 주고받는 분위기로 바뀌었다. 임제는 어느 새 황진이 옆에 가서 술을 따르며 호탕하게 웃고 있다. 이옥봉의 말에 대답을 해야 하는데 뭐라고 말해야 할지 궁했다. 그래서 이렇게 말했다.

"삶은 하나의 꽃이라 생각합니다. 싹이 트고 피어나고 만개했다가 시들지요. 그 꽃들은 저마다 다른 아름다움을 갖추고 있다고 생각합니다. 일곱 여인에게 준비해온 꽃을 하나씩 선물할까 합니다. 먼저 매창에게는 그 이름에 어울리는 매화를 드릴까 합니다. 일생 동안 내내 추운 시절이었지만 그 사랑에 마침내 봄이 오기를 기원합니다. 삼의당에게는 무궁화꽃을 드릴까 합니다. 조금 뜬금없이 보일지 모르나, 씩씩한 기상과 한결같은 낙천주의가 잘 어울릴 듯합니다. 홍낭에게는 난초를 드립니다. 고죽이 그대에게 준 유란幽蘭을 생각하기도 하였지만 굳이 말을 하지 않고도 그 향기로 사랑하는 법을 가르쳐주신 홍낭에게 잘 맞는 꽃이라고 봅니다. 그리고 이옥봉에게는 생강꽃을 드리리다. 겨울 끝의 어두운 계곡에서 매운 영혼으로 봄을 피워 올리는 그 기운이 그대의 시정詩情을 닮지 않았나 생각합니다. 고난쯤은 아랑곳하지 않는 샛노란 당당함 또한 당신의 기개입니다. 한우에게는 복사꽃을 드리리다. 발그레한 꽃이 요염하기도 하고 질탕하기도 하지만, 또한 수줍음을 가지고 있기도 합니다. 모름지기 이 꽃은 낙원을 둘러싸는 꽃이어서 그대가 보여준 언어의 일락을 잘 표현한다 하겠습니다. 운초에게는 연꽃을 드리리다. 그대 스스로, 사람들이 연꽃보다 자신을 더 주목한다는 재치 있는 시를 읊기도 하였지만 무엇보다, 추한 모습을 보이지 않고 물속으로 잠수하는 그 청신하고 도도한 자태가 걸맞다 하겠습니다. 황진이에게는 황국黃菊을 드릴까 합니다. 장미꽃을 드릴까도 생각해 보았는데 향기가 부족하여 그대와 맞지 않는다고 생각하였습니다. 무엇보다 국화는 서늘하고 담담합니다. 그대는 눈부신 외모를 가졌고 빼어난 재능을 지녔으나 정신은 그것을 초월하였습니다. 삶과 죽음의 경계에서 진정한 가치가 무엇인가를 탐색한 그대는 도연명의 사유를 부른 국화 한 송이가 어울릴 듯합니다."

이렇게 꽃을 나눠주며 이날 파티를 끝냈다. 15인의 취객들은 이 멋진 모임을 다시 한 번 갖자고 다들 입을 모았다. 사랑은 돌아보면 다 아름다운 것이다. 꽃냄새가 일제히 흩어지며 겨울 인사동은 마치 하나의 아름다운 뜰같이 느껴졌다.

쓸쓸한 날 가만히 함께 해준 아내 김선희에게, 늘 마음으로만 그리워하는 어머니에게, 나를 여기까지 밀어준 따뜻한 '옛날다방' 벗들에게 이 책을 바친다.

2009년 1월 북악 香象齋에서

빈섬.